Je n'irai pas chez le psy
pour ce con !

Isabelle Alexis

Je n'irai pas chez le psy pour ce con !

ROMAN

Albin Michel

1

La recette du soufflé

Beaubourg. Un studio rue Rambuteau

Juliette ôta son large foulard à carreaux. Le keffieh à damiers noirs et blancs n'était peut-être pas utile pour passer un entretien d'embauche à la télé. Elle le roula en boule et le balança au fond de son placard pour s'emparer de sa vieille écharpe multicolore qui traînait sur le fauteuil voisin du lit. Voilà huit mois qu'elle n'avait pas travaillé et il lui fallait absolument ce poste. Elle bénit Manu, son amie monteuse de reportages et militante écolo comme elle, qui lui avait parlé de ce plan à la télé, alors qu'elles étaient enchaînées depuis trois jours au premier étage d'un pylône haute tension. Denis, le rédac' chef et présentateur de l'émission *Rien que du sport* cherchait une assistante. Qu'ils l'aient appelée après l'envoi de son CV minable était inespéré. Pourvu qu'elle ne soit pas trop gourde ou trop rebelle devant la personne qui allait la recevoir. Elle restait souvent paralysée devant les DRH, un peu comme au Vatican devant le Saint-Père. Rien à dire. Les ASSEDIC venaient de lui envoyer un courrier lui signalant l'imminence de la fin de ses droits. Depuis des mois, ses allocations rétrécissaient comme une peau de chagrin. Elle sentit le trac monter devant son miroir. Elle s'entraîna une fois de plus :

« L'informatique ? Je domine parfaitement. Vous travaillez sur PC ? »

« Je lis *L'Équipe* tous les matins, je suis accro. »

« Le sport, c'est toute ma vie. Tous les sports. »

« Le foot ? Oui. Une passion depuis toujours. »

« Sinon, j'apporte super-vite les cafés ! »

Boulevard Exelmans. Un trois pièces

Loren ôta son foulard Zara. Inutile sur un col roulé noir parfait pour passer à la télé. Voilà douze mois qu'elle avait commencé son livre et il sortait aujourd'hui. La promotion commençait. Elle bénit Bertrand, son attaché de presse, de lui avoir trouvé ce plan à la télé. Être l'invitée de *Rien que des livres* sur sa chaîne info préférée, c'était inespéré. Qu'ils l'aient appelée après l'envoi de son récit larmoyant sur son ego fracassé était miraculeux. Pourvu qu'elle ne soit pas trop gourde devant les caméras. Elle gardait un mauvais souvenir d'une émission littéraire à laquelle elle avait participé deux ans auparavant. Rongée par le trac, elle avait eu l'impression de repasser l'oral de philo devant un million de personnes. Penser au trac le fit revenir presque aussitôt. Devant son miroir, elle s'entraîna une fois de plus :

« La rupture ? Oui. Un sujet que je domine assez bien. Il

faut dire que celle que j'évoque dans mon livre a été assez violente. »

« Autobiographique ? Oui et non, ça dépend ce que vous entendez par là… »

« Mon personnage masculin, mon héros (terme inapproprié en l'occurrence) ? Disons que celui que j'appelle M. Pursalo a existé et existe toujours, malheureusement, enfin je crois. Pas trop de nouvelles en ce moment… »

« C'est un livre sur la reconstruction de son ego quand on s'est fait jeter comme une m… enfin c'est un récit sur la reconquête de soi-même. L'amour-propre d'abord avant l'amour tout court… »

– Et voilà pile le genre de connerie à éviter de raconter, dit-elle tout haut en s'aspergeant les racines de shampoing sec sur ses cheveux propres.

TOUT POUR L'INFO, la chaîne d'information permanente, était située sur les quais de Seine à l'entrée d'Issy-les-Moulineaux. Un bâtiment moderne aux vitres qui reflétaient la lumière, renvoyant les pauvres rayons de soleil parisiens aux quelques marins qui s'aventuraient dans le coin, immédiatement aveuglés s'ils jetaient un coup d'œil sur la bâtisse. Denis Maringot qui présentait l'émission *Rien que du sport* engagea sa Clio dans le parking. Il était de fort méchante humeur depuis que l'entraîneur de l'équipe de France de rugby l'avait insulté. C'est vrai qu'il l'avait chargé lors de la dernière émission, enfin ses chroniqueurs surtout. Ils n'y avaient pas été de main morte sur ce match loupé et les erreurs de débutants commises par les joueurs, mais pourquoi était-ce à lui de payer tout le temps ? Il allait en parler à Béatrice-la-productrice, elle envoyait souvent de grandes roses aux sportifs qui se faisaient chahuter sur le plateau, qu'ils soient présents ou pas. Ils ne pouvaient pas se permettre d'être en mauvais termes avec cet entraîneur. Il préparait une spéciale sur lui à la fin du mois…

Les roses lui firent naturellement penser à Aline, son assistante, partie il y a dix jours en le menaçant de déposer une plainte contre lui pour harcèlement sexuel. Elle ne manquait pas d'humour celle-là. Il n'y avait jamais eu de harcèlement, tout avait été consenti, réfléchi et mûri de part et d'autre. Enfin, réfléchi et mûri peut-être pas mais consenti, oui. Dans le feu de l'action, on consent à beaucoup de choses.

Denis actionna la fermeture des portes de sa voiture et se dirigea vers l'ascenseur. Pourvu que sa femme n'ait pas vent de cette histoire. C'est tout ce qu'il voulait pour l'instant.

– Vous avez vu les résultats de la Ligue 1 ? demanda le gardien du parking en lui tapant la main.

– On commence l'émission là-dessus, lui répondit son idole en entrant dans l'ascenseur.

– À bientôt !

Les portes se refermèrent sur Denis et ses soucis.

Au deuxième étage, les portes de l'ascenseur s'ouvrirent sur Valérie et sa migraine. La présentatrice de *Rien que des livres* avait fêté ses quarante-deux ans la veille au soir dans un restaurant de Montparnasse et la fiesta avait un peu débordé. Affublée de lunettes noires dans le couloir, elle marcha, digne et droite, sans avoir recours aux murs pour avancer jusqu'à son bureau. Lorsqu'elle y entra, elle se précipita sur sa chaise et sortit, fébrile, de son sac un peu d'aspirine et une bouteille d'eau. Romain, un de ses critiques littéraires, était déjà là. Le seul à être à l'heure ce matin était aussi le seul de l'émission que Valérie n'avait pas invité à son dîner d'anniversaire. « Et Romain ? lui avait-on demandé. – Trop chiant ! avait-elle répondu. C'est moi qui paye, je veux des gens poilants. »

– Ça va ? demanda Romain.

– Impec, mentit Valérie en lui adressant un grand sourire.

Romain n'osa la questionner sur la soirée. Valérie s'empara du livre de l'invitée du jour et *stabilobossa* de jaune un passage de la fin.

– Qu'est-ce qu'on a sur Loren Abysse ? Elle sort d'où cette fille ?

– Tu veux dire : Est-ce qu'elle a un vrai métier à côté ?

– J'ai perdu la feuille de l'éditeur, dit Valérie en balayant des yeux son foutoir.

Face à elle, Romain sortit un petit classeur muni de pochettes transparentes et en extirpa la petite bio de Loren, démontrant ainsi sa conscience professionnelle à sa patronne même s'il n'était pas invité à ses fiestas.

– Elle est scénariste aussi, c'est son cinquième livre.

– Déjà ? dit Valérie. Bizarre que je ne la connaisse pas.

– Mais si on la connaît, on a failli l'inviter il y a trois ans pour un de ses livres. On n'avait pas pu. Plus de place et pas assez de temps…

– OK, je vois, le coupa Valérie.

Je n'irai pas chez le psy pour ce con !

Elle avait l'impression que la voix de Romain, qu'elle supportait difficilement, alourdissait sa migraine. Monsieur-je-sais-tout lui faisait l'effet d'un petit marteau-piqueur lorsqu'on a oublié d'installer un double vitrage aux fenêtres.

– En plus, je te signale qu'on en a parlé la semaine dernière en réunion, ajouta Romain moralisateur et culpabilisateur.

Denis Maringot était en train d'écrire son commentaire sur le dernier match du Colosse de Rhodes, alias Raphaël Nadal, quand Béatrice-la-productrice entra dans son bureau, des feuilles à la main.

– Bon, j'en ai peut-être trouvé une. Je l'ai fait venir, on verra bien. Le CV n'est pas transcendant mais la lettre de motivation est intéressante. Elle n'a jamais fait de télévision, elle a fait du secrétariat dans une école primaire et dans une société de transport, elle a aussi été hôtesse d'accueil. Je sais, ça n'a rien à voir mais elle a aussi fait du baby-sitting et je me dis qu'avec toi… enfin… Elle se dit passionnée par le sport, son rêve étant de bosser ici avec toi. La pauvre, elle ne sait pas dans quoi elle met les pieds, enfin bref. Elle s'appelle Juliette-quelque-chose, je ne sais plus son nom. Attends, dit-elle en consultant ses papiers, je la vois tout à l'heure.

– Quel âge ? demanda Denis.

– Et elle a aussi un DEUG de communication.

– Quel âge ? insista Denis.

– Autour de vingt-huit ans, lut Béatrice.

Le même âge qu'Aline.

– Tu sais pour Lili, dit Denis, sa plainte, c'est du pipeau.

Elle ne peut rien faire. Il n'y a jamais eu de harcèlement. On a eu une petite aventure, une liaisonnette… je veux dire une amourette mais…

– Ferme-la, trancha Béatrice.

Elle savait mais ne voulait pas savoir.

– Tu as de la testostérone à la place des neurones. C'est ça ton problème.

Et elle tourna les talons.

Denis soupira. Entre sa productrice de cinquante-six ans et ses airs de proviseur et sa femme de quarante ans qui s'embourgeoisait un peu plus chaque jour, il ne savait pas laquelle l'énervait le plus. Aline avait été un rayon de soleil au milieu de ces deux harpies, oui, mais Aline lui avait jeté sa lettre de démission au visage et ne décrochait pas son téléphone quand il appelait.

Victor, le directeur d'antenne, entra dans son bureau. Cette présence réconforta Denis et chassa le visage de son ancienne assistante que la région émotionnelle de son cerveau lui envoyait trop souvent en gros plan.

– Deux des invités viennent d'annuler. Ils refusent de venir sur le plateau.

– Quoi ? s'écria Denis

– Ils disent que t'es un sale con. Ce qu'il y a de sympa avec les rugbymen, c'est qu'ils ne s'embarrassent pas de prétextes à la noix du style : « Je ne suis pas là, j'ai un entraînement, un match, un tournage de pub… » Non, eux, c'est cash, hein ?

Denis ne répondit rien.

– Bon, je vais essayer de les rappeler, déclara Victor en touillant son bâtonnet dans son gobelet de café.

Loren Abysse poussa les portes tournantes du bel immeuble moderne pour se diriger vers la réception, suivie de Bertrand son attaché de presse. Elle le laissa passer devant, informer la standardiste de la raison de leur présence :

– Bonjour, Loren Abysse est là pour l'émission de Valérie Baquet, *Rien que des livres...*

– OK, dit la standardiste en décrochant son téléphone pour répéter mot pour mot ce qu'elle venait d'entendre.

– OK, dit-elle une fois de plus en raccrochant. Patientez une minute, on va venir vous chercher.

Loren se dirigea vers les fauteuils à l'entrée, déboutonna son manteau tout en observant les photos des vedettes de la station de télévision affichées aux murs. Elle venait d'entrer à Narcisse Channel et s'y sentit parfaitement à son aise.

Juliette Courtin fumait une cigarette sur le trottoir devant l'immeuble. À elle aussi, on lui avait demandé de patienter quelques minutes, le temps qu'on avise sur son cas. Elle avait préféré sortir plutôt que de tourner en rond au milieu de cette expo d'animateurs souriants. Elle trouvait cet affichage grotesque. Ce n'était pas son monde. Mentalement, elle répéta ce qu'elle allait dire à son interlocuteur. Choisir les bons mots. Travailler avec Denis Maringot ? « Oui c'est mon rêve, enfin mon rêve, j'imagine que ça doit être intéressant… Pourquoi ? » Une fois de plus, la fiche de paye arriva en première motivation.

« Il faut que je défende ma position, mes atouts. Ce n'est qu'un boulot d'assistante, mais avoir un pied là-dedans, déjà, ce serait tellement génial. C'est vrai que je n'ai jamais travaillé dans le sport, j'aurais dû me rajouter un stage à *L'Équipe* ou à *France Football* sur mon CV. Au lieu de ça, j'ai plein de petits boulots qui ne mènent nulle part, des diplômes qui n'ont rien à voir les uns avec les autres. Ça fait vraiment la fille qui se cherche et qui a du mal à se trouver. Je pue la lose à plein nez… »

– Vous pouvez monter, annonça la standardiste, mécontente d'être obligée de sortir par ce froid. Vous prenez l'ascenseur jusqu'au deuxième et c'est la troisième porte à gauche. On viendra vous chercher.

Marie-Laure, l'autre critique littéraire de l'émission de Valérie, la cinquantaine pétillante, la voix bien rauque, surtout les lendemains de fête, arriva, elle aussi, affublée d'énormes lunettes noires des années soixante-dix qui lui donnaient l'aspect d'une énorme mouche.

– Chérie, s'écria-t-elle en entrant dans le bureau, rappelle-moi ce qu'on fêtait déjà ?

Elle s'arrêta net en réalisant qu'elle était face à Romain, l'exclu de la party. Le petit cafard non invité la toisa derrière son ordinateur.

– Salut, se reprit Marie-Laure, en raclant sa gorge de vieux débris de nicotine, elle est où Valou ?

– Au maquillage.

– Déjà ? Mais quelle heure il est ? demanda la chroniqueuse en regardant sa montre.

Elle accrocha sa veste au portemanteau et, sans attendre la réponse, courut rejoindre sa copine.

Dans le couloir, elle avisa sans y prêter attention une jeune femme aux cheveux longs blond cendré, vêtue d'un col roulé noir près du corps et chaussée de grandes bottes noires qui sanglaient ses mollets et son jean noir. Elle était suivie d'un jeune homme aux cheveux très courts qui lui tenait son manteau. Loren et son attaché de presse entrèrent dans une des salles d'attente. Sur la porte était écrit : INVITÉS.

Plus bas dans le couloir, une jeune fille, fringuée comme une étudiante gauchiste en grève, boucles châtaines, pommettes saillantes et taches de rousseur, dissimulée sous une grosse écharpe qui n'avait pas fini d'être tricotée, semblait perdue et comptait les portes. Hésitante, elle entra dans une salle d'attente. Sur la porte était écrit : ENTRETIENS.

Juliette décida de laisser la porte ouverte pour voir passer du monde, et puis surtout parce que cette petite pièce aux murs gris, juste meublée d'une table et de deux chaises, était sinistre et qu'elle n'était pas en garde à vue.

Un peu plus haut dans le couloir, la loge des invités et consultants était beaucoup plus accueillante, il faut bien le dire. Fauteuils en velours et jolie table sur laquelle paradaient bouquets de fleurs, paniers de bonbons, bouteilles d'eau, machine à espressos, théière, assiette de petits gâteaux, Coca normal, Light, Zéro, Schweppes agrumes, normal, etc.

– Tu veux un café ? demanda Bertrand à sa romancière.

– Je veux bien, merci. J'ai chaud. Tu ne veux pas laisser la porte ouverte, je suis claustro…

Bertrand s'exécuta et revint vers la machine à café.

– J'ai le trac, reprit Loren, je ne sais pas quoi dire sur mon livre. Je n'ai plus rien à dire sur cette histoire, tout est écrit. Pourquoi on n'a pas les questions à l'avance ? Et puis cette fille, Valérie, c'est ça ? Elle pourrait venir dire bonjour avant…

– Tu arrives en cours d'émission chérie, expliqua Bertrand. D'abord, il y a les critiques qui ont le droit à trois livres chacun, après il y a le coup de cœur des libraires et ensuite place à l'invitée, dit-il en lui tendant sa tasse de café.

Loren inspira un grand coup :

– Je déteste la télé, en fait.

– T'as des nouvelles de ton ex ? demanda Bertrand en prenant place à ses côtés. Le pauvre, il en prend pour son grade ! Tu crois qu'il va se reconnaître ?

– Je m'en tape, si tu savais !

– Tu veux qu'on lui envoie le livre ?

– Surtout pas ! s'écria Loren. Je m'en fous mais faut pas exagérer non plus ! Ce qui me rend dingue dans cette histoire, c'est que j'ai vraiment été une amoureuse modèle, une fiancée parfaite, gentille et toute douce. C'est bien simple, je ne me reconnaissais pas moi-même et j'ai cru un instant, dans mon petit rêve, qu'en éprouvant des choses aussi belles, on ne pouvait recevoir que la même chose en retour… Tu es d'accord ou pas ? s'énerva-t-elle. Aime ton amour, il te le rendra. Tu parles ! Les hommes n'aiment que les chieuses, les vraies et je le savais ! Pour une fois que je changeais de catégorie ! Résultat des courses : il m'a rejetée comme un foie mal greffé. S'il me trouvait trop gnangnan ou trop lisse, au moins avec ça, il peut découvrir mon vrai caractère. Tu me diras, il était temps que le naturel revienne. J'en ai trop fait, c'était couru d'avance ! Mais que veux-tu ? Je n'étais pas tombée amoureuse depuis… depuis… je ne préfère pas calculer. Cette enflure aurait pris plus de gants s'il avait dû renvoyer sa femme de ménage prise en flag la main dans son portefeuille ! Non, mais c'est vrai. Personne n'envoie par SMS à sa femme de ménage : « Je ne suis plus amoureux. Mieux vaut stopper now. » On discute, en général, quand on renvoie quelqu'un. Lui non. Je suis sûre qu'il m'aimait pourtant, ce n'est pas possible autrement. Quand tu penses qu'il a osé m'appeler « une erreur de casting » ! J'ai failli l'appeler comme ça mon book : L'erreur de casting. Qu'est-ce que t'en penses ?

– Je préfère ton titre actuel, avoua Bertrand, en lui replaçant une mèche de cheveux derrière l'oreille.

C'était l'effervescence au maquillage, Valérie demandait qu'on aille lui chercher du sirop antinausée. Marie-Laure ne trouvait plus ses notes sur le troisième livre qu'elle devait résumer et répétait à son coiffeur : « Fais gaffe, j'ai mal aux cheveux ! » À l'entrée de la loge, Romain annonça que Julien, le stagiaire chargé de s'occuper des invités, venait d'avoir un accident de scooter et qu'il était à l'hôpital avec un bras dans le plâtre.

– Qui va chercher Loren Abysse ? demanda Valérie, et qui va me chercher mon sirop ?

– Et de l'Aspégic ! lança Marie-Laure.

– Appelle Priscilia à la régie, qu'elle l'amène ici, proposa la maquilleuse, mais vite, ajouta-t-elle, après je fais un raccord à Annelise pour la météo.

Priscilia, qui assistait Arnaud le réalisateur, était déjà assise devant ses écrans, le conducteur de l'émission dans les mains, quand on lui passa le téléphone. Elle blêmit en apprenant que Julien avait eu un accident de scooter mais apparemment personne n'avait le temps de lui donner de détails :

– Oui, je vais la chercher, dit-elle au téléphone, c'est bon j'y vais… Oui !

Elle raccrocha et sortit de la régie au pas de course. Deuxième étage, couloir du fond, la troisième porte à droite, répéta-t-elle en accélérant sa foulée. Ses tennis crissèrent sur le sol quand elle avisa une jeune fille qui fumait à la fenêtre de la salle d'attente :

– C'est interdit de fumer, annonça Priscilia qui pourtant rusait chaque jour pour faire la même chose.

– J'ai cru que vous m'aviez oubliée, dit la jeune fille en éteignant le bout incandescent contre le mur extérieur.

Elle balança le mégot d'une pichenette avant de s'emparer de la guenille qui lui servait de manteau.

– Vous pouvez tout laisser là, dit Priscilia, ça ne risque rien. Je vous emmène au maquillage. Excusez-nous pour le retard, dit-elle en lui serrant la main. Je suis Priscilia l'assistante d'Arnaud, notre stagiaire habituel a eu un accident. Vous avez eu de l'eau, du café ?

– Que dalle, répondit Juliette en lui emboîtant le pas.

– Excusez-nous, je ne sais pas ce qu'il se passe ce matin, mais c'est le foutoir. On va tout vous donner au maquillage. Hier soir, c'était l'anniversaire de Valérie, on s'est tous couchés un peu tard et ce matin tout le monde a la tête dans le c…

– Pourquoi au maquillage ? demanda Juliette, j'ai une si sale tête que ça ?

Priscilia parut étonnée de la question :

– Non. Mais c'est toujours comme ça. C'est obligatoire, enfin pas obligatoire mais c'est mieux, sinon vous allez briller et c'est moche. C'est aussi une question d'éclairage, les lumières sont super-fortes, vous savez…

Juliette imagina son entretien d'embauche comme un interrogatoire musclé avec une lampe aveuglante dans les yeux. Elle ne comprenait rien. Que les gens à l'antenne soient maquillés, d'accord, mais ceux qui venaient pour un job dans les bureaux. Dans l'ascenseur, elle était sur le point de demander si même les gens qui travaillaient à la compta étaient pomponnés comme des vedettes ici, mais n'eut guère le temps. Arrivées à l'étage, Priscilia la poussa dans la loge maquillage coiffure avant de lui lancer un « merde ! » en levant le pouce.

Dans le studio, Valérie plaça son oreillette pendant que ses chroniqueurs se faisaient installer leurs petits micros sous leurs vêtements. Marie-Laure et Romain, les bras chargés de livres et de feuillets, s'installèrent à leurs places habituelles, suivis de M. Boulin, le libraire dont la rubrique consistait à donner la liste des meilleures ventes de livres de la semaine et à en conseiller un ou deux qui ne faisaient jamais partie de ladite liste. Dès que Valérie fut assise, le réalisateur en régie s'adressa à elle dans l'oreillette.

– Tu m'entends ? demanda Arnaud.

– Oui.

– Qu'est-ce que t'as dans les poches ?

Valérie tâta discrètement les poches de son jean sous la table.

– Rien pourquoi ?

– Je parle de celles que tu as sous les yeux.

– Pauvre con !

Antenne dans deux minutes !

Quelque chose ne tournait pas rond, Juliette le sentait. La maquilleuse lui avait ôté son fond de teint pour lui étaler ses produits professionnels. Personne n'évoquait son rendez-vous, personne ne parlait de Denis, ni de son émission sur le sport. En revanche, tout le monde parlait d'une Valérie et de ses bouquins. Il y avait erreur sur la personne, Juliette le savait. Elle fut comme paralysée, comme si chaque cellule de son corps s'était arrêtée en disant : Je ne veux pas voir ça ! Ils allaient la faire passer à l'antenne mais pour quoi ? Pour parler de quoi ? Il fallait qu'elle hurle : « Stop ! Attendez, il y a un malentendu. Je suis là pour un entretien, moi, pour apporter ses cafés au type bouclé comme un caniche qui présente le sport, je ne sais pas à quoi vous jouez mais vous devez très certainement me confondre avec… avec… je ne sais pas qui d'ailleurs… »

À moins que ce soit un test. Ce n'était pas une assistante qu'ils recherchaient mais peut-être une coprésentatrice, histoire de mettre un peu de féminité dans cette émission à testostérone. Ils la mettaient dans n'importe quelle émission pour voir comment elle s'en sortait. Non, pas sans la briefer, pas sans la prévenir, pas sans notes, pas comme ça. Elle avait beau ne rien connaître à la télé, ce genre de choses ne se faisait pas. C'était certain.

Seule avec la maquilleuse dans cette grande loge, Juliette regarda son reflet dans le grand miroir bordé d'ampoules et lut la peur dans ses yeux joliment maquillés :

– Je crois que…

– Chut, répondit l'autre, en relevant son contour des lèvres d'un crayon fuchsia. On ne parle pas quand je m'occupe de la bouche.

Décidément, pensa la maquilleuse, cette écrivaine ne devait pas passer beaucoup à la télé. Elle ne connaissait rien à rien et avait l'air complètement paumée.

– Mais qu'est-ce qu'il se passe ici ? demanda Loren en regardant sa montre pour la onzième fois en une minute, elle n'est pas en direct l'émission ?

– Mais je crois bien que si, répondit Bertrand. Tu veux que j'aille me renseigner ?

– Je veux bien, lança Loren. C'est tout de même bizarre

que personne ne s'occupe de nous comme ça. J'ai horreur de poireauter sans savoir ce qu'il se passe...

– Je vais aller voir, dit Bertrand.

Elle était tétanisée, Juliette, sur le point de crier : « Pouce ! On arrête tout ! » quand subitement un jeune homme aux cheveux blond peroxydé débarqua, haletant :

– Excusez-moi, j'ai dû faire un raccord coiffure sur un autre plateau, je m'appelle François mais tout le monde m'appelle Pompon. Asseyez-vous, poursuivit-il en prenant une de ses multiples brosses à cheveux accrochées à sa ceinture. J'en ai pour deux minutes, ils sont beaux vos cheveux ! Sur la couverture de votre livre, j'ai cru que vous étiez blonde, vous vous êtes remise en brune, vous avez bien fait ! Et je vais vous dire, ça vous rajeunit, c'est incroyable !

– Je... non, je...

Immédiatement, sa voix fut couverte par le bruit du séchoir. Juliette eut droit au brushing le plus rapide de l'histoire du brushing.

Un livre, c'était donc ça. Ils la prenaient tous pour une fille qui avait écrit un bouquin. L'accélération cardiaque lui rappela le jour du drame, le jour où elle était entrée dans sa chambre et avait senti la présence de l'étranger juste derrière la porte. Elle l'avait entendu respirer. Non, il ne fallait plus penser à ça. Effectivement, il ne s'agissait pas de trac, en l'occurrence, non, le mot adéquat c'était : panique.

Il parlait de quoi ce livre ?

Béatrice, la productrice de *Rien que du sport*, rangea la pile de CV dans une pochette. La plupart des assistantes de journalistes qu'elle voulait voir ne pouvaient pas abandonner leurs postes en cours d'année. Une fille de RTL, qu'elle était prête à embaucher, lui avait dit qu'elle préférait rester sur la première radio de France plutôt que de tout abandonner pour une petite chaîne d'infos qu'elle n'avait même pas dans son abonnement à la TNT. Celle-là, Béatrice avait tellement rayé son nom qu'elle en avait fait un trou dans le papier. Avec les autres, elle s'était heurtée à des problèmes de contrats, de CDD, de CDI, d'horaires, etc. Deux millions de chômeurs et pourtant, ce c'était pas simple de trouver une assistante qui veuille vraiment de ce travail et en accepte les conditions, surtout. C'est pour ça que Béatrice, pour une fois, était prête à donner sa chance à quelqu'un qui ne venait pas forcément d'un univers médiatique et sportif. La jeune femme avait rempli un formulaire de recrutement sur Internet puis personnalisé sa demande en écrivant directement à la station. Sa lettre de motivation, traitant de ses requêtes et de ses apports, optimisant ses espoirs et sa vision de la chaîne, avait ému Béatrice. La candidate lui faisait penser à sa fille, elle employait les mêmes expressions. Béatrice parcourut la lettre encore une fois et regarda sa montre. Il était temps d'aller la chercher. Comment s'appelait-elle déjà ?

Juliette ne pouvait plus reculer. Quand l'ingénieur du son, planté devant elle, avait brandi un micro HF en disant : « Il faut que je vous équipe », elle l'avait laissé passer sa main sous son tee-shirt Greenpeace pour qu'il installe le micro dans l'encolure. Comme un zombie, elle l'avait suivi, accompagné en coulisse où une fille avait pris la relève. Elle avait un casque sur la tête et lui avait fait un « chut ! » du doigt car le plateau était tout près. Des coulisses, Juliette voyait se dérouler l'émission : quatre personnes autour d'une table. Un jeune homme parlait avec enthousiasme d'une biographie de Mazarin, écrite par un historien, Alain-Gilles Minella, et qui avait remporté un prix. Juliette sentit une boule se former dans sa gorge en découvrant les caméras dans chaque coin, les lumières aveuglantes et ces gens… Ces gens qui avaient l'air si à l'aise. En coulisse, la fille au casque murmura : « Trois minutes, vous entrez dans trois minutes, ça va ? »

Juliette n'avait pu répondre, l'air ne pénétrait plus dans ses poumons. Elle avait l'impression de suivre une joyeuse bande de parachutistes qui montaient dans un avion, heureux d'aller sauter et elle, comme dans un cauchemar, les suivait en sachant très bien qu'il n'y avait pas de parachute pour elle.

Pourquoi y aller ? Premièrement, il était beaucoup trop tard pour leur signaler l'imposture, et ensuite il fallait bien l'avouer : il ne s'était rien passé dans sa vie, ces dernières semaines. Vraiment rien. Une vie entre parenthèses, le chômage, l'ennui, le manque d'argent, l'impuissance, l'incapacité de faire quoi que ce soit, tout coûte trop cher, l'attente et, pour couronner le tout : un amour à la maison qui s'effilochait chaque jour. Le chômage, qu'il soit masculin ou féminin, reste le plus grand *serial killer* de l'amour, de l'admiration et du respect. Mais voilà qu'il se passait enfin quelque chose. Un événement. Être l'invitée de *Rien que des livres* sans en avoir écrit un. Pas mal, non ? Un défi qui lui coupait le souffle et lui filait des palpitations jusqu'à l'infarctus, mais au moins elle allait avoir des trucs à raconter. Elle tenta de faire descendre sa tension artérielle, ce n'était pas non plus le JT de TF1 ! Qui regardait cette émission littéraire sur le câble à dix heures quarante du matin ? Des oisifs, des malades ? Des vieux, dans des maisons de retraite ? Ils n'entendent plus rien… Des femmes au foyer, désireuses de se mettre au courant avant d'acheter un livre ?

« Peu de gens regardent, se rassura-t-elle. Je vais broder, je vais m'en sortir, ça ne doit pas être si compliqué que ça. »

Elle inspira, expira encore et encore, mais les battements de son cœur ne décéléraient pas…

Béatrice tira sur sa jupe en sortant de l'ascenseur. Elle voulait discuter avec la jeune femme avant de la présenter à Denis, s'il s'avérait qu'elle correspondait au poste. Au final, c'était quand même lui qui donnait son accord. Elle ralentit le pas lorsqu'elle avisa, en plein milieu du couloir, une grande blonde les poings sur les hanches, qui la dévisageait sévèrement. Elle était affublée de grandes bottes noires dont la droite battait la mesure sur le sol en signe d'impatience :

– Mais qu'est-ce qu'il se passe ici, bordel ?

Béatrice s'empressa de s'excuser en lui serrant la main. Elle ne l'avait pas du tout imaginée comme ça.

– Je suis désolée, on a pris un peu de retard. Je suis Béatrice la productrice de l'émission…

– Ah, tout de même ! Mais elle est à quelle heure exactement cette foutue émission ?

– Après le journal de la mi-journée. À treize heures quarante.

– Quoi ? Mais pourquoi m'a-t-on fait venir à dix heures ?

– Il faut qu'on se voie, qu'on discute…

– Qu'on discute de quoi ?

Béatrice la trouva beaucoup moins humble et désespérée que dans sa lettre de motivation, c'était peu de le dire ! Et puis née en 1981, ma chérie tu repasseras !

– Une minute, murmura la fille au casque, en décollant un écouteur d'une oreille pour le remettre aussitôt.

Elle tenait le bras de Juliette, prête à la balancer dans l'arène. C'est à ce moment précis que la *guest star* entendit son portrait et la présentation de son livre. Elle écouta, concentrée comme rarement :

– Alors l'invitée du jour, Romain ? lança la brune, face caméra.

À ses côtés, un jeune type aux cheveux très courts prit la parole :

– Eh bien, l'invitée du jour est une jeune romancière qui s'appelle Loren Abysse. C'est son cinquième livre et là, elle nous a concocté quelque chose qui s'apparente non pas à un essai mais plutôt à un petit récit. Le livre fait une centaine de pages et démarre sur une histoire d'amour puis enchaîne sur une rupture assez violente, surtout pour elle, et Loren raconte ce qu'elle appelle sa remontée à la surface. Comment reprendre le cours de sa vie quand « on s'est fait fracasser l'ego par un salaud » et qu'on se retrouve comme une pauvre chose avec un moral et une libido à zéro ? Ce n'est pas non plus un livre sur la dépression ou comment s'en sortir, rien à voir avec David Servan-Schreiber. Non, c'est le portrait d'un homme, tout simplement, une vision des rapports de force dans le couple, ces rapports forcément masochistes d'un point de vue psychologique. C'est dépeint avec humour, même si se reconstruire après une rupture est un sujet maintes fois traité chez tous les auteurs…

– Chacun a sa propre façon de s'en sortir et c'est toujours intéressant, le coupa une femme aux cheveux gris et à la voix rauque.

– Ça s'appelle : *Je n'irai pas chez le psy pour ce con !* renchérit la brune et on l'accueille tout de suite : Loren Abysse !

Juliette sentit la fille au casque la pousser doucement sous les lumières. Elle entra, le souffle coupé, sous de violents projecteurs et s'assit à la table entre deux chroniqueurs.

– Bienvenue, lança la présentatrice très détendue. Cinquième livre donc ?

Juliette comprit que c'était une question :

– Oui, oui.

Le son de sa voix sortait à peine et elle n'arrivait pas à calmer le tremblement de ses mains. Elle les essuya et les serra entre ses cuisses sous la table.

– Vous écrivez aussi des scénarios ? demanda la chroniqueuse plus âgée, en consultant ses fiches. C'est quoi la grande différence pour vous entre un scénario et un livre ?

– C'est différent, répondit Juliette, dont le sang était en

train de coaguler, lui donnant un teint de cierge, c'est différent… pas même chose. Moins long scénario. Moins long mais plus de dialogues.

Au secours ! Mayday !

– Votre livre traite de la rupture, reprit Valérie, mettant un terme au blanc qui s'était installé. Pourquoi avoir pris un sujet déjà tant traité ?

« Oui, pourquoi ? » se demanda Juliette.

– Parce que chacun de nous a sa propre façon de tourner la page, dit-elle, la voix chevrotante. Finalement, il y a presque autant de ruptures que d'histoires d'amour et presque autant d'histoires que d'êtres humains. L'avantage des sujets universels, c'est que tout le monde peut s'identifier.

« C'est d'une banalité ce que je raconte, pensa-t-elle, personne ne regarde, personne ne regarde, personne… »

– C'est autobiographique ? demanda la chroniqueuse aux cheveux argentés.

– Un peu, dit Juliette en se forçant à rire. Ça l'est toujours dans ces cas-là. Disons qu'on a toujours un modèle en tête…

– Alors, vous êtes réellement tombée amoureuse d'un député de droite, grande gueule, chasseur et macho qui vous a larguée par texto ?

Il y eut un blanc tandis que les mots passaient au ralenti dans la tête de Juliette et que ses yeux s'écarquillaient.

– Voilà, grimaça-t-elle, ahurie.

Il aurait fallu ajouter quelque chose mais rien ne sortit. Broder, on pouvait. Mais que dire d'une histoire d'amour avec un homme politique ? Juliette n'en avait jamais vu un en vrai… En revanche, elle avait souvent eu envie d'en tuer à la télé… Le jeune homme de l'émission fit quelques commentaires mais elle n'avait plus le son. Elle voyait la bouche du chroniqueur articuler un certain nombre de mots et l'enviait d'avoir tant de choses à dire. Le son revint subitement sur la dernière question :

– Vous pensez qu'il peut entrer au gouvernement ? demanda Romain.

– Je… je ne sais pas, reprit Juliette en cherchant de l'oxygène, je… lui souhaite… si ça l'amuse…

– Vous pouvez nous raconter votre coup de foudre ? La première fois que vous l'avez vu dans un meeting pendant la campagne présidentielle ? La scène est assez drôle, révéla la journaliste, en cherchant le passage évoqué.

– Oh, je préfère que les gens la lisent, répondit Juliette. Voyez-vous, quand c'est écrit, c'est écrit. Je n'aime pas trop re-raconter…

– Vous étiez au premier rang, insista Valérie, en parcourant le livre. Lui était sur scène, au milieu d'une brochette de ministres et vous n'aviez d'yeux que pour lui. Vous le trouviez tellement…

– Inutile ? proposa Juliette.

– Sexy ! s'écria Valérie.

– Ah, oui…

– Ses yeux noirs qui vous électrisaient… Vous dites : « Si de l'extérieur mes vêtements étaient intacts, à l'intérieur mon cœur était déjà en cendres… »

– J'ai dit ça, moi ? murmura Juliette.

– Ben oui, je vous cite. C'est écrit page 47.

– Oui. On écrit beaucoup de conn… de choses un peu exagérées quand on est sous l'emprise de la drogue.

– Vous vous droguez ? demanda Valérie en pensant : « Enfin un truc pour le zapping. »

– Pour écrire ça, il le faut. Un homme politique, vous imaginez…

– Bah, je ne sais pas.

(Blanc. Juliette espéra ne jamais croiser la vraie romancière.)

– C'est après que ça s'est gâté ! lança le jeune homme aux cheveux courts.

– Oui, heureusement. Je me suis vite rendu compte de l'horreur, de l'erreur, pardon.

– Oui, lui surtout, ironisa le chroniqueur. Ce n'est pas une erreur pour moi. Vous tentez de décortiquer des sentiments existants et inexistants dans ce récit, mais on sent que vous l'aimez toujours un peu. Vous regrettez la façon dont les choses se sont passées…

– Heu non… franchement, non.

– On n'écrit pas cent pages sur une histoire, sur un homme, si on n'a pas été amoureuse, commenta Valérie en tournant les pages du livre, vous ne cessez de dire à quel point « cette histoire vous a dévastée » et…

– Le sujet, c'est la rupture, la coupa Juliette. Lui ou un autre, peu importe. C'était ce thème-là que je voulais aborder avant tout, déclara fermement la fausse invitée qui reprenait du poil de la bête. Le sujet c'est : comment se remettre, passer à autre chose. Je vous rappelle que le livre s'appelle : *Je n'irai pas chez le psy pour ce con !* ça veut tout dire, non ?

– Mais justement, vous avez mis beaucoup de temps pour vous relever de cette histoire ?

– Bof… Je ne trouve pas.

Comme dans le film *Total Recall*, Juliette avait l'impression qu'on lui implantait de faux souvenirs dans le cerveau. Un peu plus et elle s'y croyait, persuadée qu'elle avait vécu et écrit tout ça…

– C'est un sacré séducteur tout de même ! poursuivit Valérie. Vous avez mis plus de temps à vous en remettre que de temps passé avec lui ! C'est ce que vous écrivez.

– Oui, oh… C'est un effet de style…

– Dans le livre, vous l'appelez M. Pursalo, vous n'avez pas envie de nous donner son vrai nom ? Allez ! dit la présentatrice en riant. Même si, ici, on croit savoir qui c'est, ajouta-t-elle avec un clin d'œil.

– Mais ça ne va pas ? répliqua Juliette, outrée. C'est un personnage de roman, il se trouve qu'il est député comme il aurait pu être boucher ou dentiste. Enfin, c'est de la fiction !

– Et, dites-moi, lança la chroniqueuse aux cheveux argentés et à la voix rauque, quand vous accompagniez votre député à la chasse en Sologne, vous le portiez déjà votre tee-shirt Greenpeace ?

Assise, face à Béatrice dans son bureau, Loren ne pouvait calmer son genou droit qui tressautait. Qu'est-ce qu'elle fichait ici ? Elle n'avait jamais eu d'entretien avec une productrice avant de passer à l'antenne. En général, les producteurs étaient en régie et c'est à peine si on leur serrait la main après l'émission. Elle la trouvait trop nulle, c'est ça ? Elle avait vu l'émission, il y a deux ans, et elle voulait savoir si elle arrivait à articuler trois mots correctement ?

– Alors, vous aimez le sport ? demanda Béatrice, en consultant le CV sur sa table.

« Qu'est-ce que ça peut te foutre ? » pensa Loren, en observant les murs sur lesquels étaient placardées des photos de sportifs brandissant des coupes. « Elle, elle a l'air d'aimer ça en tout cas ! »

– J'ai fait de la danse quand j'étais petite, sinon je fais un peu de tennis l'été... Je me suis inscrite à un truc de power-plate à côté de chez moi... mais euh...

– Ce qui compte, c'est de s'intéresser aux matchs et aux résultats. Il est possible que vous ayez des petits reportages à faire sur le terrain...

– Des reportages ?

– Oui, je vois que dans votre parcours professionnel, vous n'avez jamais fait de métiers liés à l'audiovisuel... Vous avez fait essentiellement des petits boulots, du secrétariat et jamais très longtemps...

– Excusez-moi, c'est pour *La Caméra cachée* ? Pas liée à l'audiovisuel, moi ? J'ai écrit deux téléfilms, une pièce de théâtre et... Ça fait une heure que je poireaute pour passer à *Rien que des livres*. J'ai perdu mon attaché de presse, parti se renseigner dans les couloirs, et je ne comprends rien à ce que vous... Vous êtes qui au juste ?

– Effectivement, bégaya Béatrice, soulagée, je me disais aussi. Je m'occupe du magazine sur le sport. Il y a eu une petite erreur, veuillez nous excuser. On cherchait une fille pour... Vous n'êtes pas Juliette ?

– Je suis Loren Abysse ! s'écria la jeune femme en se levant.

Thomas Mann, Oscar Wilde et Scott Fitzgerald ne se seraient pas annoncés plus fièrement.

– Oh là la, je ne sais pas ce qui s'est passé, répondit Béatrice. Mille excuses…

Une légère inquiétude se précisa lorsque son regard tomba sur la pendule. L'émission des livres était en direct et sur le point de se terminer. Si Loren n'y était pas…

Dans le studio consacré aux magazines littéraires, le calvaire de Juliette allait bientôt prendre fin.

« Ça rame, ça rame », disait le réalisateur, dans l'oreillette de Valérie.

– On sent que cela vous a amusée de fréquenter ce milieu. C'était quelque chose de nouveau pour vous ? demanda la journaliste sur un ton très enjoué, histoire de mettre un peu d'enthousiasme entre les blancs que cette écrivaine tétanisée laissait s'installer.

– Oui, nouveau. Enfin, non… disons que j'ai toujours été militante…

– À droite ?

– Ah non, pitié !

(Blanc again.)

– Au début du livre, vous évoquez un dîner avec le Premier ministre où votre amoureux vous emmène…

Juliette s'étouffa.

– Hein ?

Elle songea à Franck, son amoureux, le vrai, serveur

dans une brasserie, et imagina cet ahuri culturel face au Premier ministre. Dire qu'elle l'avait trouvé si mignon au début, il s'était avéré être terriblement décevant. Elle allait lui en mettre plein la vue avec cette émission littéraire. La dernière fois que ce crétin avait ouvert un livre, ça devait être : *Les Animaux de la ferme*.

– Vous pouvez peut-être nous en dire plus sur ce dîner ? demanda le jeune chroniqueur pour briser le nouveau silence qui s'instaurait.

– Mais non, c'est un roman ! Et la place de mon imaginaire ! scanda Juliette. Je peux très bien avoir tout inventé ! Si ça se trouve, il n'y a pas plus de députés que d'extraterrestres dans ma vie, ni de dîners avec je ne sais pas qui...

– Arrêtez ! relança la chroniqueuse plus âgée. D'abord, il n'y a pas écrit « roman », c'est un « récit », et puis, je vais vous dire, ça sent le vécu ! Il y a des détails qui tuent !

– Et le diable est dans les détails, renchérit Valérie, mais apparemment Loren est timide et ne veut pas nous en dire plus. C'est dommage parce que le livre, lui, est sans fausse pudeur. Il est cash dans ses sentiments, dans son désarroi, dans l'analyse des rapports de force comme dans la tristesse. On sent une certaine gêne, chez vous, qu'on ne ressent pas dans votre écriture. L'auteure revendique son histoire, or vous...

– Je suis meilleure à l'écrit qu'à l'oral, conclut Juliette en pensant : « Merde à la fin ! »

Vingt minutes auparavant, elle ne savait même pas que les députés avaient des histoires d'amour et de rupture.

Chaque chroniqueur fit une petite conclusion personnelle

et pertinente sur les liens entre politique et littérature. Tous les politiciens écrivaient des livres sur leurs partis politiques, leurs visions de la France, leurs règlements de comptes après un échec électoral et les écrivains faisaient, eux aussi, de la politique quand ce n'étaient pas les acteurs qui se présentaient sur des listes aux municipales. Ils avaient tous raison : *polis* en grec signifiait « les affaires de la cité », et la politique appartenait à tout le monde y compris aux *people* qui s'engageaient. Par la suite, tout le monde couchait ensemble et ça faisait de bonnes histoires et donc de nouveaux livres…

Pendant que Valérie rendait l'antenne sans oublier de citer le nom de l'éditeur, Juliette s'empara discrètement de « son » livre pour y jeter un œil curieux. Elle espérait l'avoir bien défendu malgré tout. Les projecteurs s'éteignirent et là, ce fut l'esclandre…

2

L'esclandre

À l'extinction des feux, Loren entra sur le plateau pour leur dire bravo à tous. Elle s'empara de son livre, qu'elle arracha des mains de l'usurpatrice, le mit sous le nez de Valérie, lui montra sa petite photo au dos de son ouvrage, lui demandant si elle avait pris des cours pour être aussi stupide. Valérie, stupéfaite, s'excusa une bonne dizaine de fois. En régie, l'on s'était rendu compte de l'imposture et toutes les personnes concernées de près ou de loin par l'émission arrivèrent sur le plateau pour calmer la vraie écrivaine.

– C'est toi qui as été la chercher ? demanda Arnaud, le réalisateur, à Priscilia.

– Oui, répondit-elle. La troisième porte à droite, se remémora la jeune assistante.

– Tu n'as pas pu te tromper, il y a écrit INVITÉS en énorme dessus.

– La porte était ouverte, je n'ai pas vu ce qu'il y avait écrit dessus…

– Dis-moi Priscilia, rappelle-moi pourquoi t'as loupé deux fois de suite ton permis de conduire ?

– Parce que j'ai confondu ma gauche et ma droite…

La photo en noir et blanc de Loren, sur la quatrième de couverture, datait de quelques années, n'était pas très nette et ne dépassait pas la taille d'une photo d'identité. Personne n'y avait prêté attention autour de la table. Il est vrai que maintenant, avec la preuve sous le nez, cette chère Loren ne ressemblait pas vraiment à cette pauvre Juliette.

– Vous ! s'écria Loren en pointant la fausse invitée du doigt, vous vous êtes bien rendu compte que vous n'étiez pas à votre place ?!!

Juliette était blême d'effroi. Ce moment de vérité fut pire encore que son passage à la télé. Impressionnée par l'assurance de la véritable auteure, elle songea qu'en ouvrant son livre, elle était tombée sur un chapitre qui s'intitulait : « Mon ego dans le coma ». Apparemment, il s'en était bien sorti et sans trop de séquelles. Bertrand, l'attaché de presse parti se balader, eut droit, lui aussi, à son savon. « Et toi, où t'étais Ducon ? » En réalité, Bertrand avait rencontré Pompon le coiffeur, qui l'avait rassuré, lui expliquant qu'il venait de s'occuper de Loren et qu'elle était sur le plateau. Au lieu d'aller la regarder derrière un écran, comme il le faisait à chaque émission, Bertrand avait proposé un café à Pompon et devant la machine, ils avaient gaiement commenté le grand retour de Chantal Goya… Le directeur d'antenne arriva sur les lieux du drame pour s'excuser encore et encore. Le patron de Tout Pour l'Info, la chaîne d'information non-stop, qui se voulait cent pour cent vérité, sollicita l'attention de tous pour que cet événement contrariant ne soit jamais divulgué à personne. Surtout pas aux journalistes. Silence absolu sur le sujet, y compris sur Internet. Surtout sur Internet. Loren réalisa que si le patron voulait étouffer l'affaire, ils n'allaient pas la réinviter de sitôt, même pour se faire pardonner leur bourde. Comment expliquer que deux filles différentes fassent la promo du même livre d'une semaine sur l'autre ? Pour dissiper l'indignation de Mme Abysse, le patron proposa que l'on montrât à nouveau son livre aux flashs du soir avec un joli commentaire. Loren acquiesça, la moue boudeuse. M. Boulin, le libraire, qui avait assisté à ce grand moment de télé, proposa à Loren une séance de dédicaces le samedi suivant dans sa belle librairie du quinzième arrondissement. Loren acquiesça, la moue moins boudeuse. Marie-Laure, la chroniqueuse aux cheveux poivre et sel, lui serra la main et lui lança :

– Ne vous inquiétez pas, vous finirez par en rire. J'ai toute de suite vu que vous n'étiez pas cette cruche !

En coulisse, Béatrice, la productrice de *Rien que du sport*, récupéra sa vraie candidate à qui elle lança :

– Ne vous inquiétez pas, vous finirez par en rire. J'ai tout de suite vu que vous n'étiez pas cette salope !

Un autre rendez-vous fut pris entre les deux femmes car Béatrice n'avait plus le temps. À présent, une réunion spéciale dix-septième journée du championnat de France de la Ligue 1 l'attendait avec un Denis qui n'avait toujours pas d'assistante, et ses consultants toujours insultants.

Valérie quitta le plateau et le brouhaha hystérique, la main sur le front. Elle en avait ras le bol des éclats de voix et des excuses qui fusaient de toutes parts. Sa migraine revenait à la charge. Si elle n'avait pas eu une telle gueule de bois, elle aurait sans doute trouvé ce chassé-croisé d'invitées assez drôle. C'était bien la première fois qu'une telle méprise survenait en cinq ans d'émission. Certes, elle avait trouvé Loren vraiment jeune et étrange dans son comportement peu disert mais comment imaginer que ce n'était pas elle ?

Au deuxième étage, les deux filles récupérèrent leurs affaires dans leurs lieux d'attente respectifs. Elle sortirent en enfilant leurs manteaux, se retrouvant quasiment nez à nez dans le grand couloir de la chaîne. Loren aperçut le panneau ENTRETIENS sur la porte de l'autre et réalisa qu'il y avait eu erreur sur la salle d'attente, avant même que n'ait lieu la méprise sur la personne.

– J'aimerais bien, dit-elle à Bertrand, venu l'aider à enfiler son manteau, connaître le ou la demeurée qui a confondu la salle des chômeurs avec la salle des invités. Franchement, j'aimerais bien… histoire de lui en coller une…

À ce moment-là, Priscilia, venue s'excuser auprès des filles, rebroussa chemin immédiatement.

Loren ralluma son portable dans le hall d'entrée tandis que Bertrand guettait leur taxi. Juliette passa devant eux pour sortir et aller prendre son métro. Elle s'arrêta net et fit deux pas vers la réception, la main tendue vers Loren :

– Je suis désolée, lança-t-elle à l'auteure caractérielle. Il est vrai que je me suis rendu compte qu'ils se trompaient mais je n'ai rien pu faire, ni rien dire. J'étais comme paralysée… vous comprenez ? Mais je ne me suis pas trop mal débrouillée, non ? Pour votre bouquin ? Enfin…

Elle ne manquait pas d'air, celle-là. Loren, qui était tout sauf mal élevée, lui rendit sa poignée de main.

– Je ne sais pas, à vrai dire, je n'ai pas vu ce que vous avez fait. C'est très ennuyeux pour tout le monde et je me demande vraiment comment ça a pu arriver. C'est complètement fou, non ?

– Complètement, répondit Juliette.

Les deux jeunes femmes s'observèrent, essayant peut-être de se trouver quelques points communs.

– Quel est votre prénom ? demanda Loren, qui n'en avait pas trouvé.

– Juliette, répondit l'autre sans en trouver non plus. J'étais venue pour un entretien. Pour bosser à *Rien que du sport*…

– Ah, je sais ! Je l'ai passé l'entretien ! Enfin, juste dix secondes parce que moi, contrairement à toi, j'ai mis un terme à tout ce cirque assez vite…

– On finira par en rire, dit Juliette.

– Oui, c'est ce qu'on m'a dit aussi…

– C'est génial, en tout cas, de parler de soi comme ça… On a un sentiment d'importance et de puissance quand on vous pose des questions sur votre livre, déclara Juliette, une lumière nouvelle dans les yeux.

– Pour ça, il faudrait déjà en écrire ! répliqua Loren, des éclairs dans les yeux.

– J'aimerais être votre amie. Au revoir.

Loren la regarda partir. Elle ne s'attendait pas à une telle conclusion. Elle observa Juliette recouvrir le bas de son visage de son écharpe et tourner les portes du bel immeuble moderne. Elle se tourna vers Bertrand :

– J'ai été un peu trop violente tout à l'heure, non ?

– Un poil, dit Bertrand d'une voix lasse.

– Oh, je suis désolée. Tu sais ce que c'est avec moi : ça monte vite mais ça redescend encore plus vite…

Son portable émit les quatre notes signalant la présence de messages. Loren cliqua sur Répondeur :

« Lolo, c'est maman. J'ai allumé la télé ce matin pour regarder ton émission comme tu me l'avais dit hier soir. On y parlait bien de ton livre mais figure-toi que ce n'était pas toi qui en parlais ! C'était une brune un peu bizarre, genre Charlotte Gainsbourg, on n'entendait rien à ce qu'elle racontait. À chaque fois qu'elle ouvrait la bouche, il y avait un bandeau avec ton nom qui passait en dessous, on en était malades avec ton père, surtout quand elle a dit qu'elle s'était droguée pour écrire ton livre ! Qu'est-ce qu'il s'est passé chérie ? Appelle-moi ! »

Elle riait, Juliette, dans ce petit troquet des Halles, près de chez elle, avec sa bande de copains dont Emmanuelle, sa copine monteuse à la télé, celle-là même qui lui avait parlé de Denis et de la démission de son assistante. « Merci Manu, j'adore tes plans », ironisait-elle. Attablée devant Franck, son fiancé barman, Jean-François, « le pote à tout le monde », surnommé Fidel, pour sa loyauté en camaraderie et son amour de l'histoire cubaine et Sylvie, toujours un crayon à la main, arrivant tout droit de Nantes où elle faisait les Beaux-Arts. Ce soir la petite bande était au complet et l'héroïne du jour laissa exploser sa fierté. Juliette riait de son exploit, de ce qu'elle avait osé faire le matin même. Elle riait comme quelqu'un qui venait d'échapper à un accident grave, à quelque chose qui aurait pu très mal finir. Et oui, elle l'avait fait. Elle avait nagé avec des grands requins blancs, évité de justesse un trois tonnes en aquaplaning sur l'autoroute, passé la douane avec un kilo de coke. N'était-elle pas géniale la vie avec des amis autour d'une belle table, quand on soufflait après un périple ?

Une, deux, puis trois tournées de Corona pour tout le monde :

– Si vous aviez vu la gueule de la blonde quand elle est arrivée à la fin de l'émission, répéta Juliette en reposant sa bouteille au milieu des éclats de rire et des commentaires.

Quatre, cinq tournées de bières mexicaines :

– Non mais attends, Fidel, tu imagines quand la nana m'a sorti : « Mais alors vous êtes réellement tombée amoureuse d'un type de droite, chasseur, etc. ? » Exactement tout ce que je déteste ?

Explosion de rires de la tablée :

– Mais c'est qui ce type ? demanda Sylvie en s'étouffant et s'essuyant le nez avec la nappe en papier sur laquelle elle avait dessiné une tête de guépard plus réelle qu'une photo.

– J'en sais rien ! s'écria Juliette.

– Elle connaît rien en politique. Tout ce qu'elle sait, c'est moi qui lui ai appris, déclara Franck à l'assemblée.

– Et t'as raison, ce n'est pas grand-chose, rétorqua

Juliette, décidée à ne pas se laisser piquer la vedette. Des députés, il y en a plus de cinq cents. On ne les connaît pas tous. Moi, en entrant sur le plateau, je me suis dit : « Je ne sais pas de quoi on va parler mais on va parler ! »

L'hilarité laissa une petite place à l'admiration :

– Je ne sais pas comment t'as pu, répéta Manu. Aller parler d'un livre comme ça. Non seulement tu ne l'as pas écrit mais tu ne l'as même pas lu !

– Elle ne connaît rien en bouquins, affirma Franck qui ne pouvait s'empêcher de la rabaisser.

– Je m'y connais mieux que toi. Faut dire que moins, c'est difficilement possible, répliqua Juliette en ignorant l'aigri. Le mieux du mieux, c'est quand la journaliste m'a demandé de lui raconter notre coup de foudre à un meeting.

Les éclats de rire fusèrent et dans le resto, les têtes se tournaient de part et d'autre vers la bande d'énergumènes.

On peut dire qu'elle était plus extravertie que le matin. Manu et Fidel semblaient pétris d'admiration. Franck, jaloux que sa fiancée accapare ainsi l'attention avec son exploit télévisuel, s'esclaffait mais avec mépris. Quant à Sylvie, toujours un feutre à la main et n'ayant plus de nappe après s'être mouchée dedans, elle dessinait une tête de cheval à même la table, certifiant au patron de l'établissement, qui s'approchait d'eux les bras croisés, que cette table n'aurait pas de prix après sa mort…

Seule chez elle, Loren s'arrêta net de dîner quand elle entendit sur Tout Pour l'Info le journaliste conclure son journal avec « un petit livre qui raconte comment l'auteure, une jeune femme sans trouble psychologique apparent, est tombée amoureuse d'un politicien fort égoïste. Toute l'histoire tient en une question : comment se reconstruire après un sale type ? Une question que ne se pose sûrement pas Annelise, qui va maintenant nous parler du temps pour demain… ».

« Je me la suis posée après toi ! » répondit la fille de la météo, ignorant que son micro était ouvert.

Le journaliste se racla la gorge et enchaîna : « Tout de suite la météo d'Annelise Picot. »

Le samedi suivant, Loren ne fut qu'à moitié surprise de voir débarquer dans la librairie de M. Boulin la jeune usurpatrice. Une file indienne de lecteurs attendaient leurs dédicaces devant la table de Loren quand elle aperçut Juliette pousser la porte, le bas du visage toujours emmitouflé dans son écharpe multicolore. Loren tenta de se concentrer sur la dédicace qu'elle écrivait à une jeune femme ayant déjà acheté son livre précédent. La lectrice assidue en gardait un excellent souvenir, parce qu'au moins c'était rapide à lire…

Juliette s'engagea dans la file d'attente et, quelques minutes plus tard, se présenta face au pupitre de Loren :

– Il faut tout de même que je le lise ! s'écria-t-elle, en lui tendant le livre.

– Oui, ce serait pas mal. Surtout si tu dois faire d'autres émissions à ma place ! répondit Loren en ouvrant son livre. Juliette, c'est ça ?

Je n'irai pas chez le psy pour ce con !

– Oui.

Loren ôta le stylo de sa bouche et écrivit :

Pour Juliette. À toi, mon autre moi. Il aura fallu Rien que des livres *pour que l'on échange rien que nos vies... J'espère que tu feras partie de la mienne désormais. Loren.*

Ce qu'elle écrivait était toujours un peu emphatique, un poil pompeux, mais elle ne pouvait pas s'empêcher. C'était son style. Subitement trop gentil. C'était surtout hypocrite. Avait-elle vraiment envie que cette sangsue fasse partie de sa vie ? Toutes ses histoires d'amitiés féminines avaient débouché sur des mini ou des maxi-drames. Elle choisissait souvent des êtres narcissiques, comme elle, se confiait en toute légèreté et sincérité, et n'avait plus qu'à attendre le coup de poignard. Il ne tardait jamais. Ses copines avaient toujours répété ses confidences à qui voulait les entendre. Les filles l'avaient souvent enviée et toujours trahie d'une manière générale. Pourquoi celle-là échapperait-elle à la règle ?

« Pourquoi j'ai écrit ça ? se demanda Loren. J'aurais dû mettre : Salut boulet, bonne lecture. En espérant jamais revoir ta gueule. Paye à la caisse. »

Il n'empêche que la réaction de Juliette surprit Loren. Elle fit deux pas sur le côté, ouvrit le livre et ferma les yeux de bonheur. Loren la laissa dans sa position extatique en plein milieu de la librairie et s'empara du livre de la personne suivante, satisfaite d'elle-même. Elle poursuivit les signatures de son dernier ouvrage le sourire aux lèvres, quand la femme du libraire se pencha à ses côtés pour lui donner un bout de papier plié qu'une jeune fille avait laissé pour elle. Loren déplia le petit mot, une feuille d'agenda d'un jour d'été, sur lequel était écrit: « Je t'attends au café en face. Juliette. » Suivait un numéro de portable griffonné à la hâte.

« Et voilà, pensa Loren, j'espère que tu feras partie de ma vie, bingo... Mais qu'est-ce qui m'a pris de lui écrire ça ! »

L'usurpatrice n'avait pas perdu de temps...

Elle lisait, Juliette, dans ce petit café du quinzième arrondissement, face à la librairie. Elle lisait le récit des déboires amoureux de Loren qui commençait par la phrase de Churchill: « Plus on se rapproche des statues, plus elles sont grandes. Plus on se rapproche des hommes, plus ils sont petits. »

Elle avait scindé la narration en deux parties: Les *up* et les *down* de son aventure qu'elle décortiquait et analysait en tentant de s'amuser d'elle-même et du relationnel dans le couple. Elle admettait volontiers qu'en amour il y avait souvent un dominant et un dominé et, contrairement à son habitude, elle avait écopé du sale rôle dans sa liaison. M. Pursalo était le type même du mâle hyper-dominant, charismatique qui l'avait quittée pour son bien. Elle était trop amoureuse. S'il avait attendu plus longtemps, elle n'aurait souffert que plus durement encore. Il n'était pas homme politique pour rien celui-là !

Au second chapitre: de la tendresse et quelques chiffres:

– 10: le nombre de week-ends passés ensemble.

– 12: le nombre de poèmes, mots d'amour et lettres, type « Ma déclaration » chantée par France Gall, qu'il avait reçus de sa main ou de la poste. (L'avantage de sortir avec une auteure, c'est qu'il avait passé plus de temps à la lire qu'à lui parler.)

– 2 : le nombre de divorces l'ayant mis sur la paille.

– 137 : le nombre de fois où il avait évoqué ses divorces l'ayant mis sur la paille, insistant sur le fait qu'on ne l'y reprendrait plus.

– Non répertorié : le nombre de ses maîtresses.

– 7 000 : le nombre d'euros qu'il percevait chaque mois.

– Incalculable : le nombre de canards tués durant ses parties de chasse.

– Incalculable aussi : tout ce qu'il était prêt à sacrifier pour sa quête du Graal.

– 3 : le nombre de mercredis où elle l'avait vu s'échapper après le déjeuner pour se rendre à l'Assemblée.

– 7 : le nombre de mercredis où il avait séché l'Assemblée…

– 4 : le nombre de petits déjeuners à la campagne où elle l'avait vu râler en lisant la presse de gauche.

– 15 : le nombre de flagrants délits d'arrogance. (Les 15 en une seule soirée. Un dîner où il avait été imbuvable.)

– 30 : le nombre de conversations sur la politique internationale et les affaires étrangères.

– 30 : le nombre de fois où elle l'avait trouvé brillant.

– 100 : le nombre de baisers laissés sur sa nuque, sous ses cheveux avant de se lever le matin.

– 10 : le nombre de ses voyages à l'étranger.

– 4 : le nombre de « Je t'aime » qu'elle avait écrits sur des Post-it et laissés sur le frigo le matin avant de partir.

– 4 : le nombre de Post-it qu'il avait découverts le soir et décollés du frigo pour les balancer à la poubelle. (Afin d'éviter que ses ados, présents un week-end sur deux, ne posent des questions.)

– 0 : le nombre de leurs disputes.

Et pourtant...

Loren entra dans le café une heure plus tard et s'installa face à Juliette en posant son sac sur la chaise voisine. Sa nouvelle fan brisa le silence la première :

– Merci pour la dédicace !

– De rien.

– C'est drôle, j'ai commencé ton livre et ton amoureux, le type dont tu parles, c'est exactement tout ce que je hais...

– Oui, c'est drôle...

– C'est pour ça que j'ai eu un peu de mal à en parler à l'émission, je ne connais pas ce genre de personnage...

– Il a des qualités... intellectuelles, on va dire.

– Quel sale con prétentieux !

– Oui, alors heu... vas-y mollo tout de même. Il est franc, enfin disons qu'il avait son franc-parler.

– Arrête ! Avec les autres peut-être. Avec toi, il n'a pas été foutu de t'appeler pour rompre ! C'est un handicapé des émotions.

– Oui, alors, heu... Tu sais, d'un autre côté, je n'ai pas grand-chose à lui reprocher. Franchement, il y a pire. Il ne m'a jamais frappée, ni manipulée psychologiquement...

– Il t'a quittée avant. Il s'est certainement rendu compte que ça ne prendrait pas avec toi...

– Je n'en suis pas aussi sûre…

– Comment t'as pu tomber amoureuse de ça ?

– Au début, je… Enfin, à la base, on était partis pour vivre quelque chose d'intense. Et j'ai vécu une belle envolée émotionnelle. La chute fut d'autant plus dure.

– Tu es guérie maintenant ? Je n'ai pas lu la fin du livre.

– Disons que… Je ne sais pas si on guérit de ses chagrins, on s'en distrait plutôt, non ? Qui a dit ça déjà ? Le temps aide, l'entourage vous remonte le moral et c'est l'écriture qui sauve, comme toujours. La bringue aussi, un peu. Ce qui m'ennuie dans la vie, dans la mienne surtout, c'est que j'ai calculé que je tombais amoureuse tous les cinq ans, et je trouve que ce n'est pas beaucoup, alors maintenant, quand je foire une histoire, je suis vraiment furieuse parce que je me dis qu'il faut que j'attende un quinquennat et puis le temps passe… J'ai trente-huit ans. Mon prochain amoureux sera obligé de mettre ses spermatos dans une éprouvette si je veux un enfant. Ça ne va pas se bousculer au…

– Je connais des tonnes de mecs qui se damneraient pour une fille comme toi !

– T'es gentille. Mais je suis assez insupportable aussi dans mon genre. Un véritable cauchemar pour l'amoureux qui ne coïncide plus avec mes rêves.

– C'est une bénédiction que tu ne sois plus avec ce type, je t'assure.

– On croirait entendre ma mère.

– Toi, tu es une idéaliste et moi, j'ai lu une phrase d'Éric Orsenna qui disait que « rien n'est plus stupide et ennuyeux qu'une fille amoureuse ». Inutile qu'il en débatte avec mon ex, ils tomberaient très vite d'accord. C'est idiot, j'aurais dû connaître cette citation avant de le rencontrer. J'ai toujours cru que c'était formidable d'être amoureuse. Quelle conne, j'ai trop lu Tolstoï… ou trop écouté Diane Tell : « Moi, si j'étais un homme… » et nia nia nia…

– Qu'est-ce qui t'a plu chez lui ?

– Je ne sais pas, c'est ça le pire. Qui trouve des explications aux coups de foudre ? « Les femmes choisissent des hommes qui les choisiront. » Ce n'est pas le fait que l'on ait été ensemble qui m'étonne, figure-toi. C'est pourquoi il s'est barré. Voilà ce que j'ai tenté d'expliquer.

– C'est le pouvoir qui t'a plu, c'est tout…

Loren fit une moue d'incertitude en regardant par la baie vitrée du café.

– Le pouvoir sur mon imaginaire, alors…

La nuit était tombée et les lumières citadines se réveillaient de toutes parts, provoquant une consommation d'énergie écologiquement incorrecte.

– Tu ne veux pas qu'on aille danser la salsa ?

– Pardon ?

– Je connais une boîte vers Bastille, on peut grignoter un morceau, boire des cocktails latinos et danser la salsa…

Dès qu'elle entendait le mot cocktail, Loren avait les dents qui poussaient. Elle songea que personne ne l'attendait chez elle. En revanche : Bastille, latinos et salsa ne lui disaient rien qui vaille. Il devait y avoir une faune bizarre là-dedans…

Et puis Bastille, c'était drôlement loin…

Trois mojitos et deux caipirinhas plus tard, Juliette faisait tournoyer sa jupe à coups de déhanchés suggestifs sur des percussions cubaines. Elle avait ôté ses chaussures et dansait en collant avec des partenaires gominés qui se succédaient pour la faire virevolter dans tous les sens. Accoudée au bar, Loren observait cette faune qui dansait à deux et en harmonie rythmique. Les professionnels des danses sud-américaines se distinguaient. Loren chercha quelqu'un avec qui évoquer le court passage de Raymond Aron aux *Temps modernes* et ses divergences avec Jean-Paul Sartre puis renonça. Ces gens se trémoussaient trop vite pour avoir de la conversation. La musique céda la place à un autre air latino et tout le monde cria « Mambo ». Loren sortit fumer une cigarette en se demandant ce qu'elle fichait là. Trop compliqué cette danse, faut prendre des cours.

Cinq minutes plus tard, elle entra de nouveau dans l'univers des percussions sud-américaines et fut happée au niveau des hanches par le bras de Juliette.

– Tu m'as fait peur, j'ai cru que t'étais partie ! cria la jeune femme en l'entraînant sur la piste pour se frotter contre elle.

– Non, non, répondit Loren en jetant des regards en biais autour d'elle.

Deux filles qui dansent collées l'une contre l'autre sensuellement provoquent toujours quelques interrogations fantasmagoriques chez le sexe opposé. Il aurait fallu à Loren un ou deux mojitos pour qu'elle s'en foute complètement, mais elle se lança. Après tout, pourquoi pas ? Pas à pas, un deux trois, elle suivait les rythmes, déplacements, mouvements de danse, et déhanchés de sa nouvelle amie qui la tenait serrée contre elle, la main sur ses reins. Derrière le bar, quelques garçons commençaient à avoir l'œil égrillard. Loren songea qu'on devait perdre pas mal de calories lors de soirées comme celle-ci. Rien à voir avec Castel, où elle restait scotchée à son fauteuil en refaisant le monde et en s'envoyant des vodka cranberry. Non, ici on se dépensait. Demain, elle pourrait sécher sa séance de power-plate. Juliette la fit tournoyer par la main comme dans une chorégraphie rock'n'roll et la récupéra pour l'enlacer plus fort encore… Loren se laissa faire, découvrant un petit attroupement autour d'elles. Leur sensualité explicite faisait quelques émules, les fans de la « latino attitude » les encourageaient, sourire aux lèvres.

Quelques hommes auraient aimé entrer dans la danse et se déhancher contre l'une ou l'autre, mais Juliette les évitait habilement, valsant sur la piste. Le collé-serré tourbillonnant des deux filles semblait les fusionner en une seule et même personne. Finalement, Loren, dont la tête tournait un peu, regretta l'absence d'un jury pour noter cette performance artistique et rythmique… Sûr qu'elles auraient eu la meilleure note.

Dans le taxi, Juliette révéla à Loren qu'elle ne désirait pas rentrer chez elle. Elle n'avait pas envie de voir son studio dans les Halles. Elle n'avait pas envie de voir la tête de son « copain ». Loren donna son adresse au chauffeur et se demanda où et quand ce petit jeu allait s'arrêter. Ça devenait, comment dire, un peu ambigu tout ça, non ?

Elle réalisa qu'elle ne connaissait rien de la vie de sa nouvelle amie. Comme d'habitude, elle n'avait parlé que d'elle.

– Qu'est-ce qu'il fait ton copain ?

– Il est serveur dans une brasserie…

– Il est… gentil ?

– Pfffftt.

Loren ne savait pas ce que cela signifiait mais ça ne devait pas être le nirvana. Apparemment, sa jeune amie voulait se changer les idées et Loren se demandait comment poursuivre la conversation.

L'univers de cette gamine ne devait pas être hyper-passionnant. Pourtant, elle avait quelque chose… dans le regard, dans le visage, qui déclenchait son intérêt, l'impossibilité de lui dire non. Ses airs mutins, ses petites révoltes, ses yeux pétillants et arrondis, ses envies soudaines de salsa, son impudeur et son admiration soudaine. Pour l'auteur de dix ans son aînée qu'était Loren, tout cela cachait une tragédie, un secret mais… peut-être se trompait-elle. Elle adorait déceler des mystères et des traumas chez tous les gens qu'elle croisait. Elle voyait en chaque être humain un ramassis de choses inavouables, un sujet de roman tragi-comique selon ses époques.

– Comment il s'appelle ton ami ? demanda Loren.

– Roméo.

– Ce n'est pas vrai ?!

– Mais non, ce n'est pas vrai ! s'écria Juliette. Il s'appelle Franck.

– Et, heu… comment dire ? Tu découches souvent ?

– Non.

– Et il ne va rien dire ton copain, s'il ne te voit pas rentrer ?

– Si, il va certainement gueuler. Il ne sait faire que ça en ce moment…

– Mais alors…

– On s'en fout, conclut Juliette en posant sa tête contre l'épaule de Loren.

Et elle ferma les yeux.

Effectivement, on était loin de Roméo et Juliette.

Loren songea que l'amour, quand il n'était pas interdit, perdait cinquante pour cent de son intérêt. L'amour, quand il était obligatoire parce qu'on vivait sous le même toit, devenait carrément une corvée, le ménage du printemps avec le lavage des carreaux. Elle se félicita d'être célibataire aujourd'hui, d'autant qu'elle avait entendu à la radio que les violences conjugales avaient augmenté de trente et un pour cent depuis trois ans.

À peine arrivée chez Loren, Juliette laissa tomber son manteau et son écharpe dans le couloir :

– Elle est où ta salle de bains ? On a sué comme des vaches. On va se prendre une petite douche…

– Quoi ? s'écria Loren, en ramassant ses affaires derrière elle pour les suspendre au portemanteau.

Elle n'aimait pas le désordre. Habitude de vieille fille, très certainement, mais son appartement était aussi son lieu de travail et, pour écrire, elle avait besoin que son petit intérieur soit ordonné. Si foutoir il y avait, il était parfaitement étudié. Elle ne pouvait pas se mettre à son ordinateur si elle n'avait pas fait son lit ou s'il restait de la vaisselle dans l'évier.

– Tu veux prendre un bain maintenant ?

– Oui.

– Ensemble ?

– Oui.

– Tu n'es pas gonflée, toi ? Mais qu'est-ce que tu attends de moi, au juste ?

Seul le bruit du robinet de la baignoire lui répondit. Bon, elle avait trouvé la salle de bains. Loren arpentait la cuisine. Elle ouvrit son congélateur et s'empara de la bouteille de vodka pour un dernier petit verre. Juliette faisait irruption dans sa vie tellement brutalement. L'émission déjà : à peine croyable comme erreur. Cette « amitié » bizarre et rapide avec cette fille de dix ans sa cadette, et strictement rien à voir avec ce qu'elle fréquentait habituellement. Très nouveau. Voire trop. Se laisser entraîner pour aller danser la salsa : hyper-nouveau. Rentrer avec la même fille et prendre un bain, alors là ! Et puis quoi après ? Une petite relation homosexuelle, la première pour Loren ? Impensable. Trop de nouveautés le même soir…

– Bon alors, tu viens ? hurla Juliette.

Loren avala son fond de vodka cul sec et sortit de sa cuisine comme on se dirige vers l'échafaud, d'un pas ralenti et solennel. Elle poussa la porte de la salle de bains et avisa sa nouvelle amie enjambant la baignoire, nue. D'un coup d'œil, et tandis qu'elle ramassait ses affaires au sol, Loren remarqua que sa peau était très blanche et parsemée de grains de beauté. Elle avait les jambes assez musclées et des petits seins insolents qui rebiquaient comme au Crazy Horse. Juliette s'empara d'une pince rose sur une étagère, releva ses boucles châtaines, et se laissa glisser dans la mousse avec un soupir de satisfaction. Loren posa les affaires de son invitée sur un tabouret :

– Oui, alors, heu…

– J'ai remarqué que tu disais ça assez souvent ! s'écria Juliette en laissant émerger un mollet de la mousse. Tu commences toutes tes phrases comme ça…

– C'est un tic quand je suis un peu nerveuse…

– Mais arrête de ranger ! Déshabille-toi…

– Oui, alors, heu… bon.

Loren s'avoua vaincue et fit un petit tas de ses affaires à côté de celles de Juliette pour entrer à son tour dans la baignoire.

– Je t'admire, tu sais, dit Juliette en caressant la mousse de sa paume de main.

– Ah bon ?

– Ton écriture, tes livres, tout ça. Comment tu arrives à inventer des histoires, à faire exister des personnages, à créer des dialogues ?

– C'est… de la technique, murmura Loren, flattée.

Juliette aurait aimé en savoir plus sur les techniques des écrivains, mais Loren resta muette. En réalité, elle pensait à autre chose et s'angoissait en songeant à l'avenir. Loren rêvait sa biographie avant de la vivre et cette Juliette ne faisait pas partie du film de sa destinée. À vrai dire, l'homosexualité n'était pas dans la bande-annonce de sa vie et ce facteur inconnu l'embarrassait car, justement, elle n'avait pas de technique dans ce domaine. Même si, songeait-elle, cela ne devait pas être très compliqué, mais les première fois filent toujours le trac.

– Retourne-toi, dit Juliette, viens contre moi.

– Évite l'impératif quand tu t'adresses à moi, je le tolère assez mal.

– Pardon, dit Juliette, en casant cette phrase dans un coin de sa mémoire pour pouvoir la ressortir à Franck. – Les occasions ne manquaient pas. – Pourrais-tu venir contre moi Loren, s'il te plaît ? reprit-elle.

Loren s'exécuta et s'adossa contre sa nouvelle amie en se demandant pourquoi elle lui obéissait comme un caniche depuis quelques heures. Elle allait se relever pour s'écrier : « Stop assez joué ! » quand Juliette l'enlaça de son bras, laissant ses doigts effleurer le bout de ses seins. Une caresse comme un électrochoc.

Loren songea qu'elle n'avait de comptes à rendre à personne, qu'elle faisait ce qu'elle voulait et que ce n'était pas si terrible, à trente-huit ans, de se laisser aller à quelques expériences inédites. Elle tourna la tête vers Juliette et leurs lèvres se rejoignirent…

3

Avis de recherche

Le lendemain matin, Loren ouvrit un œil et grimaça d'horreur. Elle avait la bouche un peu sèche en raison des cocktails de la veille. Elle pivota dans son lit et tomba sur le dos clairsemé de grains de beauté de sa nouvelle amie. Petite amie. Elle avait couché avec une fille et cela s'était plutôt bien passé. Elle caressa le dos de Juliette en se demandant si elle avait consulté un dermato. Certaines taches pouvaient être cancérigènes, des mélanomes déguisés et… « Pourquoi je pense à ça ? »

Pour éluder le vrai problème, éviter de repenser à… À vrai dire, Loren hésitait entre deux écoles :

La première, tendance rétro, consistait à courir s'agenouiller dans le premier confessionnal d'une église en espérant qu'un prêtre serait présent pour écouter son récit lubrique.

La deuxième, post-moderne : se dire : « Tant pis, je ne suis plus à une connerie près… »

Loren opta pour une troisième : aller se chercher de l'aspirine au plus vite. Se laver les dents. Évacuer toute pensée négative ou angoissante. Évacuer toute pensée, tout court.

Elle revint dans sa chambre, une brosse à dents dans la bouche.

– Juliette, réveille-toi, j'ai mon brunch du dimanche avec mon éditrice, dit-elle en lui secouant l'épaule.

– Bonjour ma chérie, lui lança Juliette.

Loren pensa : « Au secours ! » en se dirigeant au pas de course vers sa salle de bains pour une toilette beaucoup plus rapide et beaucoup moins glam que la nuit précédente.

Quand elle revint quelques minutes plus tard, en peignoir, pour chercher des sous-vêtements dans la commode, elle fut rassurée de constater que Juliette se rhabillait sagement.

– Je prendrai une douche chez moi, annonça-t-elle.

– Excuse-moi, je suis un peu pressée…

– Il n'y a pas de mal, l'informa Juliette en brandissant ses collants de la veille.

Elle avait dansé sans chaussures et ses bas, couleur chair, étaient noirs sous les pieds. L'espace d'un instant, Loren eut envie de lui proposer de les passer à la machine mais cela suggérait que la jeune femme pouvait revenir et elle n'avait encore rien décidé dans ce sens. Elle fut soulagée de voir Juliette les rouler en boule dans son sac et enfiler ses chaussures pieds nus.

Dans le couloir, Juliette attrapa manteau et écharpe et se tourna vers Loren qui accourait en enfilant un chemisier. Elle ouvrit la porte et déposa un léger baiser sur ses lèvres…

– Je t'appelle, lança Juliette.

– OK. À plus.

Loren ferma la porte et resta le front collé dessus. Décidément celle-là, jusqu'au bout, elle se sera conduite comme un mec.

Dans le taxi qui la menait à Montparnasse, Loren ne savait toujours pas comment envisager son avenir amoureux. Pas de plans sur la comète. En réalité, elle avait un besoin viscéral de faire des plans, même s'ils ne se réalisaient pas tous.

Comme très souvent, elle s'amusait à imaginer les bandes-annonces de sa vie, et celle d'aujourd'hui donnait :

« Vous avez aimé *Dirty Dancing* ? *Gazon Maudit* ? Vous allez adorer les aventures de Loren et de sa nouvelle copine ! Au début, Loren la déteste ! La fille a osé faire une émission à sa place sans dire à personne qu'elle n'était pas la bonne invitée ! Vous découvrirez comment elles ont dansé la salsa, échevelées et en sueur devant une foule en rut, et comment elles ont fini au plumard sans savoir pourquoi ni comment et en se posant encore la question le lendemain entre deux aspirines ! Lolotte productions présente : la vie de Loren Abysse, passionnante et pleine d'imprévus… »

– Stop ! cria-t-elle.

– On y est pas encore ! dit le chauffeur de taxi.

– Non pardon, ce n'est pas à vous que je m'adressais. C'est à mon cerveau…

Le chauffeur lui jeta un regard apeuré dans le rétroviseur. S'il le pouvait, il préférait éviter de charger des schizophrènes…

Dans le métro, Juliette était un peu triste. Comme chaque lendemain de fiesta, elle avait l'impression que l'euphorie de la veille haussait les épaules et lui lançait, méprisante : « Ma pauvre fille, qu'est-ce qui t'a pris encore ? Tu t'es regardée ? Ah, t'étais belle ! » Non, ce n'était pas l'euphorie du lendemain, ça. Ce genre de réflexion désobligeante, c'était du Franck tout craché. Elle allait prendre une raclée en rentrant. Elle l'avait prévenu qu'elle passait la soirée avec la fille rencontrée à la télé, celle dont les yeux lançaient des éclairs, et elle n'était pas rentrée de la nuit. Misogyne poids coq allait en faire une jaunisse. Mais ce matin, Loren s'était réveillée plus stressée qu'amoureuse. Elle l'avait mise dehors en courant dans tous les sens. Elle enviait Loren, elle enviait sa vie. Elle avait compris ce phénomène en sortant de l'émission, et même si elle ne s'était pas montrée très loquace, parler de soi et de ses écrits donnait juste envie de prendre la vie au sérieux. Peu de choses dans la vie de Juliette l'incitaient à la considérer avec importance. Chaque matin, son compagnon lui donnait envie d'escalader le balcon. Franck. Sa façon de parler. Il n'avait pas prononcé une phrase intelligente, émouvante ou fine depuis deux ans. Loren Abysse ne resterait jamais une seconde sous le toit d'un type capable de dire : « Pousse ton cul, je vois pas la télé ! T'es pas transparente ma vieille ! » Il était frustré, méprisant, déficient intellectuellement et, surtout, il devenait de plus en plus agressif. Et ça c'était inconcevable. Dangereux. En descendant à Châtelet, Juliette avait pris sa décision. Elle allait quitter son homme. Certes, elle était dépendante de lui en ce moment et ça durait depuis trop longtemps. Il payait le loyer. Heureusement qu'elle n'avait pas d'enfant, la chaîne serait plus facile à scier. Où pouvait-elle aller si elle le quittait ? Une fois de plus, elle pensa à Loren. Elle ne la laisserait pas à la rue… maintenant ?

– Une fille ! s'écria Meredith, l'éditrice de Loren, en coupant ses œufs au plat.

– Ma première ! répondit Loren, avant de cacher son visage dans ses mains.

– Il faut un début à tout…

– Oh, la honte !

– Pourquoi ?

– Je ne sais pas. C'est ce qu'il faut dire, non ? suggéra Loren en ôtant ses mains.

– Pas du tout. Assume. Elle te plaît ?

– Ben oui mais…

– Alors ? Où est le problème ? demanda Meredith en raclant le jaune d'œuf d'un bout de pain avant de l'avaler.

– Oui, je n'ai pas de comptes à rendre. C'est ce que je me suis dit quand j'étais dans le bain avec elle. J'ai également pensé : elle se comporte comme un homme. Par la suite, j'ai réalisé que moi aussi. Moi aussi, je me suis laissé séduire comme un représentant de commerce monté à Paris pour s'encanailler avec quelque danseuse. Je n'ai pas la moindre idée de ce que je représente pour elle.

Elle écrivait, Juliette, attablée au bar de sa mini-cuisine américaine, elle avait déchiré une page de son carnet qu'elle comptait laisser sur la porte du réfrigérateur.

Je n'irai pas chez le psy pour ce con !

Franck,
Connaissant ta peur panique de la communication et de la dépense, je serai tout aussi économe de mes mots :
Adieu sale con. Te quitte...

J.

Elle se leva et cala son petit mot sous un aimant de la porte du frigo. Comme une automate, elle se dirigea vers sa penderie, l'ouvrit, libéra un sac de voyage et commença à plier ses affaires. Elle n'entendit pas la porte de la salle de bains s'ouvrir et ce n'est que lorsqu'elle referma un pan de l'armoire qu'elle découvrit Franck dans le reflet du miroir, juste derrière elle. Elle sursauta, se retourna et le considéra avec effroi. À première vue, il sortait de la douche, maigrichon, pâlichon, une serviette éponge blanche autour de la taille, Juliette vit à son regard mauvais que l'interrogatoire allait être violent. Petit mâle n'aimait pas que SA chose découche et se sente libre...

– Tu ne bosses pas aujourd'hui ? lança Juliette, affolée.

– Pas aujourd'hui, non. Surprise ? T'es pas rentrée de la nuit, toi ? T'étais où, espèce de salope ?

L'insulte étant le bonheur suprême de la tête pleine d'eau, Juliette ne répondit rien. Franck la poussa pour prendre un tee-shirt dans l'armoire et découvrit le sac sur le sol. Ses yeux restèrent figés sur le bagage et Juliette sentit l'orgueilleuse colère masculine envahir l'esprit du bientôt-largué. Elle recula d'un pas. La violence, qu'elle pressentait, la terrorisait toujours autant. Comme le jour du drame.

– T'étais où cette nuit ? dit-il d'une voix blanche.

– Ça ne te regarde pas…

– Je crois que si…

– Je crois que non…

Ils se dévisagèrent, immobiles et haineux, sachant que ni l'un ni l'autre ne céderaient.

– T'avais l'intention de te barrer ? Tu crois vraiment que tu peux partir comme ça ? Me laisser comme un chien ?

– Je ne laisserais jamais un chien !

– Sale pute !

Il lui empoigna le bras, prêt à la gifler, lui envoyer un coup de poing, mais Juliette eut le temps de se débattre. Dans l'affolement soudain, la promesse revint. La promesse qu'elle s'était faite de ne plus *jamais* se laisser agresser. Elle cria en dégageant son bras et trébucha en arrière. Elle s'écroula et sentit un coup de pied dans le ventre lui bloquer la respiration. Recroquevillée, elle protégea sa tête. Une force externe lui ordonna de se relever. Pas cette fois. Pas encore. En proie à la panique, elle s'agrippa à la cheminée pour se relever, attrapa une statuette africaine sur le rebord, et se retourna brutalement pour asséner un violent coup d'art premier sur le crâne de son compagnon.

Il y eut un moment de flottement où toute expression de colère déserta le regard de Franck. La haine, l'animosité s'envolèrent. Toute expression, toute compréhension de la situation s'échappa de ses yeux qui, lentement, se révulsèrent. Deux filets de sang s'écoulèrent doucement, de part et d'autre de son visage. Très vite, les filets se métamorphosèrent en ruisseaux d'hémoglobine. Franck tomba à genoux. Il vacilla et s'écroula au sol, sans se retenir de ses bras, les yeux toujours ouverts et vides de sentiment.

Juliette tenta de reprendre son souffle, quelques secondes avaient suffi pour que la lucidité l'abandonnât. Son cœur battait aussi vite que le jour de la chose. Le jour du viol. Ce matin d'avril 1997 où, impuissante et paralysée d'horreur sous le corps robuste de son agresseur, elle avait cru mourir, persuadée que l'homme en cagoule allait la tuer. Aujourd'hui, c'est elle qui venait de tuer quelqu'un. Curieusement, elle ressentit que ce jour-là devait arriver. Voilà douze ans que son inconscient réclamait vengeance. Elle reposa la statuette sur la cheminée, fit les cent pas autour du corps, puis courut vomir dans l'évier. Quand elle releva la tête, elle pensa se réveiller. Tout ça n'avait été qu'un cauchemar aussi rapide que violent, mais un coup d'œil sur le corps inerte vint contredire tout espoir de son esprit embrouillé. Elle revint s'agenouiller à ses côtés. La mare de sang s'intensifiait :

– Franck ! Réveille-toi ! Je n'ai jamais voulu te faire mal, tu sais ! Je voulais juste que tu me lâches… Je…

Un bout d'os s'était détaché du crâne. Sa tête baignait dans un cercle rouge. Elle courut jusqu'à la salle de bains, attrapa une nouvelle serviette derrière la porte et revint entourer la tête de son compagnon. Elle replaça la parcelle de cuir chevelu ensanglantée, en fermant les yeux, grimaçante. La serviette blanche devint entièrement rouge. « Qu'est-ce que j'ai fait ? » Sa lucidité lui revenant peu à peu, elle contempla ce spectacle morbide et réalisa le nouveau tournant dramatique que sa vie venait d'emprunter. Il était hors de question d'appeler la police. Même pour un accident, même pour de la légitime défense. En France, ça ne vaut rien. Elle avait vu un reportage à la télé où une femme battue s'était un jour défendue en assénant un coup de poêle à frire sur le crâne de son bourreau. Elle l'avait tué sans le faire exprès. Elle avait prit huit ans de taule. Huit ans ! Juliette réfléchissait. Il fallait absolument le faire disparaître. Pas de corps, pas de crime. Pas de crime, pas d'enquête. Voilà, oui. Elle reprenait ses esprits. La logique revenait. Il fallait juste se calmer et réfléchir.

À Montparnasse, Loren et Meredith sortirent du Select et firent quelques pas ensemble. Elles traversèrent le boulevard bras dessus, bras dessous et Meredith, après avoir chaleureusement embrassé son auteure pour ces confidences saphiques, laissa Loren à une station de taxis. Meredith, habitant à quelques rues de là, pouvait rentrer à pied où elle partageait son appartement avec sa fille unique, une adolescente intransigeante qui ne jurait que par Baudelaire, Apollinaire et Mallarmé, et qui répétait à qui voulait l'entendre que sa mère ne publiait que des « grosses daubes ».

Loren monta dans le premier taxi de la file et ralluma son portable. Son boulet de la veille n'avait pas appelé. C'était déjà ça, pensa-t-elle, mais à peine eut-elle formulé cette phrase que le téléphone émit sa petite sonnerie et le prénom JULIETTE s'afficha sur son écran. Oh, non… Pas déjà ? Mais quoi encore ? Bon, pas de lâcheté, on assume, on décroche.

On n'est pas des hommes. Loren pouvait gentiment lui expliquer qu'elles s'étaient un peu laissées aller dans le feu de l'action, mais qu'il fallait regarder la réalité en face : elles n'avaient rien à faire ensemble. À présent, mieux valait tout oublier et reprendre leurs vies d'avant, le temps pour cette bêtise de se transformer en pas trop mauvais souvenir. Oui. « On a fait une belle connerie mais faut me laisser maintenant. » Ce n'était pas difficile à dire. Elle décrocha mais n'eut guère le temps de prononcer quoi que ce soit :

– Loren ? C'est moi Juliette. Je crois que j'ai fait une belle connerie ! Tu peux venir chez moi s'il te plaît ? C'est extrêmement urgent. J'ai besoin de toi.

Loren donna une nouvelle adresse, vers Beaubourg, au chauffeur de taxi qui fit demi-tour en soupirant un : « Faudrait savoir ! » L'effroi dans la voix haletante de Juliette avait réveillé sa curiosité. Une curiosité malsaine et angoissante. Que pouvait-elle avoir fait encore ? L'inquiétude entama son long travail de compression. Dire qu'elle avait l'intention de rentrer calmement chez elle, de se faire un petit tilleul, de s'allonger sur son canapé et de relire les mémoires de Frank Capra.

« Cette fille me contrarie beaucoup, décidément », pensa-t-elle.

Elle était assise, Juliette, depuis des heures sûrement. Elle était recroquevillée sur le petit sofa, où ils avaient passé tant de soirées ensemble, et ne pouvait détacher son regard du corps frêle et nu qui ne bougeait plus. La taille entourée d'une serviette blanche et sa tête empaquetée d'une autre serviette, jadis blanche, elle aussi. Qu'est-ce qu'elle allait faire de lui ? Heureusement, Loren allait arriver. Elle allait l'aider. Elle était bourrée d'imagination. C'était son boulot. Elle saurait, elle, c'est sûr…

Loren observa le petit immeuble compressé entre deux troquets où s'éternisaient des petits groupes un peu bobos, un peu artistes, un peu précaires, tous contestataires. Il y avait même un punk à la crête violette, genre Londres années quatre-vingt, qui fumait à l'intérieur et ne sortait que pour faire la manche. Loren entra dans l'immeuble pour grimper les deux étages à pied.

Juliette, sa camarade de jeux, l'attendait sur le palier :

– Attends, ne rentre pas. Il faut que je te briefe un peu avant.

– Qu'est-ce qu'il se passe ?

– C'est très grave, chuchota Juliette. Ne hurle pas. Ne me juge pas. Essaye juste de réfléchir posément parce que moi j'ai beaucoup de mal. D'accord ?

– OK.

– Voilà, comment dire… Tu sais Franck. Je t'en ai parlé…

– Oui.

– Je m'apprêtais à le quitter. On ne s'entendait plus depuis des mois. Je ne pensais pas qu'il était là et, en fait, si. Il a compris que je voulais me barrer et il est devenu furieux. On a eu une dispute et dans la panique, enfin je ne sais plus trop ce qui s'est passé. J'ai pris un machin sur la cheminée, une statuette, et je l'ai cogné avec...

– Mon Dieu Juliette ! Tu as assommé ton fiancé ?!

– Assommé ? Heu... Comment dire ? Je croyais moi aussi au début mais...

Elle laissa un silence pour que Loren comprenne. De temps en temps, les mots sont inutiles, mais Loren ne semblait pas réaliser.

– Mais quoi ?

– Il ne bouge plus. Plus du tout, du tout, du tout...

Les yeux de Loren s'écarquillèrent de stupeur et d'effroi. Juliette lui empoigna le bras pour la faire entrer. Elle referma la porte et observa Loren plantée, paralysée, n'osant bouger, n'osant comprendre, n'osant articuler quoi que ce soit devant l'homme inerte à terre.

– Son crâne s'est fracassé, expliqua Juliette. Ça saignait énormément, c'est pour ça que j'ai mis une serviette autour de sa tête. De toute façon, le tapis est foutu. Il faudra s'en débarrasser aussi.

– Alors là, non. Ce n'est pas possible, je vais me réveiller, murmura Loren.

– T'es la seule personne que je pouvais appeler. Mes autres copines connaissent mon compagnon et je n'avais pas envie... enfin tu vois... Ce qu'il faut, expliqua Juliette en contournant le cadavre, c'est qu'on croie qu'il a voulu disparaître. De son propre chef, tu comprends ? C'est faisable. Chaque année, des tas de gens ne préviennent personne et disparaissent. Ils tentent de refaire leur vie au bout du monde. Ils s'en vont ouvrir une baraque à frites sur une plage de Bogotá et personne ne les recherche...

– Il n'y a pas de plage à Bogotá, murmura Loren, songeant que ce n'était pas forcément dans la frite qu'on faisait fortune là-bas...

– N'importe où ailleurs, on s'en fout ! L'Amérique latine, c'est une bonne destination pour les gens qui veulent disparaître... non ?

– Pourquoi, il était nazi ?

– Mais arrête, Loren. Ce que je veux dire, c'est que ce genre de dossier est vite classé. C'est un majeur, déjà, et c'est un homme. Un Parisien, un garçon de café, quadra, qui a raté sa vie et qui a tenté le tout pour le tout en se barrant à Caracas, au Mexique.

– C'est au Venezuela, dit Loren, les yeux toujours fixés sur la momie ensanglantée par terre.

– Bref, viens t'asseoir ma Lo. J'ai besoin de tes lumières...

– En géographie ?

– En imagination. En création. Qu'est-ce qu'on va en faire ?

– ON ???

– Oui. Où peut-on le jeter ou l'enterrer sans se faire remarquer et, si possible, sans que jamais, et je dis bien jamais, c'est important pour moi, on ne le retrouve ?

– C'est la première fois qu'on me pose cette question... Enfin Juliette, t'es dingue ou quoi ? s'écria Loren en reprenant ses esprits. La seule chose que tu as à faire, c'est appeler le Samu, la police, les pompiers...

– Non, coupa Juliette, j'y ai bien pensé, figure-toi, mais le sac de nœuds judiciaire après ! T'imagines ? On ne s'en sort jamais. Les flics, les avocats commis d'office, les procureurs, le procès et puis quoi ? La prison ? Ça jamais ! Moi, je repasse mon entretien pour bosser à la télé jeudi matin, il est hors de question que je sois mise en examen pour homicide d'ici-là ! Même involontaire. Tu ne te rends pas compte ? Je ne veux pas voir un seul flic, Loren ! Pas un seul.

– Mais arrête ! Si c'est un accident, un moment de folie passagère. Tu me dis que vous vous êtes battus : c'est de la légitime défense...

– Oui mais ça ne change rien. C'est toujours un homicide involontaire. Alors d'accord, ce n'est pas vingt ans mais je peux prendre quatre ou cinq ans. Peut-être plus si mon avocat est nul et que ma gueule ne revient pas au juge. Hors de question. Même trois minutes de taule pour lui, ce serait trois minutes de trop. Regarde-moi bien Loren. Je veux me débarrasser de ça. Dire qu'il m'a quittée et qu'il est parti. Où ? Je n'en sais rien. Jamais eu de nouvelles. *Point barre !*

– C'est totalement irréel. Seigneur, dites-moi que je ne suis pas dans l'appart d'une fille que je connais à peine avec le cadavre de son mec par terre ?

– Toi, t'as écrit un bouquin qui s'appelle : *Je n'irai pas chez le psy pour ce con !* Eh bien moi, je pourrai écrire la suite qui s'intitulera : *Je n'irai pas en prison pour cette merde !*

– Je croyais qu'il était gentil ? C'est ce que tu m'as dit dans le taxi hier soir...

– Non, je ne t'ai rien dit du tout. Au début, ça allait et puis la vie quoi... Habiter ensemble, dans un endroit aussi petit, a été une belle erreur. On ne se supportait plus. Il disait que je le défiais tout le temps et passait sa vie à me rabaisser, m'humilier, je t'assure. Il était méprisant, tu ne peux pas savoir ! Toi, tu l'aurais tué depuis longtemps…

– Je crois que je ne l'aurais même pas regardé, surtout ! Ça évite bien des emmerdes…

– Oui, on a les mecs qu'on mérite, hein ?

– Ben…

– Arrête de le fixer comme ça. Il ne va pas s'envoler. Viens t'asseoir. Il faut qu'on réfléchisse. Tu veux un café ? On n'est pas pressées. Ça ne se décompose pas avant plusieurs jours…

Loren étouffa un spasme d'horreur, la main devant sa bouche. Tout en l'ignorant, Juliette se dirigea vers sa minuscule kitchenette pour faire un pot entier de café. Elle aussi avait cru à un cauchemar. Il fallait bien se rendre à l'évidence et affronter la réalité maintenant. Pas de laisser-aller. Loren fit quelques pas vers le sofa et s'y laissa tomber avec la grâce d'une enclume, les yeux toujours fixés sur le corps. Elle avait peine à croire que cette chose immobile avait été vivante, il y a quelques heures encore…

– C'était un vrai macho de merde ! affirma Juliette en sortant deux tasses, derrière son petit bar. Mais pas comme le tien, pas comme celui de ton livre. Le tien était brillant. Le mien n'avait aucun charme. Un petit coq, version supporter PSG, sans culture, sans éducation. Un beauf, qui se croyait mieux que tout le monde, en plus…

– Oui, enfin celui de mon livre, tu le détestes aussi…

– Oui, c'est vrai. C'est le premier cadavre que tu vois ?

demanda Juliette, tandis que la machine à café, derrière elle, entamait son ronronnement.

– Non, j'ai vu mon grand-père à l'hôpital. Il venait de mourir d'un cancer des intestins.

– Fais attention, c'est héréditaire ce genre de trucs. T'as fais des analyses ?

– Revenons à ton problème. Dis-moi, pour un type qui te martyrisait, il n'est pas très épais ton gars ! déclara Loren, les yeux toujours rivés sur le défunt.

– Ah non. Dans le genre crevette, on ne fait pas mieux, acquiesça Juliette en revenant avec les deux tasses de café qu'elle posa sur une micro-table basse. Il est bâti comme un flan aux pruneaux et, pourtant, c'est le prototype du petit teigneux, agressif. Il compensait son manque de confiance en lui. Il ne fait même pas soixante kilos, il va être facile à transporter. On va le mettre dans une valise. Je pense que le tapis, bien plié, devrait rentrer avec…

Émouvante oraison funèbre.

– Dans une valise ? répéta Loren sans comprendre.

– Oui, on en a une énorme, ici. Il devrait tenir. Et puis on ira l'enterrer quelque part au bois…

– … de Boulogne ? lança Loren, n'en croyant pas ses oreilles.

– Par exemple. Enfin, je préférerais une forêt plus sauvage. Parce que le bois de Boulogne, il y a un monde fou là-bas !

– Tu sais, commença Loren, il y a un truc que je trouve immonde dans la vie, ce sont les gens qui, après avoir tué, accidentellement ou pas, font disparaître le corps. Je trouve que c'est tuer la personne une seconde fois. Empêcher la famille de faire son deuil, c'est ignoble...

– Je sais, mais ça va ! Ce n'est pas un gosse déjà ! Ni une jeune fille qui a croisé la route d'un tueur en série ! s'énerva Juliette. Il n'a pas de famille... enfin, son père est mort d'un cancer de la gorge, il y a quinze ans, et sa mère a la maladie d'Alzheimer. Elle vit à Montpellier dans un institut spécialisé et passe sa vie à l'accueil pour qu'on lui rappelle son nom. À part ça, il a un frère, Gérard, qui vit dans la région. Il dirige une espèce de club de gym avec sa bonne femme. Des intellos, ceux-là aussi. Ils ont deux filles ados, quinze et dix-sept ans. Franck et lui se voyaient peu. Un coup de fil à Noël. C'est le frère qui s'occupe de la mère...

– Justement ! Son frère, s'il n'a pas de nouvelles ? S'il n'arrive plus du tout à le joindre ? Plus jamais ? Il va sûrement réagir. Et puis, il n'y a pas que lui. J'imagine qu'il a des amis, ton gars ?

– Bof. Il faut mettre au point un plan infaillible, soupira Juliette.

Depuis des heures, elle s'efforçait d'inspirer-expirer pour chasser le stress. Par moments, elle y arrivait mais dès qu'elle entrevoyait la réalité dans toute son horreur, les palpitations avaient tendance à revenir...

Assises, côte à côte devant le cadavre, les deux filles burent leurs cafés d'une main tremblotante.

– Je ne pourrai pas le toucher, je te préviens, avoua Loren.

– Il faudra bien pourtant, répondit Juliette sans se démonter.

– Mais c'est incroyable, ça ! On a tous eu envie de trucider quelqu'un un jour ou l'autre, mais on a des barrières dans le cerveau. Des choses qui nous empêchent de passer à l'acte. Le sac de nœuds judiciaire, comme tu dis, mais pas que ça ! Il n'y a pas que la peur du gendarme ! Tu n'as pas reçu d'éducation judéo-chrétienne ? Et la morale, le respect de la vie ?

– C'était un accident, je te répète. Et puis j'étais au lycée. Je suis athée. Le fait de ne pas croire en Dieu m'a permis d'avoir une place pour les autres. Je fais attention à mon prochain, dit Juliette, affectée.

Loren pensa, l'espace d'un instant, que le conjoint, pas encore dans sa tombe, allait se retourner sur le tapis. Il n'en fit rien.

– Oui, je suis une vraie altruiste, poursuivit Juliette. J'adore m'occuper des gens. J'ai beaucoup travaillé dans le milieu associatif, tu sais. C'est comme ça que j'ai connu Franck, à une époque où il était moins con. Je me suis même occupée d'aveugles dans mon quartier. En ce moment, je suis dans une assoce hyper-écolo. C'est prenant. Je devrais être avec eux, ils sont partis ce matin mettre le feu chez un fourreur.

– D'accord, moi je n'ai jamais fait partie d'associations, mais je ne fracasse pas le crâne de mes semblables ! s'écria Loren. Cela dit, j'ai pensé un moment aider les gens qui avaient des difficultés pour lire et écrire.

– Pourquoi tu ne le fais pas ?

– Je ne sais pas.

Loren n'osa avouer que les analphabètes, quel que soit leur âge – ou leurs origines –, lui faisaient horreur.

Subitement, elle vit Juliette se lever, aller chercher un sac en plastique et revenir empaqueter la tête de son fiancé, déjà entourée d'une serviette.

– J'ai l'impression que ça continue de couler, expliqua-t-elle. Sous le tapis, il y a la moquette, il ne faut pas que ça transperce là-dessous. Il ne doit y avoir absolument aucune trace de sang ici, on ne sait jamais…

Loren fut écœurée de la voir ainsi manipuler le cadavre. À présent, la vision de ce pauvre homme à la tête nouée dans un sac Franprix devenait plus surréaliste encore.

– On va aller l'enterrer à Fontainebleau, déclara Juliette. Il m'avait emmenée en week-end dans un petit gîte là-bas… Venise, c'était trop surfait pour lui. Tu vois le genre ?

Loren tentait de réfléchir en dépit de l'angoisse qui lui tenaillait le ventre.

– Juliette. Deux ou trois petites choses à savoir avant qu'on bouge. D'abord, je n'écris pas de polars. Je n'ai jamais enterré de cadavre dans un lieu inapproprié dans la fiction, encore moins dans le réel évidemment ! Mais ce que je sais, primo : pour moi, un accident, une légitime défense, est tout à fait plaidable devant un jury qui peut t'acquitter…

– Je t'ai dit non ! Faut te le répéter combien de fois ? Pas question.

– Deuzio : si tu arrives à faire disparaître le corps mais qu'on le retrouve, alors là il n'y aura pas d'acquittement possible. Tu aggraves considérablement ton cas. C'est une dissimulation de cadavre et là, c'est quinze ans minimum…

– Pour ça il faudrait le retrouver !

– Et ce que je sais, c'est que tu m'entraînes dans une complicité de dissimulation de preuves et de cadavre, et que, moi aussi, je risque ma vie. Toi, tu ne veux pas aller en taule mais sache que moi non plus ! Je te connais à peine, et ce pauvre bougre par terre, je ne le connaissais pas du tout. La question est : pourquoi penses-tu que je vais tout risquer pour un délit aussi grave que stupide ? J'avais déjà un avenir incertain, là il devient sordide…

– Même si on le retrouve, faudra encore prouver que c'est moi qui lui ai fracassé le crâne et ce que je sais, c'est que jamais je ne dirai à quiconque que tu m'as aidée à transporter ce… truc… Jamais. Je le jure ! s'écria-t-elle en levant la main droite.

– Juliette, dans quelques jours, tu iras signaler sa disparition. Tu as raison : il est majeur, c'est un homme, et ce n'est pas une personnalité importante, ajouta Loren en songeant au coup de canif qu'elle mettait dans la Déclaration des droits de l'homme. Ils vont probablement t'orienter dans un secteur qui s'appelle : Recherches dans l'intérêt des familles.

– Exact. Un département où ils ne se cassent pas trop le cul, à ce que je crois savoir…

– On ne sait jamais. J'ai entendu dire que cela avait changé maintenant. La police va certainement te demander depuis quand tu ne l'as pas vu. Tu vas dire dimanche, mais le flic va sûrement te demander où tu étais, toi, dans les dernières vingt-quatre heures qui ont précédé sa disparition. C'est la procédure. Or, tu es venue à la librairie

(45 témoins), on est allées prendre un café en face de la librairie (23 témoins) et tu m'as entraînée dans une boîte salsa où on s'est bien fait remarquer (117 témoins), par la suite, nous sommes rentrées chez moi, toutes les deux (1 témoin, le chauffeur de taxi) et nous avons couché ensemble (0 témoin, enfin j'espère !) – donc je ne vois pas, si un agent prend ta déposition, comment tu vas pouvoir dissimuler mon nom. Non, je ne vois pas. Si tu mens et qu'il entame un mini-début d'enquête, il va tout de suite se douter qu'il y a anguille sous roche et là, il peut signaler à ses supérieurs la disparition comme étant inquiétante. À ce moment-là, débute le branle-bas de combat. Les interrogatoires qui se contredisent et tout le toutim… On peut finir toutes les deux à la prison pour femmes de Rennes !

– Pourquoi Rennes ? Ce que t'es pessimiste, ma chérie ! D'accord, ton nom sera cité. Je n'ai rien à cacher. Oui, j'ai passé la soirée avec une copine. OK, j'ai été dormir chez elle, je n'avais pas envie de rentrer. Avec Franck, ça n'allait pas trop ces derniers temps mais, lorsque je suis rentrée le lendemain, il avait disparu, pris ses affaires et était parti. Oui, très bien, le coup des affaires, on va enterrer deux valises. Une avec lui et le tapis et une autre avec ses fringues. Le type va me dire : votre jules vous a quittée et c'est tout. Il n'y aura même pas le plus petit début d'enquête.

– Et à son boulot, le fait que personne ne l'ait jamais revu non plus ?

– Il est parti pour toujours. Il a quitté la France, tenté de refaire sa vie au bout du monde…

– Oui, à Caracas. Tu me l'as déjà dit. Et sans prévenir personne ? Ni son frère, ni ses amis, ni ses collègues, ni donné sa démission au boulot… rien ?

– Les gens qui disparaissent volontairement, c'est ce qu'ils font…

– Aucune trace à la banque, non plus. Il a pris ses affaires mais n'utilise pas sa Carte bleue ? S'il a pris l'avion pour le bout du monde, il a payé comment ?

– Mais on s'en fout. J'en sais rien. En liquide… Il est peut-être parti à pied, qui sait ?

– Jusqu'au Venezuela…

– On ne sait pas où. Personne ne sait où.

– Il était dépressif ?

– Non. Juste con.

– Tu diras bien aux enquêteurs qu'il n'était ni dépressif ni suicidaire. Ceux-là, ils ont tendance à les rechercher plus que les autres.

– D'accord.

– Il faut qu'on croie qu'il a tout quitté de sa propre volonté. Cela dit, il y a toujours quelque chose qui cloche, un détail qu'on n'avait pas prévu. Cinquante mille personnes disparaissent chaque année, la plupart sont des ados fugueurs, souvent retrouvés dans les quarante-huit heures… Les autres, en général, il leur est arrivé des bricoles…

– Pas de corps, pas de crime. Pas de crime, pas d'enquête, répéta Juliette.

Loren cogitait.

– Bon. Ne laissons rien au hasard. Avec quoi tu lui as défoncé le crâne ?

– Cette espèce d'horreur sur la cheminée. La statuette, là. J'ai eu du bol, le sang n'a pas giclé partout. Il s'est juste écoulé de chaque côté. J'ai dû bien taper, pile en haut de la tête.

– Je vais mettre des gants, annonça Loren, jouant à la police scientifique.

Elle se dirigea derrière le bar et prit sur le rebord de l'évier une paire de gants roses pour laver la vaisselle. Elle les enfila prestement et revint vers la cheminée examiner l'œuvre d'art.

– C'est une petite sculpture qui vient du Sénégal. Il l'avait achetée sur un marché, la renseigna Juliette. Franck a travaillé pour une association humanitaire en Afrique. Il est vite rentré, les Africains avaient surnommé son groupe : « Les gros colons ». Ça, plus le paludisme. Ç'a été la goutte d'eau...

– Il y a du sang sur le socle, examina Loren. Et j'imagine que tes empreintes sont partout.

– Excuse-moi, mais on s'est battus ! Dans la panique, je n'ai pas pensé à enfiler mes gants Mapa, moi !

– Tu vois, si le rouquin des *Experts : Miami* arrivait ici, je crois que c'est le crime le plus simple qu'il aurait à résoudre. Le type à terre avec le crâne défoncé, du sang sur une statuette, les empreintes de la fiancée dessus. Et la fiancée qui se tortille les doigts sur le canapé avec l'air niais. Il n'aurait plus qu'à rentrer au bercail, passer à la compta prendre son chèque et sa prime pour affaire résolue en moins de quarante secondes...

– C'est pour ça que l'on va tout faire disparaître, ma chérie. Les Experts ne vont pas débouler à Châtelet.

– Faut espérer ! lâcha Loren en envoyant une prière express aux cieux. Je vais nettoyer la statuette à la javel. De toute façon, comme les traces de sang ne disparaissent jamais vraiment, on va la mettre dans la valise avec le reste, c'est l'arme du crime. Elle doit rester introuvable.

– On a une Samsonite énorme dans laquelle il devrait rentrer. En plus, elle a des roulettes.

– Je fais la valise des fringues. Toi, tu fais celle avec le corps, ordonna Loren.

– OK. On l'habille ? demanda Juliette.

– Quoi ?

– Franck ? On le laisse comme ça, en serviette, ou on l'habille ?

– Pour quoi faire ?

– Oui, t'as raison, comme ça, il est aussi bien.

– Tu as une voiture ? J'imagine qu'on ne va pas prendre le RER avec notre macchabée ?

– Oui, il y a celle de Franck, elle est dans la rue, juste derrière. Je vais aller la chercher pour la mettre devant l'immeuble. Avant, il faut que je passe à la cave. Quand on a emménagé ici, les ouvriers ont oublié des pelles. On ne savait pas quoi en faire, tu vois ? Quand t'as un studio près des Halles, côté jardinage, t'es vite à l'abri, donc on les a foutues à la cave. Je ne pensais pas qu'elles me serviraient un jour. C'est drôle la vie...

Toujours gantée, Loren nettoya l'arme du crime avec tous

les produits ménagers qu'elle trouva sous l'évier. Elle l'essuya avec un torchon et s'arrêta net devant le réfrigérateur.

– Juliette ? C'est quoi ce petit mot ?

La jeune femme tirait, du haut de l'armoire, une énorme valise qui lui tomba dessus. Elle fit quelques pas en direction de Loren.

– Ah ça ? C'est le mot que je voulais lui laisser. Il n'a même pas eu le temps de le voir.

Loren posa la statuette et saisit le bout de papier sous l'aimant du frigo.

– Pas mal le style, c'est concis. « Adieu sale con. Te quitte. » Je te rappelle que c'est lui qui est supposé t'avoir plantée. Toi, tu ne te doutais de rien. Compris ? Tu as un briquet ?

Juliette s'empara d'un petit Bic sur la table basse qu'elle lui tendit. Au-dessus de l'évier, Loren brûla la très succincte note de rupture. Rapidement, la feuille se transforma en poussière. Loren laissa couler de l'eau dessus…

– T'es pro ma vieille, tu penses à tout, admira Juliette. Je savais que j'avais bien fait de t'appeler à la rescousse… T'es d'accord pour Fontainebleau, alors ? C'est le meilleur endroit, non ?

Loren soupira.

– Non ? Parce que la Seine, il finira par remonter un jour ou l'autre, souligna Juliette.

– Oui. Il faut l'enterrer. Quelle horreur…

Juliette sortit une autre valise de la penderie, de taille plus modeste, et informa Loren :

– Toutes ses fringues sont de ce côté-ci. Tu prends ses jeans, ses tee-shirts, pulls et n'oublie pas ses maillots de bain !

– Oui, je sais : Caracas...

– Bon comment je fais, moi ? demanda Juliette en revenant à son énorme valise dont elle ouvrit d'un coup la fermeture Éclair. Je l'enroule dans le tapis ? Tu crois que ça va rentrer ?

– Essaye, lança Loren en pliant les pulls du défunt, toujours équipée de ses gants de vaisselle.

Hors de question qu'elle laisse des empreintes ici. Elle songea à sa tasse de café. Penser à la laver avant de partir. Elle n'était pas mécontente de s'être fait une queue-de-cheval ce matin. On perdait moins de cheveux, peignée de la sorte. Il lui fallait éviter de laisser son ADN ici.

Agenouillée sur le sol, Juliette roula le tapis avec le cadavre de son concubin à l'intérieur et tenta de le plier en deux.

– Je n'y arrive pas, gémit-elle. Il est déjà raide. Ce n'est pas possible, pas si vite.

Loren vint s'agenouiller à ses côtés.

– Il faut le sortir. Ça ne va pas marcher. Il faut le plier, lui d'abord, et mettre le tapis par-dessus. Je m'occupe de plier ta carpette. Toi, tu plies ton mec.

Elles déroulèrent le tapis et Loren le ramassa de son côté, louchant sur la belle tache de sang. Elle décida de le plier en quatre comme un drap. Pendant ce temps-là, Juliette faisait basculer le corps du défunt dans la grosse Samsonite, prenant soin de lui replier les jambes. Par la suite, elle le manipula sans douceur, en laissant échapper quelques jurons puis, satisfaite, elle observa son ancien amant dont les genoux côtoyaient le menton.

– Regarde, il tient très bien recroquevillé comme ça ! Ça, c'est l'avantage d'avoir des goûts comme les miens, et de ne sortir qu'avec des types dotés d'épaules de serpent !

– Arrête Juliette ! Tu le haïssais, ce pauvre gars !

– Mais non ! soupira la charmante criminelle. Au début, non…

Loren se débattait avec le tapis.

– Moi, voir ce type à poil avec sa serviette autour de la taille et son plastique sur la tête, ratatiné en position fœtale au fond de cette valise, c'est le spectacle le plus triste, le plus glauque, le plus navrant jamais vu de toute ma vie… Je ne sais pas pourquoi je fais tout ça, lâcha-t-elle, abattue…

– Pour pas que j'aille en taule ! Lo, t'as été géniale jusqu'à présent. Tu ne vas pas avoir un petit coup de mou, maintenant ? On a presque fini…

– Non, le plus dur reste à faire ! Aller creuser un trou dans une forêt la nuit pour y jeter deux valises et le reboucher. Je crois qu'il n'y a rien de pire quand tu es un peu émotive…

– On va y arriver…

– Comment fais-tu pour ne pas culpabiliser ? Moi, il va falloir que je trouve un couvent de Carmélites et que j'y reste cloîtrée jusqu'à la fin de mes jours après ça ! Il faut que je prenne le voile comme Camille dans *On ne badine pas avec l'amour*. Comme Doña Elvira dans *Dom Juan*, séduite et abandonnée…

– Arrête avec le théâtre. File-moi le tapis…

Loren s'exécuta et lui envoya le paquet.

– Je suis trop bonne poire.

– Tu es fantastique ! s'écria Juliette en tassant le tapis boudiné de ses deux mains. Je t'adore. Je crois que je suis folle de toi…

– Dieu du ciel, j'espère ne pas finir en petits morceaux au zoo de Vincennes, comme dans *Le Père Noël est une ordure…*

Juliette interrompit ses manœuvres.

– Tu me vexes, là.

Elles n'eurent pas le temps de s'expliquer, un portable sonna. Les deux complices sursautèrent, pétrifiées. Comme si quelqu'un venait de faire irruption dans la pièce tandis qu'elles dissimulaient cadavre et pièces à conviction.

– C'est le portable de Franck, chuchota Juliette.

– Il est où ?

– Derrière toi, sur le petit meuble…

– Surtout tu ne décroches pas…

– Bien sûr que non !

Effarées, les deux filles restèrent silencieuses, ne quittant plus des yeux l'objet qui vibrait tout en émettant sa petite mélodie leur rappelant que la chose dans la valise avait été bien vivante, et qu'en plus il existait d'autres vivants préoccupés de son sort et désireux de lui parler. Loren était dans état d'épouvante rare. C'était la première fois qu'elle entendait sonner le portable d'un mort. Elles attendirent sans bruit, puis les trois petites notes annonçant un message se firent entendre. Stridentes, les petites notes.

– Faudra éteindre ce truc à tout jamais. Allumé, les flics peuvent repérer où il est.

– D'accord, approuva Juliette, aide-moi à fermer la valise, s'il te plaît.

Les filles rabattirent l'autre moitié de la valise sur le mort, recouvert du tapis. Elles s'emparèrent chacune de la fermeture Éclair d'un bout à l'autre du bagage et se rejoignirent au milieu.

– Ça marche, chuchota Juliette.

Certes, l'énorme valise en toile noire était bien ballonnée mais elle fermait sans problème. Juliette se leva et redressa le cercueil Samsonite. Elle déplia la poignée et fit quelques pas avec la valise qui suivait en roulant.

– Eh ben voilà...

Juliette replia l'anse et tenta de la porter. Elle souleva l'imposant bagage de quelques centimètres.

– C'est vachement lourd, mais c'est faisable. Où t'en es avec ses fringues ?

– Presque fini, répondit Loren d'une voix blanche en déposant un tee-shirt dans l'autre valise. Il ne faut pas oublier ses papiers d'identité, ses objets personnels, des trucs sans lesquels il n'irait nulle part...

– Sa Carte bleue, on peut lui prendre ?

– Surtout pas. Attention aux caméras ! La police peut retrouver les distributeurs de billets et n'a plus qu'à demander les bandes vidéo. Celui qui utilise la Carte bleue d'un disparu signe son meurtre...

Dans la minuscule entrée, Juliette s'avança vers le portemanteau et fouilla dans la poche d'un blouson. Elle en retira un portefeuille qu'elle lança sur le lit.

– Tout est là !

– Donne le blouson aussi. Il ne serait pas parti sans, j'imagine ?

Juliette obéit puis elle se dirigea vers le téléphone portable du défunt pour l'éteindre à tout jamais.

– Les gens vont se poser des questions si Franck ne les rappelle plus...

– Il faut que tu appelles tes amis, ceux que vous avez en commun et demande-leur s'ils ont des nouvelles. Tu aurais déjà dû le faire, ajouta Loren.

– D'accord.

– Fais-le maintenant que je voie comment tu joues la comédie...

Juliette appela Fidel, sa copine Manu et laissa même un message à Sylvie, à Nantes. À chaque fois, la même chose : « Je suis rentrée, il n'était pas à la maison... » « Tu ne sais pas où il est par hasard ? », « Ben non, je ne comprends pas... » « Oui, on se disputait souvent ces derniers temps mais on n'a jamais parlé de se séparer... » « Non, je ne l'ai pas vu depuis hier matin. Il est allé bosser, moi, j'ai dormi chez une copine et, quand je suis rentrée ce midi, il n'y avait personne », « Il ne t'a pas appelé ? », « Bon, si t'as des nouvelles, tu me préviens, OK ? »

Elle restait calme, presque éteinte. Loren jugea que tout ça manquait un peu d'inquiétude, surtout qu'elle n'avait pas évoqué l'absence des vêtements dans la penderie, mais pour une première fois, elle s'en sortait avec la mention passable.

– Tu as vérifié tes messages, toi ? demanda Loren.

Juliette se dirigea vers son manteau suspendu, de la poche interne sortit son portable qu'elle consulta :

– Merde, il a appelé cette nuit. Je n'ai pas pensé à regarder. Maintenant, j'ose plus. Entendre sa voix, j'ai peur que ça me traumatise…

– Ah ben tout de même ! Un peu d'humanité serait-elle en train de revenir ?

– Écoute-le, toi, supplia Juliette. Tu ne connaissais pas sa voix…

– Quelle angoisse !

Juliette cliqua sur la touche « Répondeur » et mit le téléphone sur l'oreille de Loren : Un nouveau message. Aujourd'hui à deux heures dix-sept. (Deux heures dix-sept, elles dansaient la salsa !)

« T'es où, espèce de salope ? Clic. »

– Rien d'important, déclara Loren en rendant le portable à la fiancée, il demande où tu es…

Ça sentait le type qui avait appelé cent fois dans la nuit mais laissé qu'un seul message…

– J'ai vu que tu avais commencé à faire ton sac, dit Loren, en regardant le bagage à terre. Reprends tes vêtements et range-les. Ne rien laisser au hasard. Ce n'est pas toi qui voulais partir.

Juliette s'exécuta. Sa nouvelle copine était prévoyante, voire parano, ce qui n'était pas plus mal vu le contexte. Juliette reposa sur les étagères de l'armoire les quelques affaires qu'elle avait commencé à sortir. Elle en profita pour se changer, enfila un vieux jean, s'assit par terre pour lacer ses tennis et poussa du pied le sac de voyage pour le ranger sous le lit. Elle allait se relever quand son regard fut attiré par une chose qu'elle n'avait jamais vue jusqu'alors. Complètement sur la droite et bien cachée sous le lit, se trouvait une boîte à chaussures. Juliette s'allongea complètement et étendit le bras pour ramener la boîte. Elle se redressa et l'ouvrit. De l'argent. La boîte à chaussures était remplie de billets.

– Regarde ça ! s'écria-t-elle. D'où ça vient tout ce fric ? Peut-être ses pourboires. Quinze ans de pourliches ! Monsieur je-n'ai-jamais-un-rond gardait du liquide à la maison. Quand je pense qu'un jour, il n'y a même pas un mois, on a commandé une pizza et je n'avais plus de chèques. Il m'a obligée à descendre au distributeur retirer vingt euros sur mon compte, alors qu'il avait tout ça sous le lit ! Tu te rends compte ? Il y a combien à ton avis ?

Loren se pencha sur la boîte.

– Aucune idée. Compte.

Pendant que Juliette faisait des petits tas avec ces billets providentiels, Loren ferma la seconde valise. Celle des vêtements. Elle mis les deux bagages côte à côte, prêts pour leur grand départ, et observa le studio. Ne rien oublier. Elle prit sa tasse à café, la nettoya, l'essuya ainsi que la cuillère et reposa le tout à sa place initiale. Que restait-il ? Elle contourna le petit bureau pendant que Juliette marmonnait des « trois mille huit cent cinquante, trois mille neuf cent, quatre mille... » Loren s'accroupit pour regarder les classeurs rangés sous le bureau : FICHES DE PAYE – FRANCK. LOYERS – FACTURES. ASSURANCES – VOITURE – FRANCK. BAIL – APPART. GARANTIES DARTY.

Quelqu'un qui veut tout quitter n'embarque pas ce genre de papiers.

– Un peu plus de huit mille euros! s'émerveilla Juliette, agenouillée devant sa boîte magique comme Harpagon devant sa cassette. Il y a un billet de cinq cents euros! Je n'en avais jamais vu. Ça ne peut pas être des pourboires. Qu'est-ce que c'est? Enfin maintenant, j'ai le temps de voir venir. Surtout que je vais vendre tous les meubles sur eBay! Une fois que ce sera fait, je pourrai déménager. Trouver un autre studio dans le coin. Si j'ai le job à la télé...

– Tu veux partir d'ici? demanda Loren.

– Oui. Je l'ai tué ici! Tu crois que je vais bien dormir? Ce salopard serait capable de venir me hanter, rien que pour me faire ch...

– Arrête Juliette! Je t'en prie... Bon, qu'est-ce qu'il reste à faire? pensa Loren à voix haute. Prendre son portable et le mettre avec le reste dans la valise. Toi, tu vas à la cave prendre les pelles, tu les apportes (sous un long manteau) jusqu'à la voiture. Tu amènes la voiture devant la porte où je t'attendrai avec les deux Samsonite. Mon Dieu, quelle horreur! Je ne m'en remettrai jamais...

– Tu veux que je regarde l'itinéraire sur Internet pour aller à Fontainebleau?

– Surtout pas! Un ordinateur, ça s'analyse. On se débrouillera autrement. D'ailleurs, ne te sers plus de l'ordinateur, ordonna Loren en regardant le PC portable fermé sur le bureau. Les flics peuvent tout analyser, fouiller les mails, voir ceux que tu as reçus, voir sur quels sites tu as été. Vous vous en serviez tous les deux?

– Oui, il communiquait avec son frère, pour parler de l'état de leur mère. Moi, j'envoie de temps en temps des mails à ma mère, elle est en Normandie.

– Et ton père ?

– Je n'ai pas de père. Ma mère a été toute sa vie la secrétaire d'un architecte. Il l'a engrossée, il y a presque trente ans. Il n'a jamais voulu me reconnaître, l'enfoiré. Il a une vraie femme et trois vrais enfants. Ils ne savent pas que j'existe…

– Ah, dit Loren qui comprenait mieux certaines choses.

– Sinon les mails, c'était pour les copains, dit Juliette en revenant à l'historique de l'ordinateur. On a été sur quelques sites. Franck a téléchargé de la musique, tu vois le genre ? Des choses comme ça, mais rien d'extraordinaire. Je n'avais pas de secrets, moi, je n'avais pas d'amants. J'imagine que lui non plus. Enfin, j'en sais rien. S'il avait une autre nana et reçu des mails compromettants, je suppose qu'il a dû se dépêcher de les effacer…

Loren réfléchissait.

– Pour Fontainebleau, il faut prendre l'autoroute A6, je crois. Après, ça doit être indiqué…

– Sinon, il y a Rambouillet…

– Non, Fontainebleau, ça ira. Je connais un peu, dit Loren en ôtant ses gants de ménage qu'elle glissa dans son sac à main.

– Tu me piques mes gants ? demanda Juliette.

– Oui. Il y a mon ADN, dedans. Je ne suis pas supposée être venue ici.

Loren passa derrière le bar et observa les condiments

alignés sur une petite étagère. Basilic, ail, herbes de Provence, etc. Elle attrapa le grand moulin à poivre qu'elle balança dans son sac.

– Tu me piques aussi mon poivre ? demanda Juliette sans comprendre.

– Oui. La forêt de Fontainebleau est remplie de sangliers et de chiens qui se baladent avec leurs maîtres. Si tu ne veux pas qu'ils déterrent ton jules, qu'ils vont sentir à un kilomètre, il faut répandre du poivre sur la terre. Là, ils fuiront le secteur automatiquement...

– T'es vachement pro.

– J'ai appris ça avec mon ex, à la chasse...

Elle ouvrit le petit placard sous l'évier et fouilla au milieu des sacs des courses que Juliette gardait pour en faire des sacs-poubelle. Elle en prit quatre.

– Mes sacs maintenant...

– Oui, pour mettre autour de nos chaussures. Hors de question de laisser des empreintes de pieds là-bas ou de me retrouver avec de la terre provenant de cette forêt sous mes bottes. Aucun lien. Il faut que rien ne puisse nous rattacher à cet enterrement... bucolique, lâcha Loren ayant du mal à trouver l'adjectif adéquat.

Une fois encore, elle parcourut la grande pièce du regard. C'était propre, bien rangé, meublé du minimum. Une légère différence de couleur, à peine visible, se démarquait de la moquette, là où jadis le tapis avait séjourné. Au milieu du studio, trônaient les deux valises comme deux tours menaçantes.

Je n'irai pas chez le psy pour ce con !

– Le pire reste à venir, soupira Loren. Prête pour descendre les valises ?

– Prête ! approuva Juliette en enfilant son imper.

Elle attrapa les clés de voiture suspendues à un petit clou près du portemanteau. Les deux filles se regardèrent dans les yeux.

Oui, le pire restait à venir…

4

Fontainebleau, un domaine de promenade familiale pour les amoureux de la nature

Loren tira de multiples bouffées de sa cigarette. Bien que la nuit soit tombée, elle resta sous le porche de l'immeuble, n'osant sortir pour attendre sur le trottoir avec les deux valises fort compromettantes. Imaginer qu'un flic puisse passer et, la jugeant un peu louche, lui demander ses papiers, mettait son électrocardiogramme sous cocaïne...

« Je n'ai fait qu'aider à transporter... », pensa-t-elle, s'imaginant déjà devant le juge.

Juliette remonta de la cave et fit irruption sous le porche, affublée de son imper beige sous lequel elle dissimulait deux grandes pelles qu'elle exhiba devant Loren.

– Je n'ai croisé personne, chuchota-t-elle.

– Parfait. Va chercher la bagnole maintenant. Dépêche-toi, j'angoisse. C'est quoi au fait, comme voiture ?

– Une Polo bleu foncé. Un peu pourrie mais le coffre est grand. Il tiendra dedans, dit-elle en balançant un coup de pied dans la grosse valise.

– Va vite, insista Loren en expirant la fumée de sa cigarette.

Juliette disparut dans la nuit tombante. La lourde porte de l'immeuble se referma sur elle, laissant Loren, seule, dans un angoissant silence.

LA BANDE-ANNONCE DE SA VIE : « Vous avez aimé *Thelma et Louise* ? *Petits meurtres entre amis* ? Vous allez adorer les aventures de Loren et de sa nouvelle copine. Amies depuis vingt-quatre heures seulement, voilà que Juliette l'appelle à la rescousse pour faire disparaître le corps de son boyfriend… Elle n'a pas de bol, Loren ! Le pire, c'est que cette gourdasse va vraiment l'aider. La pauvre va devoir organiser des funérailles en pleine forêt, la nuit… »

Loren stoppa net les images que son cerveau multiplex lui envoyait. Quelqu'un arrivait. Un bruit de pas sur le sol pavé. Loren se retourna et avisa une jeune femme aux cheveux noirs en brosse et lunettes noires. Elle tenta un petit sourire en direction de la jeune femme, mais l'autre sembla l'ignorer. Elle appuya sur le bouton de la porte et s'éclipsa…

Loren tenta de calmer son rythme cardiaque en aspirant quelques taffes de sa cigarette. Un léger coup de klaxon l'informa de l'arrivée de son chauffeur devant l'immeuble. Loren écrasa son mégot d'un coup de botte et se précipita dehors avec les Samsonite au moment où Juliette sortait de la voiture pour l'aider. La valise des vêtements pour Caracas fut déposée en premier et elles se mirent à deux pour installer le cercueil de fortune par-dessus. Elles refermèrent le coffre violemment, espérant ne pas avoir été vues, et s'installèrent dans la voiture pour démarrer en trombe. Juliette au volant, Loren inspecta la boîte à gants.

– Ah, génial, il y a une lampe de poche. J'allais te proposer d'aller en acheter une.

– Il y a tout ce qu'il faut. Lampe de poche, il y a une carte aussi, regarde… – Loren déplia la carte. – Seine-et-Marne. C'est bien ce que je disais. C'est vers le sud. Il y a soixante-dix bornes à peu près. Prends les quais, faut que t'ailles vers Bercy, porte d'Italie pour prendre l'autoroute direction Nantes, Bordeaux… La dernière fois que j'y suis allée, c'était pour une balade à cheval. Je ne pensais pas y revenir pour… enfin passons. En plus, il y a une chose dont je suis sûre, c'est que rien ne fait plus peur qu'une forêt la nuit…

– C'est vrai. Imagine qu'on croise des gens qui enterrent un cadavre ! s'esclaffa Juliette.

– Ce que je veux dire, c'est que ce genre d'endroit attire de vrais cinglés. En général, des pauvres types à la misère sexuelle inénarrable qui ont envie de surprendre des couples…

– C'est vrai que ce serait ennuyeux de croiser un vrai psychopathe. En même temps, les vrais psychos, ils n'enterrent pas. Ils laissent les cadavres en plan.

– Oui… alors… heu… en fait, il n'y a pas vraiment de règles avec les psychopathes. C'est le principe même du psychopathe : il n'a pas de règles.

Loren continua son examen de la carte routière en silence. La forêt de Fontainebleau, véritable réserve biologique, prenait une belle place sur la carte. Le poumon vert de l'Île-de-France lui paraissait déjà menaçant. On pouvait se perdre là-dedans. Comment allaient-elles trouver la sortie après le… la… l'… ?

Juliette chantonnait (« C'est quand le bonheur ? » de Cali). Une fois cette corvée achevée, elle voyait son avenir sous de bons augures. Débarrassée de son fardeau de compagnon. La liberté enfin. Faire en fonction de soi et non plus de lui. Terminés ses ordres, ses caprices, ses délires et mesquineries. Le studio rien que pour elle. Une nouvelle copine formidable. (Qui n'allait pas la quitter de sitôt, maintenant qu'elles étaient liées par un lourd secret.) Huit mille euros en liquide. Peut-être un nouvel emploi sur une chaîne info. Pour elle, le ciel semblait s'éclairer… Pour Loren, qui passait en revue la liste de mises en examen qu'elle risquait, c'était exactement le contraire. Beaucoup plus pessimiste et réaliste, elle ferma les yeux, tentant de chasser le frisson d'horreur qu'elle ressentait, quand elle aperçut un panneau signalant la proximité de FRESNES sur l'autoroute. Elle espéra que ce n'était pas un signe.

– Ne va pas trop vite, souffla-t-elle à Juliette. On ne peut pas se permettre de se faire arrêter. Imagine qu'un flic nous demande d'ouvrir le coffre et je fais trois embolies d'un coup. Une cérébrale, une cardiaque et une pulmonaire.

– Calme-toi, je ne dépasse pas les cent trente, regarde…

Elles restèrent silencieuses jusqu'à la sortie de l'autoroute et empruntèrent la nationale 37. Fontainebleau était maintenant indiqué partout. Le centre, le château et la fameuse forêt royale, autrefois surnommée la forêt de Bière. Ça ne s'invente pas. Loren retint un sanglot d'angoisse tandis que

Juliette suivait les panneaux d'indication, parfaitement déterminée. La Polo bleue s'engouffra dans l'immensité boisée.

– Il y a presque vingt mille hectares, t'imagines ? balbutia Loren d'une voix chevrotante. Mais on ne peut pas aller partout. Il y a des routes goudronnées pour les voitures, les sentiers balisés sont réservés aux promeneurs. Certaines allées sont prévues pour les vélos, d'autres pour les randonnées équestres. Je sais qu'on trouve aussi des montagnes de rochers pour l'escalade. Certains rochers ont des formes animales, genre tortue...

– T'as fait un stage à l'office du tourisme ici ?

– Non, je parle pour rien dire, ça me désangoisse...

– J'irai où je peux, Loren. Il faut qu'on s'enfonce le plus profondément possible. Trouve-moi un sous-bois pas trop fréquenté où la terre est molle...

– On va être obligées de se garer au parking quand même, gémit Loren.

– Faut laisser la voiture près de l'endroit où on va l'enterrer ! Vingt mille hectares, t'as dit ? Tu veux qu'on mette deux mois à retrouver la bagnole ? s'écria Juliette en essuyant son pare-brise du revers de la main gauche.

Un léger brouillard s'était abattu à la tombée de la nuit. Un vrai cauchemar. Loren avait raison, rien n'est plus terrifiant qu'une forêt la nuit. Les filles retenaient leur souffle dès qu'elles croisaient d'autres automobilistes. Une voiture suspecte, garée en bordure, leur fit un appel de phares et Juliette cala à dix mètres du satyre. Loren se mit à hurler. Juliette supplia son moteur en tournant et retournant la clé de contact. « Allez démarre ! » La Polo bleue céda aux suppliques et elles soufflèrent de soulagement tandis que la voiture louche disparaissait peu à peu dans le rétroviseur.

– Je ne pourrai jamais descendre, avoua Loren en se tenant le cœur des deux mains.

Sans savoir où elles allaient, elles empruntèrent des routes toutes bordées de l'épaisse forêt noire. Roulant doucement, elles tentaient de lire des écriteaux comme s'il allait être indiqué : « Bon coin, dense et feuillu. Terre humide et facile à creuser. Parfait pour dissimuler grosses valises. Interdit à la police. » Au lieu de ça, seuls les noms des sites s'affichaient ainsi que quelques consignes de sécurité et de protection de la nature.

– T'as pu lire ? s'écria Juliette. L'écriteau signalait une mare. Je ne savais pas qu'il y avait des mares dans le coin. Si on le balançait dedans ? Hop réglé, et on repart !

– Si au moins, elle était remplie d'alligators, je te dirais oui, mais une mare : je n'ai pas confiance. Les corps, ça remonte…

– Dans une valise ?

– Je n'ai pas confiance.

– Oui, t'as raison. Restons-on à la première idée. Faut creuser. Bon, j'en ai ras le bol de tourner en rond, je suis sûre qu'on est déjà passées ici ! s'énerva Juliette.

Loren ne répondit rien. Elles étaient terrifiées à l'idée de s'arrêter et de continuer à pied avec les valises dans les sentiers forestiers, futaies obscures ou sous-bois ténébreux.

– Regarde « la Croix du Calvaire » lut Loren. Voilà un bled bien pensé pour nous ! C'était prémédité.

– Allez je m'arrête, avertit Juliette. Sinon, on sera encore là demain matin. Quand faut y aller…, ajouta-t-elle en se garant à la lisière du bois.

Elle ôta la clé de contact.

Les têtes des deux filles pivotèrent vers la droite. Elles restèrent là, muettes, observant l'abondante forêt, véritable labyrinthe de branchages, sombre et terrifiant, à l'écoute du mystérieux silence, rompu de temps en temps par quelques stridulations d'emplumés.

– Il y a pas à dire, ça doit être plus sympa le jour, bafouilla Loren tandis que son cerveau lui envoyait la bande-annonce d'un film d'horreur un peu pourri, genre *Projet Blair Witch*.

– Tu t'y connais en jardinage, binage, bêchage, creusage et rebouchage ? demanda Juliette, qui préférait ces mots-là à sépulture, tombeau…

– Pas vraiment, répondit Loren. Mais ai-je le choix ?

– Non. Allons-y, ordonna Juliette, en descendant de la voiture.

Tremblante, Loren enfila de nouveau ses gants roses, s'empara de la lampe de poche et descendit à son tour pour éclairer Juliette qui se débattait avec les pelles et les valises. La fiancée criminelle referma le coffre de la Polo et récupéra les sacs en plastique que Loren lui tendait pour entourer ses chaussures. Juliette empaqueta ses baskets, Loren fit de même avec ses bottes. Chacune empoigna une valise et une pelle en guise de canne de pèlerin. Loren garda la lampe-torche sous le bras. Elles s'encouragèrent une dernière fois pour entamer leur marche dans le ventre de la forêt, si luxuriante et belle le jour, si noire et lugubre la nuit.

– Allez courage, ma chérie, chuchota Juliette. Si jamais on croise un pervers psycho, tu lui mets un bon coup de lampe bien en haut du crâne. Au pire, on l'achèvera à coups de pelle.

– Et on le balance dans le trou avec ton copain ! T'as l'intention d'occire combien de personnes aujourd'hui ? demanda Loren dont la respiration s'était accélérée.

Les silences déjà effrayants de la forêt étaient régulièrement entrecoupés par des craquements plus terrifiants encore. Les arbres semblaient crisser de partout, les feuillages bruissaient, la végétation chuintait, le ululement d'une chouette déchira la nuit et Loren frôla la crise cardiaque en se prenant les pieds dans des ronces.

– Elle est remplie de bêtes, cette forêt, bafouilla-t-elle en se relevant. Tu ne le sens pas ? On est cernées. Je sens qu'on est épiées, je te jure...

– Mieux vaut des bêtes que des hommes, allez avance Lo...

La respiration saccadée et bruyante des deux pèlerines retentissait dans les bosquets. Loren s'arrêtait toutes les quinze secondes pour balayer de sa lampe torche les alentours jusqu'en haut des arbres, vérifiant même derrière elles qu'elles n'étaient pas suivies par un dingue.

– Peux plus, bredouilla-t-elle, trop peur...

Juliette tapa le bout de sa pelle sur le sol jonché de fougères, de gui et de châtaignes.

– C'est trop dur ici, on n'arrivera pas à creuser. Avance encore un peu. Il faut que je « sente » le bon endroit. Il nous faudrait quelque chose qui ressemble à une petite clairière et de la terre plus molle, si possible.

Collées l'une contre l'autre, elles poursuivirent leur déambulation hésitante et trébuchante, soulevant les valises qui avaient bien du mal à rouler sur le sol encombré de déchets végétaux, tressaillant d'horreur au moindre craquement bizarre, c'est-à-dire quasiment tout le temps.

– Trop la trouille de croiser quelqu'un…, bégaya Loren. Un taré. Un violeur.

Juliette préféra ne pas penser à cette éventualité. Statistiquement, deux fois : ce n'était pas possible. Elle essaya d'encourager sa complice, tirant la Samsonite à deux mains :

– Chut. Il n'y a que des animaux et nous. Tu sais les animaux de la forêt, des sangliers, des biches, des petits faons, comme Bambi. Tu n'as pas peur de Bambi ? termina-t-elle, rassurante.

– Bambi, non. Mais un sadique qui rôderait derrière les buissons la nuit, si…

Elles s'enfonçaient à l'aveuglette dans les bois. Les craquements de brindilles et branchettes qui se brisaient sous les valises résonnaient dans la nuit.

– D'accord, on s'arrête là, souffla Juliette. Je n'en peux plus. Il est plus lourd que je croyais, avoua-t-elle en balançant un nouveau coup de pied dans sa valise.

Loren lâcha la poignée de la sienne, posa sa pelle et arrosa les alentours de sa lumière.

– Sont-ce des chênes ? demanda-t-elle.

– J'ai l'impression que sont-ce effectivement, ironisa Juliette en s'asseyant sur un monticule de branches. On n'a qu'à creuser là, sous ce gros chêne, il est très impressionnant. Oh, la vache, je suis déjà crevée et on n'a pas encore commencé !

Loren sortit un mouchoir de son sac, histoire de dégager un peu la respiration de buffle qu'elle traînait depuis un quart d'heure. Elle se moucha le plus silencieusement possible, rangea le Kleenex dans son sac à main, l'ôta de son épaule, se débarrassa de son manteau et les déposa sur un talus avec la lampe de poche, orientée en direction du chêne. Elle empoigna la grosse pelle et commença à creuser au pied de l'arbre, prenant garde à ne pas abîmer les champignons.

– Je n'oublierai jamais ce que tu fais pour moi, lâcha Juliette émue.

– C'est assez singulier comme soirée, avoua Loren.

– Singulier ?

– Oui. Étrange et unique. Unique, faut espérer. Je ne ferais pas ça toutes les semaines. C'est surtout dingue de ne pas appeler la police quand…

– On ne va pas revenir là-dessus, je ne veux pas qu'on se dispute ici. Il fait trop noir…

Loren planta rageusement sa pelle dans la terre.

– Alors, c'est comment ici ? s'enquit Juliette.

Loren s'aida de son pied pour enfoncer la bêche dans le sol.

– C'est un peu dur, mais c'est jouable. Enfin, je ne sais pas si on arrivera à faire un trou de plus d'un mètre de profondeur parce que…

– Un mètre cinquante, ce serait idéal mais si on n'y arrive pas, tant pis, dit Juliette en s'appuyant sur sa pelle pour se relever.

– Mets-toi en face de moi, ordonna Loren. Il faut qu'on arrive à faire un grand trou genre…

– Genre caveau de famille ?

– Voilà…

Elles creusèrent en silence sous le vieux chêne, à la lueur de la lampe torche, tandis que le cerveau de Loren lui envoyait une bande-annonce de western, de celles où l'on peut voir des cow-boys creuser la tombe d'un pauvre type qu'ils viennent de dépouiller. Les deux fossoyeuses s'acharnèrent sur le sol forestier en tentant de s'habituer aux bruits multiples et nocturnes de la faune invisible. Les ululements stridents, sifflements brusques, gazouillis soudains, grincements inconnus et autres craquettements non répertoriés prouvant la présence de toute une ménagerie prête à leur fondre dessus.

De temps en temps, Loren s'immobilisait, persuadée qu'elle entendait des bruits de pas autour d'elles, mais Juliette lui soufflait : « C'est rien, ça doit être un chevreuil ou un cerf… » – et Loren se remettait à l'ouvrage, paniquée par le présent : « Mais qu'est-ce que je fous là ? » – épouvantée par le futur : « Quelqu'un va bien s'inquiéter de la disparition brutale de ce pauvre gars. Juliette est dingue. Il y aura forcément une enquête… »

La tranchée s'approfondissait lentement, devant les efforts considérables des filles. Juliette sauta dans la fosse pour continuer à l'améliorer de l'intérieur. Loren avait mal au dos. Chaque pelletée de terre, lancée sur le côté, lui provoquait de nouvelles douleurs aux cervicales. Subitement, la lampe de poche se mit à clignoter.

– Ah non ! Pitié ! gémit Loren.

Durant quelques secondes, la lampe les avait laissées dans le noir complet. Juliette bondit du trou et s'empara de la torche pour lui mettre une grande tape au cul.

– Parle-moi des piles ? demanda Loren. Dis-moi qu'elles sont neuves, je t'en supplie…

Juliette ne répondit rien. Elle secoua l'objet, l'éteignit et le ralluma pour balayer l'endroit du rayon lumineux.

– Faut se dépêcher maintenant, dit-elle en posant la lampe près de leur tranchée.

Elle sauta à l'intérieur et reprit ses pelletées de plus belle, des ampoules plein les paumes. Le trou était plus profond que large. Juliette aurait aimé coucher les deux valises dans la terre, l'une sur l'autre, mais vu le peu de temps dont elle disposait, les installer debout côte à côte était une possibilité. Comme une consigne dans la terre. Elle fit part de la suggestion à Loren qui approuva tout de suite, n'ayant qu'une envie : quitter au plus vite cet endroit de malheur et oublier ce cauchemar. Elle aida Juliette à sortir de leur caveau de fortune. Le cœur au bord des lèvres, elle s'empara à deux mains de la plus grosse des Samsonite et fut saisie d'effroi. Juste derrière la valise, un faisan, doté d'une queue aux plumes multicolores, la scrutait de ses yeux globuleux dans l'obscurité. Loren faillit s'évanouir pour la dixième fois dans la soirée.

– Qu'est-ce qu'il se passe encore ? demanda Juliette en soufflant sur la paume de ses mains, gonflées d'ampoules.

– Il y a un oiseau énorme, là par terre. Il nous regarde bizarrement, bredouilla Loren, haletante.

– Et alors ? T'as peur qu'il soit appelé à témoigner à la barre. Allez file-moi ça, soupira-t-elle en s'emparant du cercueil en toile noire.

Juliette traîna la valise à cadavre jusqu'au trou et la laissa tomber dans la terre.

– Je ne suis pas une victime, lâcha-t-elle en regardant le caveau de haut, fallait pas me chercher...

Elle se retourna et attrapa la valise des vêtements, qu'elle souleva pour la placer à côté de l'autre dans la fosse.

– Bon voyage ! lança-t-elle en tapotant les paumes de ses mains.

Loren s'avança, ferma les yeux et fit un signe de croix devant ces obsèques de Samsonite. Le faisan clopina, en roulant son postérieur emplumé, et s'approcha à son tour du caveau. Il observa ce cirque nocturne et inhabituel d'un œil perplexe.

– Faut reboucher maintenant, vite ! marmonna Juliette. Encore un effort, Loren. Ça va être moins dur que de creuser, après ce sera fini. On retourne à la voiture et...

– Si on la retrouve, gémit Loren en reprenant sa pelle qu'elle plongea dans le monticule de terre accumulée près du trou.

Juliette en fit de même avec son propre tas de l'autre côté. La terre pleuvait sur les deux valises. Debout et collées l'une contre l'autre, les Samsonite n'étaient qu'à cinquante centimètres de la surface. Les fossoyeuses auraient préféré qu'elles soient enterrées plus profondément, mais elles avaient déjà donné le maximum, creusant jusqu'à l'épuisement, le dos brisé, les mains brûlantes, la peur et l'effort leur infligeant des palpitations cardiaques qu'elles avaient bien du mal à calmer, à en croire les suffocations qui précédaient et suivaient chaque pelletée. Il fallait bien l'avouer, si, à l'issue d'une longue et complexe enquête, la police arrivait ici, elle n'aurait pas besoin d'un matériel de forage très sophistiqué pour retrouver les valises.

La fosse rebouchée, il restait pas mal de terre sur les côtés, de ce terreau remplacé par les deux énormes valises. Juliette et Loren jetèrent en l'air quelques pelletés dans les bois aux alentours. Elles dissimulèrent et semèrent l'excédent sédimentaire un peu partout jusqu'à ce que les tas disparaissent complètement. Toujours chaussées de sacs en plastique, elles piétinèrent et sautèrent sur la tombe pour niveler la terre. À l'aide de la lampe torche, Loren observa l'endroit :

– On voit que le coin a été remué. Regarde, il y a une différence de couleur.

Juliette continua de sauter sur la tombe pour l'aplanir au maximum, la ratissa de sa pelle et ramassa quelques branchages, feuillages et bouts de bois qu'elle répandit sur la sépulture, la banalisant dans le paysage.

– Et là ? Regarde ? On ne distingue rien d'anormal, hein Loren ? Si tu n'as pas dans l'idée de planter une croix et de laisser une épitaphe…

– Très drôle…

Les filles examinèrent l'emplacement, le comparant avec le reste du panorama, toujours en compagnie du faisan, qui n'avait pas perdu une miette de ces funérailles sur son territoire.

– J'ai l'impression que ça peut aller, commenta Loren.

Elle réalisa qu'elle discernait mieux les alentours à présent et leva la tête. L'obscurité était beaucoup moins dense. Un ciel mauve se découvrait graduellement.

– Quelle heure peut-il être ? demanda-t-elle.

– Pas loin de cinq heures, je pense, murmura Juliette.

Accoudée sur le manche en bois de la pelle, elle contempla l'aurore bleutée qui survenait doucement. Comme pour appuyer cette bonne nouvelle, un chant d'oiseaux se fit entendre. Ce n'était plus ces stridulations menaçantes qui n'avaient cessé de déchirer la nuit, non, c'était un pépiement mélodieux annonçant l'aube. Du noir, l'atmosphère allait grisailler peu à peu. Pour la première fois, les filles semblaient respirer normalement.

– Quelle nuit mon Dieu ! s'exclama Loren à voix basse.

– Je n'ai pas vu le temps passer, soupira Juliette. Et le poivre ?

– Ah oui, le poivre. Il faut en asperger partout. Faire fuir les sangliers parce que eux, ils dévastent tout sur leur passage et puis ils creusent, je te dis pas… S'ils sentent un truc bizarre…

– Vas-y, ordonna Juliette, tu l'as mis dans ton sac.

Elle se tourna vers le faisan :

– Qu'est-ce tu regardes, toi ? Tu veux pas te barrer ?

Bien que les faisans aient la réputation d'être des animaux très sauvages, celui-ci paraissait relativement à l'aise en compagnie des deux citadines.

– Mon ex avait l'habitude de faire un carnage sur ces bestioles en Sologne, se remémora Loren en saupoudrant la tombe de granulés noirs. Les poules faisanes, il appelait ça… Les chasseurs du coin organisaient des battues. Battues aux canards, perdreaux, faisans. Il y avait même des rabatteurs avec des chiens…

– Tais-toi, intima Juliette. J'ai horreur de la chasse.

– Je sais. Mademoiselle est écolo. Mademoiselle ne tue pas d'animaux, en revanche, elle fracasse le crâne de son compagnon sans sourciller. Mademoiselle aime les espaces verts qu'elle confond de temps en temps avec des cimetières. Tout ça est d'une logique à l'épreuve des balles, c'est le cas de le dire. De toute façon, il faut que j'arrête de parler de mon ex, ça me serre le ventre à chaque fois…

Juliette ne sut quoi répondre. Elle aussi ressentait un serrement dans le ventre. Elle était bêtement titillée par quelques effluves de jalousie. Elle observa Loren « assaisonner » l'endroit avec son petit moulin à poivre. Elle avait envie de la protéger quand elle était tétanisée, elle l'aimait encore plus quand elle récupérait son assurance…

– Oui aux animaux, non aux machos de merde, lâcha Juliette tristement. Tu vois, tu y penses encore… à lui…

Non, c'est ce faisan qui me rappelle des souvenirs…

Loren s'accroupit pour vérifier à nouveau le nivellement de la tombe par rapport au reste de la terre.

Je n'irai pas chez le psy pour ce con !

– Pourvu que cette nuit d'horreur n'ait aucune répercussion sur mon avenir ! Mon avocat est spécialisé dans les droits d'auteur et la propriété intellectuelle, je me vois mal lui expliquer que j'ai enterré un type à Fontainebleau. Allez, dit-elle en se relevant, il fait presque jour, on rentre…

5

Connaît-on vraiment les gens ?

Elles étaient restées silencieuses sur le chemin du retour. Tandis que Loren se demandait comment elle allait vivre maintenant, comment ne plus penser constamment à cette valise mortuaire, Juliette lâchait de temps en temps le volant pour lui serrer le genou, lui caresser doucement la cuisse. Un geste pour dire : « Je suis là. Si quelqu'un doit payer, ce sera moi. » Pour Juliette, être enterré là ou ailleurs n'avait pas grande importance. À la limite, là, c'était plus joli qu'ailleurs. Aux premières lueurs du jour, Loren se demandait encore comment elles avaient réussi à accomplir « la chose », elle, dont la plus grosse connerie de sa vie consistait, en rentrant d'une soirée arrosée, à avoir mis son manteau en cachemire dans la machine à laver et l'avoir transformé en peau de chameau… Niveau péché mortel à haute dose de culpabilité, elle venait de franchir un cap important. En la déposant devant chez elle, Juliette lui avait lancé : « Tu verras Loren, le crime parfait existe ! »

Loren était montée chez elle et s'était écroulée sur son lit en pensant : « Je ne mérite plus de vivre. »

Juliette était rentrée chez elle, s'était préparé un saladier entier de pâtes dans lequel elle avait versé un sachet entier de gruyère râpé, un pot entier de crème fraîche et parlait toute seule : « C'est tout pour moi ! » avait-elle chantonné en s'empiffrant.

Loren s'éveilla vers midi, toute courbaturée. Dans la salle de bains, elle écouta les infos pour savoir si on n'avait pas retrouvé un corps dans une forêt à proximité de Paris. Soulagée, elle décida d'aller rendre une petite visite à ses parents pour se changer les idées. Les siennes ne tournaient qu'autour de la mort et de la culpabilité depuis vingt-quatre heures. Si elle devait aller en prison, autant passer un peu de temps avec ses parents avant de leur infliger l'humiliation suprême. Elle dérangea sa mère qui, depuis sa retraite, s'était remise à l'anglais en écoutant CNN avec un cahier et un dictionnaire. Sur CNN non plus, pas de découverte d'un corps en forêt française. Sa mère lui trouva une petite mine et lui demanda si elle avait passé une bonne nuit. Loren faillit vomir et se dirigea dans la chambre voir son père qui classait ses vieux vinyles, et entreprit de l'aider. Penser à autre chose, tel était le but de la journée.

Elle traînait, Juliette, restait dans son lit le plus longtemps possible, les yeux grands ouverts, elle rêvait son avenir. Malgré les courbatures, elle s'exclama en s'étirant : « Quel bonheur de ne rien faire ! » Elle finit par sortir de son lit, prit une bonne douche chaude, mit de l'eau partout en s'écriant : « Je fais ce que je veux et il n'y a personne pour m'engueuler ! » Elle poussa le bouton de la chaîne au maximum, fit quelques pas de danse, laissa traîner ses vêtements partout et proclama haut et fort : « Je ne vais même pas faire la vaisselle aujourd'hui ! Youpi ! »

Si pour Loren un plateau télé, seule avec sa couette sur son canapé, constituait une étape de franchie vers le bonheur, puisqu'elle faisait partie de ces gens pour qui les mots « célibat ou solitude » étaient synonymes d'emmerdements limités, cette soirée du lundi fut sauvagement entachée par le programme de la télévision du service public : *FBI. Portés disparus.* Jamais série ne lui provoqua de tels ulcères. Elle laissa de côté au moins cinq sushis saumon qu'elle avait commandés. Son appétit fut violemment coupé et déglutir faisait trop mal. Loren avait beau se dire que l'équivalent de ce bureau n'existait pas en France, elle avait été chercher sa petite boîte de Lexomil et la laissa à portée de main, sur sa table basse. Dans cette série américaine, il suffisait qu'on vienne dire au héros Jack Malone : « Truc-Muche aurait dû m'appeler à quatorze heures, je ne comprends pas, il est quatorze heures douze et je n'ai toujours pas de nouvelles » pour que Jack bondisse de son bureau et parte à sa recherche avec trois ou quatre agents, tout droit sortis d'un défilé Gucci. Loren s'essuya le front d'une main tremblante avec sa petite serviette en papier tandis que l'enquête commençait.

Dans cette série, apparaissait au bas de l'écran :
Disparu depuis 12 heures.
Disparu depuis 36 heures.

Disparu depuis 72 heures.

Évidemment, qu'il s'agisse d'un meurtre, d'un suicide, d'un kidnapping, d'un accident ou de quelqu'un qui avait oublié d'appeler sa maman pendant deux jours, Jack et son équipe finissaient toujours par mettre la main sur le ou la disparu(e) en question. Au troisième épisode, Loren avait absorbé six barrettes de Lexomil et n'avait plus un seul ongle. Ne trouvant plus la télécommande, elle resta sur France 2 et enchaîna avec l'émission politique : *Mots croisés* où son ex-amant, toujours député, était invité. Entendre le son de sa voix, revoir son visage en gros plan lui provoqua de nouvelles bouffées de manque de lui et d'angoisse. Elle avala un autre Lexomil, accompagné de bière japonaise. Ne supportant plus ce trop-plein d'émotions en une seule soirée, elle prit sa couette qu'elle tira par terre pour se diriger vers sa chambre, se cogna le front à la porte et s'écroula sur sa moquette pour un coma de dix heures.

Disparu depuis deux jours

Le patron de la brasserie où travaillait Franck harcelait Juliette :

« Où est-il ? mugissait l'Auvergnat, j'ai déjà deux serveurs malades, je ne m'en sors pas, moi ! »

« Je ne sais pas, répondait la fiancée, il est parti. »

« Parti où ? » braillait le restaurateur.

« Je n'en sais rien », rétorquait Juliette en gardant son calme.

« Mais comment ça parti ? On ne part pas comme ça ! » répétait le patron.

« Il a disparu. »

« Mais disparu où ça ? »

« Aucune idée », disait Juliette.

« Je connais mon Franck, mugissait l'Auvergnat, ce n'est pas le genre à disparaître comme ça ! Sans prévenir personne… »

« Eh bien engage quelqu'un d'autre et occupe-toi de ton cul ! » pensait la récente veuve sans le dire.

« Je vais aller à la police, annonçait Juliette d'une petite voix. Effectivement c'est étrange… »

C'est aussi ce qu'elle avait déclaré à leurs amis communs. Tout le monde commençait à s'inquiéter de part et d'autre et les coups de fil se succédaient pour se répéter : « Pas de nouvelles ? Moi non plus, il n'est pas venu au bowling hier soir. Personne ne l'a vu et son portable est éteint. Mais où peut-il bien être bon sang ? »

Certes, elle n'était pas pressée d'aller au commissariat. Ce passage chez les flics représentait une nouvelle corvée. Pour l'instant, tout se passait à peu près comme prévu, mais si jamais la police entrait dans l'histoire, l'aventure pouvait prendre des tournures inconnues. En réalité, même si elle ne croyait pas beaucoup à l'ouverture d'une enquête, Juliette attendait simplement que ses paumes cicatrisent. D'accord, signaler la disparition de son compagnon avec des ampoules plein les mains ne signifiait pas pour autant : « J'ai passé une nuit entière à l'enterrer ! Mais quelle saleté cette pelle ! »

Il faudrait tomber sur un flic vraiment retors pour qu'il en arrive à cette conclusion si vite, mais néanmoins, Juliette et Loren vivaient, depuis leur nuit d'horreur, dans un tel état de paranoïa qu'aucune étourderie ou faute d'attention ne leur était permise. Il fallait à tout prix éviter le moindre soupçon, la moindre erreur. Faire exactement ce que les autres attendaient de vous dans un pareil cas. Juliette n'hésitait pas à rappeler ses amis, tard le soir, pour discuter de cette brutale disparition et afficher un vrai chagrin, allant même jusqu'à instiller le doute chez leurs amis, insinuant qu'il avait probablement quelqu'un d'autre dans sa vie et préparé son coup depuis longtemps. Malheureusement pour elle, elle ne rencontrait pas d'échos à sa théorie et n'entendait que des : « Non, non, non… Pas Franck, ce n'est pas du tout le genre… »

Ça l'énervait beaucoup. Qu'est-ce qu'ils en savaient, ces abrutis ?

Disparu depuis quatre jours

Loren et Juliette avaient décidé de ne pas évoquer l'affaire par téléphone. Elles s'étaient donné rendez-vous sur le banc d'une petite place à Montmartre. L'une chômeuse et veuve, l'autre auteure en promo, elles ne dépendaient ni d'horaires de bureau, ni de chef, ni de Dieu, maître ou petit copain mal élevé.

– Demain matin, je passe à nouveau mon entretien pour la chaîne info. J'espère voir la bonne personne, cette fois, pouffa Juliette tandis que Loren lui jetait un regard noir.

Bon, l'après-midi j'irai à la police, ça m'angoisse ! Mais il faut le faire. Tout le monde commence à se poser des questions…

– Apporte avec toi des photos, son livret de famille si tu l'as, son carnet de santé, des trucs comme ça, que ton anxiété ait l'air vraie… Tu ne comprends pas ce qui se passe et tu le recherches vraiment, tu vois ?

– D'accord, répondit Juliette en prenant note mentalement.

– Si le flic commence à te faire le discours : « Vous savez, il est majeur et vacciné, il fait ce qu'il veut… », c'est ultra bon signe. Cela voudra dire qu'il ne considère pas la disparition comme inquiétante. Il le rentrera dans le fichier comme personne recherchée par ses proches, mais il ne fera pas d'enquête à proprement parler, enfin je l'espère…

– Je l'espère aussi, soupira Juliette. De toute façon, on n'a rien laissé au hasard. Ils ne peuvent rien trouver. Heureusement que tu étais là. Je n'aurais rien pu faire sans toi…

– Arrête de me dire ça.

– À deux, on a pu réfléchir à tout, rester concentrées et puis on a eu une telle énergie toutes les deux, un courage incroyable pour…

– Arrête, je te dis !

Loren sortit une cigarette de son paquet. Juliette fit de même. Elles restèrent silencieuses, fumant sur le banc. Rongée par la culpabilité, ce genre de phrases n'inspirait pas du tout Loren. D'ailleurs, elle n'était plus inspirée du tout. Elle avait signé un nouveau contrat pour un prochain livre. Elle avait écrit *Chapitre 1* et puis rien, rien de rien.

Dès qu'elle voulait s'y mettre, l'écran blanc de son ordinateur lui envoyait l'image du cadavre ratatiné dans la valise. Elle avait donné le matin même une interview pour un journal féminin, mais il faut dire ce qui est : son dernier petit essai sur sa rupture lui paraissait quelque peu insipide à côté de la rupture avec hémoglobine de sa nouvelle copine. Ça, c'était une histoire autrement plus palpitante. Avec de l'action, de la peur, de la sueur et plus de bêchage nocturne que de psychologie ou d'analyses des rapports hommes-femmes.

Loren songea qu'elle n'était pas allée chez le psy pour l'ex-con tant aimé, mais qu'elle allait finir par s'y rendre pour le con inconnu de la valise. Ne serait-ce que pour demander une nouvelle ordonnance de Lexomil, étant donné la vitesse à laquelle le flacon se vidait ces derniers temps…

– Tu comptes toujours déménager ? demanda-t-elle pour briser le silence.

– Oui, répondit Juliette.

– Ne le fais pas, pas tout de suite. Attends un peu. Tu vas tenir ?

– Oui, c'est moins dur que prévu. Je profite du studio rien que pour moi. Avant avec ses horaires de serveur, je ne savais jamais vraiment à quelle heure il allait rentrer et je vivais toujours dans l'appréhension, dans le stress… Si tel truc n'était pas à sa place, si je n'avais pas fait ci ou ça, j'avais droit à des réflexions désobligeantes. Il mettait une ambiance à la maison ces derniers temps, c'était l'antichambre de l'enfer ! Maintenant, c'est juste un foutoir mais sans mauvaises ondes…

– Il… ne te hante pas ?

– Non, finalement non. C'est trop mal rangé. Même en fantôme, il ne pourrait pas revenir. Et puis j'ai un studio, je te signale, pas un château en Écosse !

– Bref, tu ne culpabilises pas trop…

– Pas trop. Je me dis que c'est mieux comme ça, pour tout le monde…

– Oui. Je ne sais pas ce que lui en penserait…

– Rien. Il ne pensait déjà pas de son vivant…

– Arrête Juliette. Il avait quel âge ?

– Quarante et un…

– C'est jeune quand même…

– Ouais, bof. C'est long pour ce qu'il en a fait.

Elles observèrent les touristes sur la petite place de Montmartre quelques minutes encore, écrasèrent leurs mégots en se levant et se donnèrent rendez-vous chez Loren, le lendemain soir, pour un débriefing post-commissariat. Juliette était ravie de passer une nouvelle soirée chez Loren qui, quant à elle, se disait qu'un peu de compagnie ne pourrait que soulager cette pression permanente qu'elle ressentait au thorax…

Jeudi. Début de soirée
Disparu depuis cinq jours

Loren tournait en rond chez elle, rangeait des petites choses par-ici, par-là, passait un chiffon pour ôter la poussière sur une étagère, pendait un vêtement, remettait un

DVD dans son coffret, inspirait, expirait, se tordait les mains et re-tournait en rond. Il fallait attendre… que Juliette arrive, qu'elle lui fasse un compte rendu de son passage chez les flics. S'il n'y avait pas d'ouverture d'enquête, c'était déjà énorme. Elles n'auraient pas à travailler avec l'appareil judiciaire, juste avec leur conscience et leur mémoire. Comment oublier la valise ? Vivre avec un tel secret ? Ne jamais en parler à quiconque, même ivre, ne jamais laisser échapper un mot pendant son sommeil… Comment attendre que tout cela passe ? Que le temps estompe la culpabilité. Non-dénonciation de crime, ça vaut combien, en gros, quand on n'a pas de casier ? Et dissimulation de cadavre ? Le terme exact était « atteinte à l'intégrité d'un cadavre ». Ça valait combien, ça ? Un juge pouvait-il comprendre qu'on apporte juste de l'aide ? Il demanderait certainement pourquoi. Le nombre de délinquants qui répondent des « Chais pas… Je comprends pas » avec une voix bête est très élevé. Loren serait-elle amenée à répondre un jour : « Parce qu'elle m'émeut… » ?

Tu parles d'une réponse… même à un juge poète…

La sonnette la sortit de ses pensées. L'émouvante était à la porte. Loren se précipita pour ouvrir. L'émouvante avait une tête sinistre. Elles s'enlacèrent.

– Alors ? Alors ? Alors ? s'écria Loren en refermant la porte, ça s'est bien passé ?

– Ça s'est passé, déclara Juliette en ôtant son manteau dans le couloir. Sers-moi un coup à boire !

– D'accord, répondit Loren sans sourciller devant l'impératif.

Elle courut ouvrir son congélateur, en extirpa la bouteille

de vodka à l'herbe de bison, attrapa deux petits verres, fila dans son salon, posa verres et bouteille sur la table basse et se laissa tomber dans le canapé aux côtés de Juliette qui enlevait ses chaussures.

– Quelle journée ! grommela Juliette en envoyant balader ses bottines.

– Alors ? insista Loren en lui tendant son petit verre.

– Alors donc, j'ai été au commissariat cet aprèm, commença Juliette, avant de s'arrêter pour avaler une gorgée d'alcool et grimacer.

– Ça pique !

– C'est fait pour ! Après ?

– J'ai déclaré la disparition en racontant que j'étais rentrée chez moi, qu'il n'y avait plus rien ni personne... Évidemment, j'ai dit que je pensais qu'il était parti mais j'ai précisé que si je venais les voir, c'est parce qu'en même temps, il n'était pas retourné au travail et que personne n'avait de nouvelles depuis dimanche et que je trouvais ça bizarre...

– Bon, ça me paraît bien jusque-là...

– Oui. J'ai dû remplir un tas de paperasseries impressionnant, adresses et téléphones de la famille et de ses amis. Bref, je t'épargne le côté administratif...

– Ils t'ont fait le discours : « Il est majeur et vacciné, il fait ce qu'il veut... » ? tenta de se rassurer Loren.

– Non. C'est là où ça se corse. Ils m'ont sorti une photo de lui. Il était fiché, figure-toi. Mon mec vendait du shit pour arrondir ses fins de mois. Photos et empreintes, la totale.

– Oh, là, là, là, gémit Loren en plongeant son visage dans ses mains. Dites-moi que ce n'est pas vrai ! Il vendait à qui ?

– Aux clients de son bar. Il était fiché : serveur-dealer. Petit dealer… bas de gamme. Nul. Pas encore condamné mais déjà bien repéré.

– Oh, là, là, là, gémit à nouveau Loren.

– Oui. Je comprends mieux la boîte à biffetons, maintenant. Ce qu'on peut être idiote avec les mecs, c'est dingue. J'ai vraiment bien fait de le tuer…

– Oh, mon Dieu ! se lamenta Loren. Mais tu ne le savais pas ?

– Non. On fumait de temps en temps, le week-end, mais je n'ai jamais vu des quantités de… de dealers. Juste des petites boulettes rikiki, il était radin avec son shit, en plus. Remarque, ça s'explique, si ce n'était pas pour lui…

– Oh, là, là, là, répéta Loren.

Elle s'empara de son verre de vodka qu'elle avala cul sec.

– Je suis tombée des nues au commissariat, enchaîna Juliette. Au moins, ça c'était bien parce que je n'avais plus besoin de jouer. J'étais vraiment ahurie.

– Ils vont croire que sa disparition a un lien avec le milieu de la drogue, réfléchit Loren, un regain d'optimisme dans la voix. Qu'il a gardé un paquet pour lui ? Qu'il a gardé de l'argent qu'il devait ? Qu'il a fui parce qu'il a rencontré un problème ? Que le type qui le fournit, le dealer au-dessus de lui, l'a tué ?

– S'ils croient ça, ça m'arrange, mais ce que je redoute tout de même, c'est la perquisition à la maison.

– Oh, non ! s'apitoya Loren en se resservant une rasade. Son optimisme venait de retomber comme un vieux flan. Donc, il va y avoir une enquête ?

– Je ne sais pas trop. Ils ne savent pas quoi en penser, pour l'instant. Ils m'ont posé plein de questions sur sa voiture aussi. J'ai dit qu'elle n'avait pas bougé. Ça, c'est peut-être plus étrange pour quelqu'un qui veut fuir. Mais il y a des taxis, des trains, des avions. Enfin zut, ce n'est qu'un petit dealer qui disparaît. Ils ne vont pas lancer l'alerte enlèvement à la télé !

– Le flic qui t'a reçue, c'est quel genre ?

– Un jeune, pas mal...

– Un jean-foutre ?

– Non, un lieutenant.

– Ce que je veux dire, Juliette, c'est : est-ce qu'il avait l'air de prendre ça au sérieux...

– Oui, ils étaient plutôt sérieux. En fait, ils étaient plusieurs...

– Oh, là, là. J'aurais voulu que tu tombes sur un gros mou qui s'en fout...

– Non, ils ne s'en foutent pas. L'ambiance était concentrée et studieuse. Bon, je ne venais pas non plus leur annoncer qu'on m'avait volé mon parapluie. Il s'agit de quelqu'un tout de même, Loren !

– Comme si je ne le savais pas ! rugit cette dernière.

– Ils m'ont dit qu'ils allaient essayer de repérer son portable. Étudier les derniers numéros appelés. Guetter son compte en banque. Rencontrer les dernières personnes qu'il a vues. Retracer son emploi du temps des dernières heures. Appeler sa famille. Passer au resto, interroger ses collègues…

– Et ça ne s'appelle pas une enquête, ça ? hurla Loren.

Juliette resta interdite.

– Ça s'appelle « faire l'entourage », c'est ce qu'ils ont dit.

– Et moi, je te dis que c'est une enquête.

– Ouais, t'as peut-être raison. Dire que je les ai remerciés chaleureusement.

– Où sont mes clopes ? s'écria Loren en tâtant ses poches.

Juliette fouilla dans son sac à main.

– Au fait, je leur avais apporté des photos comme tu m'as dit. Je n'en ai pas eu besoin, ils en avaient déjà… Tu veux que je te les montre ? Tu sais pas à quoi il ressemble, toi ? Il avait la tronche emberlificotée quand tu es arrivée. Alors là, c'était cet été à Saint-Malo sur…

– Non ! cria Loren en repoussant sa main. Je ne veux pas le voir ! File-moi une cigarette. Tu leur as parlé de moi ?

– Oui. J'étais obligée, avoua Juliette en rangeant ses photos. Ils m'ont demandé où j'étais quand il a disparu. J'ai dit chez toi. Il y avait une fliquette qui te connaissait. Elle avait lu un de tes livres…

– Oh non, ce n'est pas vrai, se lamenta Loren en s'emparant de la bouteille de vodka pour la boire au goulot.

Juliette sortit un paquet de « Fumer tue », et resta silencieuse un moment, à observer le stress grandissant de Loren.

– Il y a un truc qui m'inquiète dans cette histoire..., commença-t-elle.

– Un seul ! s'exclama Loren. Moi, j'ai renoncé à compter le nombre de trucs qui m'angoissent dans cette histoire. Putain, je vais me retrouver en taule à cause de toi !

– Mais non, répondit Juliette, contrite, en lui caressant le dos. Si tu y es, ça veut dire que j'y suis aussi et pour plus longtemps que toi ! Non, ce qui m'inquiète, ce ne sont pas les flics pour l'instant, c'est le fournisseur, comme tu dis. Le dealer au-dessus. Moi, je ne sais pas qui c'est. J'espère qu'il ne va pas débarquer, celui-là ! Qu'il ne va pas vouloir récupérer de la came ou du fric... La came, s'il y en a, je ne sais pas où il la mettait et le fric de la boîte, il est à moi maintenant ! Hein Loren ? Qu'est-ce que t'en penses ?

– Je voudrais mourir, lâcha l'autre le regard éteint, s'imaginant déjà coincée entre une armada de flics, voulant vérifier, et une armada de dealers, voulant récupérer.

Dans les deux cas, c'était un désastre.

– Et sinon ce matin à la télé ? Ça s'est bien passé ? demanda Loren à l'agonie.

– Oui, c'était plus marrant. Elle est sympa Béatrice, la productrice de *Rien que du sport*. On a reparlé de l'incident. Elle m'a dit qu'elle t'avait trouvée parfaitement désagréable. Je t'ai défendue.

– Ne te sens pas obligée...

– Elle m'a fait rire parce qu'elle m'a dit que pour ce poste d'assistante, elle recherchait : « une brave fille bien convenable » ! Tu te rends compte ? On disait ça à la fin du dix-neuvième siècle quand on cherchait une bonniche en province, non ? C'est bizarre comme expression. Enfin, comme je lui ai dit : une brave fille bien convenable, c'est tout à fait moi ! s'écria Juliette en renversant Loren sur le canapé pour l'embrasser…

6

Disparu depuis neuf jours

Du côté de Loren, les jours qui suivirent la visite débriefing de Juliette furent relativement calmes. Elle avait toujours beaucoup de mal à se concentrer et sa balance affichait trois kilos de moins depuis le dimanche morbide, ce qui lui avait un peu remonté le moral. Elle avait fait une émission de radio et déjeuné avec la journaliste après, ce qui lui avait un peu changé les idées. Elle vivait nouée mais elle vivait, arrivait à parler, à sourire. Dormir restait difficile.

Pas de nouvelles de la police. Pas de nouvelles de la petite mafia de Beaubourg, vendeuse de shit. Pas de nouvelles de Juliette, restée dans son studio le week-end, profitant de la vie « rien que pour elle ».

Le lundi matin, Loren commençait à se dire que toute cette histoire n'était pas son problème, après tout. Il fallait s'éloigner de ce bourbier cauchemardesque et récupérer sa vie.

Elle avait rendez-vous avec Bertrand, son attaché de presse, et se présenta à sa maison d'édition vers dix heures. Il lui restait des livres à envoyer. En arrivant, elle se demanda une fois de plus s'il fallait en faire partir un pour Marc, l'arrogant héros du book. Il allait probablement prendre ce douloureux récit pour une déclaration d'amour, un : « Reviens-moi, je t'en supplie », un : « Regarde comme j'ai mal vécu notre séparation ! Regarde comme je sais bien analyser les sentiments, moi, contrairement à toi ! Regarde comme tu m'inspires ! J'en ai noirci des pages, rien qu'en pensant à ton visage et encore, j'ai fait des coupes ! » « L'espoir est une mémoire qui désire », écrivait Balzac et, pour la première fois depuis des mois, Loren réalisa qu'elle ne désirait plus. Elle n'avait plus aucune envie de le voir. C'était parti, tout simplement. C'était fini, tout doucement. En entrant dans sa petite maison d'édition, Loren observa ses livres avec la sensation qu'une étrangère avait publié ça. Elle eut presque honte d'avoir mis à nu sa douleur. Quelle impudeur. On ne devrait jamais écrire à chaud. Comme on ne devrait jamais voter une loi après un fait divers bouleversant. Il faut du recul pour bien réfléchir, somme toute. Oui, mais dans le cas de Loren, trop de recul et on n'écrit plus rien, parce que au final, on passe à autre chose. Ghislaine, la standardiste de la boîte, déposa une enveloppe à côté de ses livres. Loren la remercia en ôtant ses gants. La semaine précédente, elle avait reçu pas mal de courriers de femmes, lui disant que son émouvant récit les avait aidées à traverser cette période douloureuse. Elles disaient « bien se reconnaître » dans la pauvre chose plaquée et désespérée. Au moins, l'objet littéraire servait à ça. Loren s'empara de l'enveloppe. Étrange. Seul son nom était écrit. Pas d'adresse. Comme si on l'avait déposée, ici.

Elle n'était même pas fermée. Loren l'ouvrit. C'était un carton blanc, rectangulaire comme une invitation à une soirée, sauf que dessus, on avait juste écrit en plein milieu :

Intéressant ce que vous faites dans les bois, la nuit.

Rien d'autre.

Loren s'agrippa au dossier d'une chaise, inspira encore et encore pour calmer une soudaine envolée cardiovasculaire mais ce fut inutile. Elle ne sentait plus ses jambes. Elle percevait que quelque chose n'allait pas, ne circulait plus. Elle n'allait pas tenir. Son cerveau, qui lâchait prise, lui envoya une belle luminosité blanche comme sa dernière page. Et tandis que Meredith, son éditrice, s'avançait vers elle, tout sourire, Loren s'effondra sur le sol, évanouie.

Du côté de chez Juliette, les jours qui suivirent sa visite débriefing chez Loren ne furent pas vraiment calmes. Après le patron, les amis, ce fut au tour du frère de Franck de se manifester, mugissant, lui aussi, que ça faisait bien une semaine qu'il laissait des messages sur le portable sans qu'on le rappelle. Juliette prit sa voix de victime, de celle qui ne s'est pas encore transformée en bourreau, pour lui annoncer qu'apparemment Franck était parti depuis une semaine, qu'il ne s'était pas présenté à son travail et que personne ne savait où il était. Juliette ajouta un hypocrite : « À vrai dire, je pensais qu'il était peut-être parti dans le Sud te rejoindre. » Le frère émit des borborygmes de stupeur, genre : « Hein ? Où ? Pfft ! Quoi ? Je... quecécethistoireencore ? »

Juliette lui annonça qu'elle avait fait une déclaration de disparition chez les flics et que si Franck n'était pas descendu le voir, ça devenait vraiment inquiétant. Sur ce elle ajouta qu'elle devait le laisser parce qu'on sonnait à sa porte. Elle raccrocha, balança son portable sur le lit, reboucha le vernis qu'elle s'étalait sur les ongles de ses pieds et se dirigea vers la porte, en caleçon, sur les talons, doigts de pieds en l'air. La sonnette retentit de nouveau. Juliette ouvrit et se retrouva nez à nez avec deux lieutenants de police.

Elle reconnut immédiatement le flic assez mignon et sérieux à qui elle avait parlé, ainsi qu'une de ses collègues, une petite rousse au visage émacié, aux yeux pernicieux et à la bouche aussi sensuelle qu'un trait d'union. Ils récitèrent un : « On ne vous dérange pas ? » mais entrèrent sans attendre la réponse. Tout en clopinant, Juliette rangea nerveusement des vêtements qui traînaient un peu partout, s'aperçut que ses mains tremblaient, inspira discrètement et leur proposa de la manière la plus naturelle qui soit : « Un petit café ? » Ils acquiescèrent. Juliette souffla, ça allait lui occuper les mains. Les truffes de chiens policiers des deux fonctionnaires étaient déjà à l'œuvre. La rouquine huma l'air, sentit le vernis, alla à la fenêtre, l'entrouvrit, regarda le paysage, toucha les rideaux, observa les murs, le petit bureau, fit un signe à son collègue en lui désignant du menton l'ordinateur portable, examina les étagères, ouvrit un petit meuble, un tiroir, jeta un œil au plafond et termina par la moquette. Le lieutenant mignon fit de même, mais pas dans le même ordre. Ce n'était pas une perquise officielle mais c'était tout de même une bonne étude des lieux. La fliquette porta son attention sur la légère démarcation de couleur de la moquette. Doucement, elle frotta la semelle de sa chaussure à l'endroit plus clair.

– Alors ? Vous avez des nouvelles ? s'écria Juliette derrière son petit bar pour occuper un peu d'espace sonore et couvrir le bruit des soucoupes qui s'entrechoquaient.

– Il y avait un tapis ici ? répondit la rousse sans lever les yeux.

– Heu, oui, une vieille carpette usée. Pleine de trous de clopes, de traînées de Coca. Vous savez ce que c'est, on laisse la bouteille par terre mal rebouchée et hop, on shoote dedans sans le...

– Vous vous en êtes débarrassée quand ?

– Heu, il y a trois semaines, un mois... Elle avait fait son temps, la pauvre...

– Vous l'avez mise à la poubelle ?

– Ben oui...

– Où ça ?

– Ben dans une poubelle. C'est Franck qui s'est occupé de ça. Il l'a descendue un soir pour la jeter et heu... Bon, mais enfin, ce n'est pas la disparition de ma carpette que j'ai signalée...

– On doit tout vérifier, mademoiselle Courtin.

– Mais faites donc, je vous en prie. À propos de vérifier. Vous avez enquêté sur son réseau de dealers ? S'il avait un fournisseur au-dessus de lui, il est où ? Dire que je ne me suis jamais rendu compte qu'il dealait. Ce qu'on peut être conne par moments. Ce n'est pas possible.

– Il ne voulait pas vous mêler à ça, déclara le lieutenant.

Juliette plongea son regard bleu dans le sien.

« Il ne voulait surtout pas me mêler au fric que ça lui rapportait en plus », pensa-t-elle avec mépris.

Le flic ne la lâchait pas du regard. Grand, brun, la quarantaine, les yeux marron, un regard intelligent mais un peu résigné, un teint qui témoignait d'origines méditerranéennes, des larges épaules, une cravate un peu serrée, des sourcils fournis, une belle chevelure épaisse…

« Il doit avoir plein de poils sur le torse, songea Juliette. Tout le contraire de ma lavette, tout petit, tout pâle avec des yeux vides et trois poils sur le caillou. »

– Vous vous appelez comment ? demanda Juliette.

– Claude, répondit le lieutenant, je vous ai donné ma carte l'autre jour…

– Ah oui, c'est vrai. Je ne sais plus ce que j'en ai fait. Claude, sucre ou pas ?

– Pas de sucre, merci…

– Moi non plus, renchérit l'agent de police féminin. Dites-moi mademoiselle, votre compagnon était-il violent ? C'est ce que vous avez laissé entendre la dernière fois, mais on a cherché une main courante…

– Il pouvait être violent verbalement, corrigea Juliette en plaçant des petites cuillères dans les tasses. Il était humiliant, c'est le terme. Non, je n'ai pas porté plainte, voyez-vous, il faisait ce qu'on appelle du harcèlement psychologique. Absolument tout ce que j'entreprenais était nul. Ces derniers temps, j'avais des entretiens pour du travail, il fallait voir ce que j'entendais quand je rentrais : « Tu y as été habillée comme ça ? Ils ne te prendront jamais, t'as dû avoir l'air tellement gourde ! De toute façon, je ne vois pas ce que tu pourrais faire. T'as jamais tenu un boulot plus de deux ans, et puis, faut voir les boulots », etc. Lui, ça faisait vingt ans qu'il était barman, ce ringard, enfin bref... Faut pas que je m'énerve. Il n'était pas comme ça quand on s'est rencontrés. Il était sympa au début, protecteur et prévenant, et puis tout s'est dégradé quand on s'est installés ici. Il perdait ses cheveux et devenait de plus en plus agressif. Je pense qu'il est parti avant de franchir l'étape au-dessus qui était la violence physique. Il racontait à tout le monde qu'il payait tout, tout le temps, que j'étais incapable de gagner trois sous. Je ne comprends pas pourquoi il ne m'a pas branchée avec son réseau de dealers, lui qui avait trouvé le bon filon pour arrondir ses fins de mois. Enfin après tout, tant mieux. Quand j'y pense, c'est miraculeux qu'il ne m'ait jamais proposé le tapin. Malgré ses sarcasmes, il a dû se rendre compte que j'étais une intellectuelle. Au chômage par moments, mais une intellectuelle tout de même. Moi, je savais que j'étais en ménage avec un vrai mesquin mais un voyou, ça je l'ignorais. C'est stressant pour une jeune femme de vivre avec quelqu'un de moins cultivé qu'elle, de moins vif d'esprit... C'est, comment dire, le contraire d'épanouissant. C'est quoi le mot ? Le contraire d'épanouissant ?

Elle avait débité ce monologue d'une traite et les deux autres en face continuaient leur examen sur sa personne sans mot dire. La machine à café avait cessé son bourdonnement depuis un bout de temps. Juliette se retourna pour saisir la cafetière.

– Ce qui nous intrigue dans les éléments de sa disparition, commença Claude en sortant un ordinateur de poche qu'il consulta, c'est l'emploi du temps. On est passés à la brasserie et son patron nous a dit qu'il devait y travailler le dimanche. Or en pleine nuit, il a appelé Georges, un de ses collègues, pour lui demander de le remplacer car vous n'étiez pas rentrée de la nuit et il voulait absolument être là, le lendemain, quand vous alliez rentrer pour une explication.

« Ce besoin de tout contrôler chez Franck, pensa Juliette, quel enfer ! Surtout ne pas trembler. Je tiens le discours et je ne lâche pas ma version. »

– Eh bien, dit-elle en se concentrant pour verser le café vacillant, il a dû changer d'avis. C'est vrai que j'ai fait exprès de découcher mais, quand je suis rentrée, il avait décidé de partir. Ce que je conçois parfaitement, d'ailleurs. C'était mieux pour tout le monde. À moins qu'il n'ait été obligé de fuir à cause de ses histoires de drogue.

– Oui, c'est bizarre pour un possessif, tel que vous le décrivez, de vouloir absolument être là et puis de ne pas y être en fin de compte. Selon son collègue, il paraissait très énervé. Ce qui le rendait dingue dans l'histoire, c'est qu'en plus, vous étiez supposée être avec une fille…

– Oui, ma copine. Celle dont je vous ai parlé l'autre jour.

Il consulta le petit ordinateur.

– Loren Abysse.

– Exact.

– Il pensait que vous étiez fascinée par elle. Vous ne parliez que d'elle…

– Oh, il ne faut pas exagérer non plus. On venait de se rencontrer, disons que je la trouve intéressante. Elle l'est, elle…

– On va prendre votre PC, mademoiselle, avec votre accord bien sûr, et le faire analyser par notre technicien. On vous le rendra plus tard, annonça Claude le ténébreux.

– Je vous en prie.

La femme policière continuait ses petits tours, la truffe en l'air, rappelant à Juliette un berger allemand qu'elle avait bien connu dans son enfance.

– C'est bizarre, dit-elle en sortant de la petite salle de bains.

– Quoi ? répondit Juliette en luttant contre les bonds dans sa poitrine

– Il y a deux brosses à dents. Il a laissé la sienne ? Il y a aussi un rasoir. De la mousse à raser et une lotion après-rasage. Il a fait sa valise mais il a oublié de faire sa trousse de toilette ?

Bravo Loren. Elle avait zappé les affaires de toilette. Effectivement, Juliette les avait vues aux côtés des siennes, elle avait pensé qu'elle avait tout le temps pour les jeter. Eh bien, elle n'en avait pas eu tant que ça finalement.

– Vous savez, répondit-elle vivement, ce n'était pas un as de l'hygiène. Quand on partait en week-end, il oubliait tout le temps sa brosse à dents. À moins qu'il ait dû partir très vite à cause de ses histoires de drogue, martela-t-elle.

Elle tombait bien en fin de compte, cette histoire de cannabis, ça les mettait sur une autre piste.

La jeune femme policier ouvrit la penderie commune, huma encore l'air, avisa le coin garçon, déserté de ses tee-shirts, caleçons, pulls, pantalons, sweats, bermudas… « Faut pas te gêner, pensa Juliette, t'as un mandat, toi, pour ouvrir les portes, les tiroirs comme ça ? Mais elle se croit où celle-là ? »

Il restait quelques vieilleries, bas de jogging, blousons que Loren n'avait pas jugé bon de mettre dans la valise, pour quelqu'un qui partait refaire sa vie à l'autre bout de la planète. La femme referma doucement la porte du placard, songeuse, pendant que Claude débranchait le PC. Ils étaient tout de même très pénibles ces deux-là.

– Vous avez enquêté du côté du fournisseur ? demanda-t-elle, hypocrite.

– Mademoiselle Courtin, répondit la petite rousse – d'un ton qui signifiait : les questions, c'est moi qui les pose –, si votre fiancé est parti ou s'il a été obligé de fuir pour une raison ou une autre, où est-il allé se réfugier, selon vous ?

– Aucune idée, comme je vous ai dit au commissariat, il parlait souvent de l'Amérique du Sud. Il disait qu'il rêvait d'y aller…

– Il n'y a aucune trace sur son compte en banque, déclara le lieutenant, l'ordinateur sous le bras. Aucun retrait depuis le jeudi ayant précédé sa disparition. Le téléphone portable, quant à lui, est éteint depuis le dimanche de sa disparition.

Juliette fit l'étonnée.

– Ah bon ? C'est étonnant. Vous croyez donc qu'il lui est arrivé... un truc ?

– On le croit effectivement.

« Et merde, pensa-t-elle, Loren va pas être contente. »

La petite rousse murmura quelque chose à l'oreille de son collègue qui approuva d'un signe de tête. Là-dessus, elle sortit un petit sachet en plastique transparent.

– On va prendre sa brosse à dents, déclara l'agent de police, pour l'ADN ; avec votre accord bien sûr. Comme ça, si on le retrouve...

– Allez-y, dit Juliette, anéantie.

La jeune femme s'empara non seulement de la brosse à dents mais Juliette vit qu'en plus, elle avait aussi mis le peigne de Franck dans un autre sachet. Ce vieux peigne noir et édenté avec lequel il coiffait son cheveu, avec amour, tous les matins devant la glace.

« Quel scandale, rumina Juliette, que l'argent du contribuable soit dépensé pour retrouver ce connard, ça me révolte ! »

– On va vous laisser, annonça le grand brun ténébreux.

– Oui, dit Juliette en pensant : « pas trop tôt ». Vous savez cette situation me bouleverse. Tout le monde se demande où il peut bien être...

– Ne vous inquiétez pas, on finira par le retrouver, conclut la femme agent en rangeant les sachets.

« Dans tes rêves, ma vieille », pensa Juliette en lui serrant la main.

Elle serra aussi la main de Claude qui, lui, eut droit à un

sourire, et leur ouvrit la porte, toujours en caleçon. Elle s'aperçut du coup d'œil furtif du flic sur ses jambes nues et leur assura qu'elle restait à leur entière disposition. Elle referma la porte et passa à nouveau derrière son petit bar pour ranger un peu et analyser la scène. Il y avait, dans ce qu'elle venait de raconter, un savoureux mélange de vérités et de mensonges assez difficile à démêler. Elle regretta un court instant sa franchise sur ses relations avec son compagnon dernièrement ; avouer qu'ils ne s'entendaient plus pouvait faire d'elle une suspecte. En même temps, toutes les filles qui ne s'entendent plus avec leurs fiancés ne leur fracassent pas forcément le crâne. D'habitude, c'était plutôt le contraire. Franck avait payé pour toutes les victimes de harcèlement moral, de viols, de tueurs, pour toutes les victimes en général – et ce ne sont que trop souvent des femmes. Cette pensée lui donna un sentiment de puissance. Non, elle avait eu raison. Si elle avait dit : « On s'adorait, tout allait bien », il aurait suffi qu'ils interrogent le voisin du dessous, M. Albert (ce qu'ils étaient peut-être en train de faire, d'ailleurs), pour qu'il raconte qu'il entendait de belles envolées lyriques avec moult noms d'oiseaux presque tous les soirs. Et puis ces derniers temps, même devant leurs amis, Franck s'amusait à la rabaisser. Non, si elle avait menti à ce sujet, trop de témoins auraient pu affirmer le contraire, et là, ça devenait suspect. Elle avait bien fait d'avoir été franche là-dessus. Et puis, au fond, si elle leur avait fait un portrait pas très flatteur du Franck, c'était aussi pour qu'ils ne se sentent pas obligés de rechercher ce rebut de la société. Il fallait dire ce qui était, ça marchait moyen pour l'instant. « Un type comme ça qui disparaît, ça devrait arranger tout le monde », pensa-t-elle, en enfilant une petite jupe.

Oui, surtout elle.

Le frigo était vide. Elle n'avait plus de gel douche, ni de coton à démaquiller et presque plus d'après-shampoing. Elle décida d'aller faire un petit tour au supermarché. Elle se précipita sur l'argent liquide qu'elle avait mis dans une enveloppe, le tout dans un livre planqué au milieu des autres sur une étagère. Elle avait eu des palpitations quand elle avait vu la rousse au regard suspicieux traîner devant la petite bibliothèque. Elle prit un peu d'argent dans l'enveloppe qu'elle replaça. Elle était désolée de refiler de l'argent de la drogue au supermarché du coin, mais c'était tout ce qu'elle avait comme pouvoir d'achat.

Légère et court vêtue, jupette, mocassins à talons plats, petit blouson et sac en bandoulière, Juliette descendit les escaliers de son vieil immeuble. Les beaux jours, les plus longs, étaient de retour. Tout semblait plus aérien. Dans le hall, Juliette sortit son trousseau de clés et ouvrit sa boîte aux lettres. Elle avait hâte de dégager le nom de Franck accolé au sien. Pas tout de suite. Chaque chose en son temps. Elle vira les pubs et prospectus dans la poubelle et resta interdite devant une enveloppe blanche où était simplement écrit son nom. Pas d'adresse. Comme si quelqu'un l'avait déposée. Elle n'était même pas fermée. Juliette l'ouvrit et en retira un carton blanc. Juste au milieu était écrit :

Je n'irai pas chez le psy pour ce con !

Intéressant ce que vous faites dans les bois, la nuit.

Loren se réveilla sur le sofa du bureau de son éditrice. Meredith avait ôté la rose du vase de son bureau pour lui jeter la flotte au visage.

– Où suis-je ? murmura Loren.

– Tu as eu un malaise, ma grande, répondit l'éditrice. Tu veux qu'on appelle le Samu ?

– Non, ça va aller, dit Loren en se redressant.

– Je ne sais pas ce qui s'est passé. Je venais vers toi et je t'ai vue t'écrouler comme une Twin Tower. On t'a transportée ici. Tu as dû faire de l'hypoglycémie. Tu es sûre que tu manges bien en ce moment, tu as maigri, je trouve…

Meredith s'empara d'un Kleenex pour lui éponger le front et lui dégager une mèche.

– Tu es toute jolie, lui dit-elle. On dirait la Belle au bois dormant qui s'éveille. À propos de bois, ajouta-t-elle en prenant le carton blanc, tu avais ça dans les mains au moment de ton malaise…

Elle tendit le carton à Loren. Tout lui revint. La phrase noire, isolée sur ce bristol blanc sans signature, lui envoya une nouvelle décharge de panique. Elle était dans une mouise indescriptible. Quelqu'un savait. Quelqu'un s'apprêtait à la faire chanter. Quelqu'un lui avait fait une peur bleue. Une terreur jusqu'à l'évanouissement.

– Tu sais, commença Meredith, depuis que tu m'as dit que tu avais changé d'orientation sexuelle, je ne te juge pas, mais comment dire, si tu fais des trucs inavouables dans les bois maintenant, arrange-toi pour que ça ne se sache pas... trop, quoi...

– Non, je...

Loren s'arrêta net, la main sur le front. Il valait mieux que Meredith pensât que Loren avait de nouveaux fantasmes ; qu'elle se joignait à des couples la nuit, ou qu'elle allait tripoter des travelos en forêt plutôt que de lui dire : « Ce n'est pas du tout ce que tu crois, j'y vais juste pour enterrer des cadavres ! »

– Ce que je veux dire, continua Meredith en se levant du sofa, c'est que si quelqu'un t'a vue et t'a reconnue, il peut très bien t'avoir filmée avec son téléphone portable et, je ne sais pas ce que tu faisais, mais va voir si tu n'es pas sur YouTube ou DailyMotion... Cela dit, la nuit dans les bois, on ne doit pas y voir grand-chose...

– Non, ce n'est pas ça, répondit mollement Loren.

– Remarque, ça peut créer le buzz, ce n'est peut-être pas mal pour notre bouquin. Ce qui m'ennuie, c'est que ton livre est tout de même très romantique alors, heu, je ne sais pas ce que tu faisais, répéta Meredith en posant une fesse sur son bureau, mais on va penser que tu as de drôles de façons de te consoler de ta rupture...

– Il faut que j'y aille, Meredith, dit Loren en se levant.

– Catherine Millet avait l'habitude d'aller s'exhiber dans les bois, la nuit. Son livre s'est très bien vendu... le premier.

Loren sortit du bureau et se précipita à l'accueil pour voir Ghislaine, la standardiste qui lui avait remis l'enveloppe. Elle la pressa de questions mais la pro du téléphone ne savait rien, juste que l'enveloppe à son nom était là, ce matin, à la réception quand elle était arrivée…

Loren s'excusa auprès de Bertrand, très inquiet de ce malaise, elle le rassura en lui parlant d'un manque de sommeil, de nourriture, d'amour, de reconnaissance qui la plongeait, de temps en temps, dans le vide.

En sortant prendre l'air sur le trottoir, Loren inspira, expira, encore et encore. Il fallait qu'elle appelle l'autre sangsue, Juliette…

7

Quelqu'un sait

Sur le moment, Juliette et Loren avaient été prêtes à s'entretuer, persuadées que l'une était responsable du mot fatal reçu par l'autre, comme si la frayeur n'avait pas été suffisamment forte pour qu'elles éprouvent le besoin de se faire chanter mutuellement. Mais une fois chez Loren, attablées avec une nouvelle bouteille de vodka, elles avaient posé leurs cartons blancs sur la table basse et les examinaient à tour de rôle : Les deux phrases noires étaient identiques, écrites en gras et en italique. Les deux bristols étaient similaires aussi. *Idem* pour les enveloppes sans adresse avec juste leurs noms.

– Le plus bête dans cette histoire, c'est qu'on ne peut même pas les donner aux flics pour qu'ils relèvent les empreintes ! exposa Loren en luttant contre la panique.

– Il ne doit pas y en avoir, répondit Juliette. Le maître chanteur a dû y penser.

– Tu me jures que ce n'est pas toi qui m'as envoyé cette merde ? redemanda Loren pour la quinzième fois.

– Mais non ! hurla Juliette, faut te le dire combien de

fois ? J'ai reçu le même ! Pourquoi je me le serais envoyé aussi !!

– Pour que je n'aie pas de soupçons…

– Je te le jure, Loren, sur ma vie, sur la tête de ma pauvre mère célibataire, sur ce que tu veux…

– Moi, ç'a été déposé chez mon éditeur, toi dans ta boîte aux lettres, chez toi. Ça veut dire que le corbeau sait ce que je fais…

– Moi, il sait où j'habite…

– Mais qui ça peut être ? On n'a pas été suivies ?

– Mais non ! Je ne crois pas. Quand bien même, qui pouvait savoir qu'il y avait un cadavre dans la valise ? réfléchit Juliette.

– Le fait qu'on l'enterre, andouille ! Je t'ai dit, dans la forêt, que je sentais qu'on était épiées. À chaque fois tu me parlais d'animaux. Une fois, c'était un chevreuil, ensuite un cerf…

– Il n'y avait personne dans cette forêt, Loren, persista Juliette.

– Il faut croire que si…

– Mais non…

– Alors c'est qui ? cria Loren, hein ? Qui peut être au courant ?

– Mais j'en sais rien ! On va le découvrir…

Loren examina encore les deux cartons d'invitation à l'horreur.

– T'as vu le choix des mots. Il écrit : « Intéressant ».

– C'est vrai que ça l'était, constata Juliette comme si elle était fière de son exploit.

– « Intéressant ce que vous faites dans les bois virgule la nuit », relut Loren.

– Oui, j'ai cru qu'il me vouvoyait, en fait, il savait qu'on était deux.

Loren réfléchit à voix haute :

– Il parle bien des bois, la nuit. Il sait, donc il était présent. Je ne comprends pas pourquoi tu t'obstines à dire qu'on n'était pas suivies. On l'a été, c'est évident. Un point, c'est tout.

– Je ne comprends pas...

– Non seulement, il sait ce qu'on a fait, mais en plus il sait qui on est. Avec ça, on est bien barrées. Moi qui commençais à peu près à refaire des nuits de quatre heures ! Là, il va falloir m'assommer à coups de batte pour que je redorme un jour !

– Je vais rester avec toi, ce soir, proposa Juliette. Moi aussi, j'ai une trouille bleue.

– Quelque chose a dû m'échapper, réfléchit Loren.

– Comme sa trousse de toilette...

– Quoi ?

– Non, rien...

– Tu sais que mon éditrice l'a vu, le mot. Elle croit que je fais des trucs bizarres maintenant. Plus sexuels que mortuaires, mais ça la fout mal. Enfin, je préfère encore ça... Je t'ai dit que j'étais tombée dans les pommes ?

– Au moins onze fois mais tu peux encore me le raconter une douzième, si ça te fait plaisir, ma chérie. J'en menais pas large non plus. J'étais descendue pour faire quelques courses, je suis remontée en me tenant le bide. J'ai vomi dans l'évier, encore...

– Tu m'as dit que les flics étaient venus chez toi ?

– Oui, ils ont un peu fouiné, posé des questions mais bon, ils n'ont rien, relata Juliette qui préférait ne pas rentrer dans les détails, à présent.

– Il n'y a pas de menace, déclara Loren en revenant au mot. Il nous informe juste qu'*il sait*.

– Tu crois que d'autres mots vont suivre ? Il va sûrement nous faire du chantage maintenant. Il va nous demander du fric, c'est certain. Moi j'ai rien. Juste le liquide que j'ai trouvé sinon mon compte est à découvert… T'as de l'argent, toi ? demanda Juliette.

– J'ai touché des droits SACD, le mois dernier. Un téléfilm que j'ai écrit est passé à la télé.

– C'est beaucoup ?

– Ça ne te regarde pas et je préférerais crever que de filer mon blé à je ne sais pas qui pour couvrir tes conneries, alors là, merde ! Je n'ai même pas fini de payer mes impôts !

Juliette n'insista pas.

– Ne t'inquiète pas, ma chérie, on trouvera qui est cette raclure avant qu'il nous demande quoi que ce soit. Dommage qu'on n'ait plus la statuette…

– Ah oui, parce que tu comptais encore défoncer le crâne de quelqu'un !

– Ben, je sais pas. Le problème c'est que j'ai plus de valise taille maxi comme l'autre, et ça vaut cher…

– J'ai l'impression de m'enfoncer dans des sables mouvants merdeux, dit Loren que les métaphores n'effrayaient pas. Faut que je sorte de là. Ce n'est pas moi, ça. Les meurtres, les disparitions, les flics, les dealers, les maîtres chanteurs et les forêts : ce n'est pas ma vie, ça. Moi, ma vie, c'est mon bon vieux fauteuil dans lequel j'écris pour ne pas avoir mal au dos et mon ordinateur portable sur mes genoux, avec mon plaid en dessous...

– Palpitant, commenta Juliette avec un haussement de sourcils.

– Je ne vois même plus mes amis, pleurnicha Loren. Je ne vais plus dîner dehors, je n'ai rien à raconter, à part des trucs sinistres que je ne préfère pas éventer, j'ai le plexus écrasé toute la journée, c'est tout juste si j'arrive à respirer...

– Mais moi je suis là, la réconforta Juliette.

– Oui, ça je sais, objecta Loren en prenant un mouchoir pour s'essuyer le nez, et depuis que tu es rentrée dans ma vie, on peut le dire, ce n'est que du bonheur !

– Je suis désolée, avoua Juliette.

– Ouais bref, se reprit Loren en froissant son mouchoir. Je vais faire à manger. Même si on va avoir du mal à avaler quoi que ce soit. Tu veux des pâtes ? J'ai des spaghettis au blé complet.

– D'accord.

Juliette rangea les cartons dans les enveloppes, se promettant de trouver très vite l'individu qui avait osé les piéger.

– Tu veux que je t'aide pour mettre le couvert ?

– Non, déclara Loren en s'emparant de la télécommande, toi, tu regardes les infos pour savoir si un garde forestier de Fontainebleau a trouvé un corps enterré dans une valise parce que, au point où on en est, il ne manquerait plus que ça...

– Arrête Loren, j'achète *Le Parisien* tous les matins. Personne ne le retrouvera – jamais.

– Notre corbeau sait. Il n'a plus qu'à le dire aux flics et c'est réglé. Adieu tout le monde. Je pars quelques années en vacances… À Fleury, un endroit qui ne l'est pas du tout…

– Il ne nous aurait pas prévenues, si c'était le cas. Il va vouloir du fric, c'est tout. Je le retrouverai avant, murmura Juliette, haineuse.

Dans la cuisine, Loren remplit une casserole d'eau tandis que son cerveau lui envoyait la bande-annonce de sa vie :

« Vous avez aimé *Souviens-toi l'été dernier* ? Vous vous rappelez cette bande de jeunes cons qui tuent accidentellement quelqu'un et font disparaître le corps ? Un an après, jour pour jour, ils reçoivent tous un mot sur lequel est écrit : "*I know what you did last summer*", et ils flippent à mort. Ils flippent d'autant plus que le malheureux témoin est psychopathe et commence à les éliminer un par un. » Le parfait scénario de film d'horreur ! Il n'aura pas fallu un an mais une bonne semaine pour que Loren et sa nouvelle copine reçoivent le même genre de lettre. Elles qui croyaient avoir tout prévu pour que cette disparition soit parfaite et sans suites, on peut dire que les manques de bol s'accumulent depuis le début…

Une nuit sans ébats. Sans mouvements. Les deux filles se mirent au lit, habillées d'un bas de pyjama, d'un tee-shirt et se tinrent enlacées l'une contre l'autre, à la recherche du sommeil. En silence, dans l'obscurité, toutes deux ressassaient les mêmes questions. D'où venait le mot ? À partir d'où ce corbeau nocturne avait-il pu les suivre ? Qui savait et comment ?

Elles n'avaient aucune réponse. Au bout de deux heures, la respiration de Loren, à bout de forces, devint régulière. Elle sombra petit à petit dans un sommeil obscur, une promenade dans les ténèbres. Son cerveau, qui continuait de carburer ne lui envoya pas le film de sa vie, non, pas de bande-annonce ciné, cette fois, mais une émission de télé.

Loren est chez elle, allongée sur son canapé, après une journée d'écriture intense, elle zappe nonchalamment. Tout à coup, le générique apparaît. Loren se redresse. Il est un peu inquiétant ce générique, mais Loren l'aime bien. Il arrive. Le voilà, le visage de Christophe Hondelatte. Comme d'habitude, derrière lui, le mur est couvert de photos. La musique alarmante s'éteint. Il parle : « On les a appelées les diaboliques de Fontainebleau. Elles ont frôlé le crime parfait. Loren Abysse, trente-huit ans, écrivain, une carrière qui s'annonçait prometteuse et l'autre, Juliette Courtin, vingt-huit ans, chômeuse, petite arriviste, manipulatrice instable au charme particulier… »

« Subitement Loren n'est plus sur son canapé dans son nid douillet mais dans une cellule avec quatre codétenues, dont une grosse qui s'écrie : “Hé la vedette, on parle de toi à la télé !” Loren est livide. Sa photo est partout sur le mur. Au premier plan, le beau Christophe la montre du doigt. Loren dit : “Chut !” à la grosse car elle veut entendre la suite :

« Le journaliste poursuit : “Qu'a-t-il pu se passer dans la

tête de Loren Abysse pour qu'elle suive aveuglément la plus jeune : Juliette. Car c'est elle, la plus jeune, l'immature, qui a assassiné son compagnon en lui fracassant le crâne à coups de statuette. Une sculpture africaine dont le socle pesait trois kilos soixante-quinze. Par la suite, elle a appelé Loren qui n'était, à l'époque, qu'une simple connaissance. Elles ont mis le cadavre dans une valise, les vêtements de la victime dans une autre pour faire croire qu'il était parti en voyage. Disparu. Et elles ont enterré les deux valises dans la forêt de Fontainebleau. Diaboliques, machiavéliques ! a titré la presse. C'est la police qui a déterré le cadavre. Les policiers de la brigade criminelle ont été prévenus par une lettre anonyme qui leur racontait tout. Car les meurtrières avaient tout prévu, tout planifié, *sauf* un témoin encombrant qui les a piégées. Il veut garder l'anonymat et nous respectons sa volonté. Alors, Dominique Rizet, que dit l'autopsie de la victime ?"

« Loren est au supplice quand la tête de premier de la classe de Dominique Rizet apparaît. L'autre journaliste prend la parole avec des feuilles de papier plein les mains : "Alors là, Christophe, on peut dire que c'était vraiment dégueulasse. Le pauvre homme se décomposait depuis trois semaines dans ses… fluides quand on l'a découvert. Le policier qui a ouvert la valise a changé de boulot dans l'heure… quand il est revenu à lui…" »

Loren se réveilla d'un bond. Son cerveau avait fini par céder à ses suppliques et éteindre l'émission. Haletante, elle s'empara du drap et essuya la sueur de ses tempes

– Quelle horreur ce rêve, murmura-t-elle dans l'obscurité.

À ses côtés, Juliette dormait, recroquevillée, la bouche légèrement entrouverte. Loren voulut la réveiller pour lui demander d'arrêter de baver sur son oreiller.

Elle n'osa pas.

Le cerveau de Juliette lui envoyait aussi toutes sortes d'images un peu brouillonnes, inexplicables, elle se voyait sur un escalator qui n'avançait pas et puis la confusion cessa. Les événements devenait plus clairs, plus explicites, plus érotiques, surtout :

« Juliette est chez elle. Elle est nue sur son lit. Un autre corps est près d'elle. Elle espère que ce n'est pas le fantôme du loser qui est revenu. Non, ce corps-là est bronzé, athlétique sans démesure, sensuel en diable. Il l'embrasse. Juliette empoigne les cheveux du type. Il la regarde et lui sourit. C'est le lieutenant de l'après-midi. Il vient sur elle. Juliette murmure : "Claude… Cloohhoode…" Il lui dit qu'il a eu envie d'elle dès qu'elle est apparue si belle et fabuleuse dans son commissariat. Elle lui répond qu'il n'est pas mal non plus dans son genre… Claude lui dit qu'il l'aime. Juliette répond qu'il va un peu vite en besogne, mais pourquoi pas ? Ça ne se commande pas ces choses-là. Il lui fait l'amour, tendrement. Juliette dit qu'elle n'a jamais connu quelqu'un d'aussi sensuel que lui, qu'il est un amant "délicieux". Elle se demande pourquoi elle a choisi ce mot-là, mais elle parle comme Loren, ces derniers temps. Elle fait bien, le compliment flatte Super-Flic. Juliette caresse les poils de son torse viril et méditerranéen et enserre son dos de ses deux bras.

« Subitement, alors qu'il est toujours en elle, l'enquêteur s'arrête. Il se penche au creux de son oreille et murmure : "Juliette Courtin ? Je vous arrête pour le meurtre de Franck Strellini. Vous pouvez garder le silence. Tout ce que vous direz pourra être retenu contre vous devant un tribunal. Vous avez le droit à un avocat. Si vous n'avez pas les moyens de vous en payer, il vous en sera commis un d'office…" »

Juliette se réveilla en apnée, avec des palpitations, et se redressa. À côté d'elle, Loren buvait de l'eau à la bouteille.

– Hou ! le cauchemar, soupira Juliette, file-moi la flotte.

– J'en ai fait un horrible aussi, répondit Loren en lui tendant la bouteille. J'ai rêvé qu'on passait à *Faites entrer l'accusé*. Tu imagines ? L'émission des faits divers, là où passent les pires horreurs du pays.

– C'est vrai que ça te changerait des émissions littéraires diffusées à trois heures du mat'.

Loren la regarda boire.

– Et toi ? C'était quoi ?

– Moi, ça partait plutôt bien, dit Juliette en rebouchant la Contrex. Je couchais avec le flic mignon, celui qui est venu chez moi, c'était chouette mais tout d'un coup, en plein milieu, il me sort que je suis en état d'arrestation ! Ah, la vache, c'était horrible ! Il était encore en moi, c'est gonflé, non ?

– Oui, c'est surtout pas très réel. Moi, mon rêve était hyperréel. Hondelatte montrait ma photo du doigt sur son mur. C'était atroce. J'avais l'impression d'être Simone Weber…

– Simone Weber, elle l'a découpé en morceaux son type… Et toute seule !

– Oui. Heureusement qu'on n'a pas eu à faire ça…

– On n'a pas eu à le faire parce qu'il tenait en entier dans la grosse valise sinon…

– Je t'en supplie Juliette, ne finis pas cette phrase…

Le lendemain, elles vécurent leur matinée en silence. Comme à son habitude, Loren alluma son ordinateur de bureau, consulta ses mails avec appréhension, rien d'anormal aujourd'hui, et ouvrit son nouveau roman désespérément vide, pour une nouvelle tentative d'écriture. Cela devenait de plus en plus dur de se concentrer, de penser à autre chose qu'à son affaire, en plus Juliette rôdait dans les parages. Sa tasse de café à la main, elle flânait, observait les pêle-mêle de photos où l'on voyait Loren en famille, avec ses amis, en vacances, avec tous ses ex… Il se dégageait de ses sourires de façade une bonne ambiance et une grande sociabilité. Une autre photo attira son regard. Apparemment, elle avait été prise dans un restaurant. Ils étaient assis côte à côte. Le type regardait l'appareil photo, Loren regardait le type et il y avait de l'adoration dans ses yeux. Juliette se pencha pour examiner le visage de l'homme. Ça devait être lui, le fameux, le héros du dernier livre de Loren. Celui qui l'avait traumatisée.

Loren entra dans la cuisine, attrapa un verre et ouvrit le robinet d'eau froide.

– Je n'arrive pas à écrire, dit-elle. Je suis obsédée par notre histoire et penser à autre chose devient impossible…

– C'est lui, ton ex, du bouquin ? demanda Juliette, le bout de l'index collé contre le visage de l'ancien amoureux.

Loren se retourna :

– Oui.

– C'est vrai qu'il n'est pas mal…

Loren but son verre d'eau et le reposa sur le bord de l'évier. Elle n'avait plus envie de parler de Marc. De nouveaux problèmes, bien pires, avaient remplacé les précédents dans son esprit. C'était donc ça la vie ! De bons gros tracas tout neufs qui se substituaient aux autres. Les anciens paraissant presque fadasses tout à coup.

– Je vais y aller, dit Juliette.

– Oui, répondit Loren.

Si les soirées étaient agréables avec Loren, les matinées, en revanche, restaient très froides. Elle ne calculait plus rien ni personne, elle ne voyait plus rien en dehors de son ordinateur, son carnet de notes et ses chapitres. Oui, elle était chiante Loren : moi, moi, moi, mon écriture, mon inspiration. Le reste du monde ? Minable. Déprimant.

Juliette comprit pourquoi elle n'était pas mariée.

Elle s'empara de son imperméable beige et de son petit sac dans le couloir, talonnée par Loren, toujours concentrée dans ses pensées.

– Merci pour le café, lança Juliette.

– Il n'y a pas de quoi, répondit Loren.

« Tu peux le dire ! » pensa l'invitée occasionnelle.

– Je t'appelle. On se tient au courant. Il faut qu'on retrouve ce type, notre corbeau, annonça Loren.

– Oui. Qu'est-ce qu'on fait ?

– Rien pour l'instant. On attend qu'il se manifeste à nouveau. S'il veut nous faire chanter, il va probablement finir par nous donner rendez-vous…

– Tu sais, si je revois mon flic, je pourrais peut-être lui piquer son arme sans qu'il s'en rende compte et…

– Mais arrête Juliette ! Tu es dingue ou quoi ?

– Oh, ça va, je plaisantais…

– Très drôle. Bon à plus tard. Je retourne bosser. Il faut que j'essaye de mettre un mot devant l'autre et c'est rude. Avec ces menaces permanentes, je suis bloquée de partout.

Juliette prit congé de son égoïste pisse-copie en panne. Elle n'avait pas osé lui dire qu'elle aurait préféré rester un peu chez elle car elle vivait hantée par l'idée de se retrouver nez à nez avec le fournisseur de Franck. Elle se voyait sous le porche de son immeuble avec un type sans visage qui lui demandait où était son mec, le shit et le fric en la menaçant d'un couteau.

Il pouvait la tuer, elle n'avait aucune info à fournir sur ce sujet. Dans son rêve éveillé, le lieutenant Claude arrivait juste à temps pour la sauver. Au moment où le dealer allait lui enfoncer brutalement son couteau dans la gorge, il lui tirait dessus. Puis après avoir sauvé la veuve, Super-Flic montait chez elle pour la baiser, ce qui ne devait pas vraiment être la procédure mais c'est tout ce que son cerveau avait trouvé pour décélérer ses envolées de panique…

Par la suite, Claude mettait la disparition de Franck sur le dos du dealer tué et il clôturait l'enquête en invitant Juliette aux Seychelles pour se remettre de toutes ses émotions…

En attendant ce dénouement heureux, elle rentra dans son quartier des Halles, traquée, observant tous les visages autour d'elle, mais aucun dealer ne lui sauta dessus, aucun lieutenant ne vint à son secours. Maintenant, il fallait juste attendre des nouvelles du maître chanteur.

Il n'y avait pas à dire, elle passait de bonnes journées…

8

Une nouvelle frayeur

Deux jours plus tard, Loren reçut une nouvelle enveloppe, adressée chez son éditeur, qui l'avait fait suivre à son adresse personnelle. Minutieusement, elle l'avait ouverte en retenant son souffle, persuadée d'affronter une nouvelle horreur mais non, c'était bien un carton d'invitation. Ouf. Une vraie invitation pour une soirée. Il s'agissait de fêter le formidable succès d'un livre écrit par un médecin. En six mois de temps, ce recueil des meilleurs régimes s'était écoulé à trois cent mille exemplaires. Il n'était pas à son premier coup d'essai, le toubib. Chaque année, il décortiquait tout ce qu'on se mettait sous la dent (calories, vitamines, pesticides) avec le même succès. Et ce, en plus de son travail à la tête d'une clinique. Après la peur, Loren fut envahie par un sentiment de jalousie. Le nutritionniste, plus connu pour passer du temps sur des plateaux de télévision qu'en consultation, Loren l'avait croisé deux ans auparavant sur une émission de radio qu'ils avaient faite ensemble, leurs livres étant sortis à la même époque, une période propice aux régimes.

L'invitation étonna Loren car elle ne s'était pas montrée particulièrement aimable avec lui, ne fréquentant que des vrais dramaturges, pas des gens qui écrivaient des recettes de cuisine. Elle soupçonna qu'il l'invitait pour lui en mettre plein la vue avec le chiffre exaspérant de ses ventes mais, une heure plus tard, elle ressentit une sourde angoisse en apprenant que Juliette avait reçu, elle aussi, le même carton. Or, Juliette ne connaissait pas ce médecin, ne connaissait personne dans l'édition et enfin, ne connaissait personne susceptible de lui envoyer cette invitation. Loren lui ordonna de venir immédiatement pour faire un point, ce qui devenait une habitude maintenant entre les deux filles. Elles s'enfonçaient pas à pas dans leur cauchemar, mais ensemble. L'une ne devait rien faire sans en parler à l'autre...

Juliette n'était pas mondaine mais elle était ravie d'aller à cette fête. Loren était mondaine mais pas ravie du tout. Son alarme intérieure s'était encore déclenchée. C'était bizarre. Trop pour une coïncidence. Personne n'était au courant de leur relation. Une fois chez Loren, elles posèrent les cartons sur la table et les étudièrent, comme elles l'avaient fait avec les lettres anonymes. Les invitations étaient jolies, on y lisait qu'après le succès de *L'obésité expliquée à ma fille*, bla bla bla, le nouveau livre du professeur Friedel : *Le ça, l'ego et le surpoids* était un best-seller et par conséquent, l'éditeur était heureux d'inviter (les noms étaient écrits au stylo) à un buffet basses calories (mais avec de l'alcool tout de même) samedi à vingt et une heures, tenue de cocktail, etc.

Suivaient l'adresse du restaurant d'un bel hôtel et un : RSVP.

Il est indispensable d'être en tenue de cocktail pour pouvoir se les enfiler. Loren chaussa ses lunettes de jeune presbyte et s'empara des cartons pour les comparer.

– C'est étrange. Ce type, je le connais à peine et toi tu ne le connais pas du tout. Tu veux que je te dise : c'est notre corbeau qui nous a envoyé cette invit'.

– T'es parano, Loren…

– C'est lui. J'en suis certaine…

– S'il veut nous faire chanter, pourquoi nous inviter à une soirée ? demanda Juliette.

– Pour nous faire danser aussi…

– Drôle d'idée. J'étais persuadée qu'il nous demanderait de déposer du fric dans une poubelle…

– Il nous verra et nous, on ne le verra pas. Il va jubiler, nous observer en train de stresser à mort. Tu veux que je te dise : je pense que notre corbeau est un voyeur doublé d'un sadique. Ce qui doit le réjouir, c'est de sentir notre panique, profila Loren.

– Je ne comprends pas le rapport entre notre maître chanteur et ce type-là, le docteur, dit Juliette, en se rongeant la petite peau entourant l'ongle de son majeur gauche. Tu penses que notre corbeau est une connaissance du docteur Friedel ? Il a réussi à obtenir deux invitations de plus pour sa soirée de pince-fesses.

– Oui et je me demande vraiment qui ça peut être… Ce médecin ne te dit vraiment rien ? Tu n'as jamais été en consultation chez lui ?

– Alors là ma vieille, j'en ai ni les moyens et heureusement pas le besoin… Tu me trouves grosse ?

– Non.

Les filles cogitèrent en silence.

– On n'a qu'à y aller, on verra bien, murmura Juliette.

– Surtout pas ! répondit Loren.

La surprise-party du roi de la diététique

Juliette, qui n'avait jamais rien à se mettre, débarqua chez Loren vers vingt heures avec la permission de choisir une robe dans ses armoires et d'utiliser son maquillage. Loren avait sorti plusieurs tenues de sa penderie qu'elle avait étendues sur son lit pour que Juliette choisisse. Elle hésitait, le vêtement qu'elle convoitait, Loren le portait déjà. Une jolie robe noire Armani, avec de petites bretelles, qui mettait en valeur ses formes, rehaussant ses seins, creusant sa taille, épousant ses hanches, dessinant la cambrure du dos, pour se laisser tomber au-dessous du genou.

– T'as pas la même pour moi ? demanda Juliette, maussade.

– Non, mais regarde celle-là, elle est très bien, dit Loren en s'emparant d'une tenue qu'elle décrocha d'un cintre.

C'était une robe noire en cache-cœur qui s'attachait dans le dos, pas mal certes, mais le prix devait avoir un chiffre en moins que la belle Armani…

– Mouais, dit Juliette en la prenant, tu ne veux pas qu'on échange ?

– Tu m'énerves, Juliette ! Cette robe, je l'ai achetée il y a trois ans pour aller aux Molière et je ne la mets jamais alors tu me la laisses, OK ? Pour une fois…

– D'accord, ça va, maugréa Juliette en s'asseyant par terre pour ôter son jean troué.

Loren fouilla dans sa penderie, rayon chaussures, pour lui trouver des escarpins allant avec la robe.

Parées de leurs tenues de soirée, elles passèrent dans la salle de bains pour une séance coiffure et pomponnage. Juliette semblait ravie de se rendre à une soirée au bras de Loren. Loren qui, devant le miroir, réfléchissait en allongeant ses cils de Rimmel :

– Je suis sûre que c'est lui. Alors, on ne boit pas trop et on étudie tout le monde. Il faut faire un profil de tous les invités. Tenter de le repérer.

– C'est peut-être qu'une coïncidence, suggéra Juliette en s'étalant du fond de teint sur les joues comme on repeint un mur, on peut être invitées toutes les deux à une soirée !

– Moi oui, mais pas toi !

– Je vis dans un état de stress, Loren, si tu savais. Je peux prendre ce crayon pour les yeux ?…

– Et moi donc ! Je suis en train de me fabriquer un cancer généralisé foudroyant ! Où tu as mis le blush ?

– Ici. Moi, j'ai la trouille des dealers à qui Franck doit rendre des comptes, ils vont bien finir par me trouver ! C'est pour les paupières, ça ?

– Oui. Pas de nouvelles des flics ?

– Pas pour l'instant. Tu n'as pas une autre couleur que ce rose ?

– Regarde dans la trousse. Tu devrais mieux t'étaler le fond de teint. Tu rêves toujours du lieutenant ?

– J'y pense souvent…

– T'as eu un coup de foudre ?

– Un peu. Il est vraiment bien. Il te plairait, je pense. Belle gueule, larges épaules, viril sans la ramener, gentil et pas trop con. Physiquement, c'est plus ton style que le mien. Il est dans le genre de ton ex, mais ça ne doit pas être la même paye…

– Ce qui m'angoisse, c'est le « pas trop con ». J'espère qu'il ne trouvera jamais ce qui s'est vraiment passé. Enfin, surtout pour toi, parce que moi, je n'ai que « complicité » dans cette affaire, et comme je n'ai pas de casier, j'espère que si ça tourne mal, bien défendue, je pourrai m'en sortir…

– T'es en train de me lâcher, là ?

– Pas du tout. J'analyse simplement que…

– Que moi je peux prendre de la prison ferme et pas toi ?

– Ne t'inquiète pas. En France, ils relâchent tout le monde à mi-peine, voire avant… même les perpètes ! La perpétuité n'existe pas dans ce pays. J'ai vu une émission là-dessus, sur la récidive. Un juge qui condamne à perpète, c'est comme s'il disait : « Je vous condamne à pouêt-pouêt-je-pisse-dans-un-violon, avec une peine de sûreté de vingt-deux ans. » Dix ans après, le type est dehors… Tu veux quelle couleur pour le rouge à lèvres, ma chérie ?

À vingt et une heures vingt-cinq, un taxi déposa les deux jeunes femmes devant un luxueux hôtel du huitième arrondissement. « Tu es belle… », avait murmuré Juliette tout le long du trajet. Toutes deux en robes noires, chacune drapée d'un pashmina, rose pour Loren, blanc pour Juliette, qu'elles perdraient probablement dans la soirée. Ce n'était pas très grave, Loren les achetait sur le marché par lots de cinq, ils arrivaient tout droit de Chine et étaient moins chers qu'un paquet de clopes. Elles portaient des petits sacs de soirée, attachés au poignet comme un bracelet, dans lequel se trouvait le minimum : clés, cigarettes, briquet, brillant à lèvres, Carte bleue, billet de vingt euros pour le taxi du retour. Elles donnèrent leurs cartons d'invitation au personnel de l'hôtel à l'entrée du salon et s'engouffrèrent dans le brouhaha de la soirée.

Loren retint Juliette, prête à s'évader, par la main.

– Attends, lui dit-elle, étude des lieux, étude des invités. Tu reconnais quelqu'un ?

Juliette balaya le salon du regard. Le distingué petit monde du médecin, par groupes de deux ou plusieurs personnes, discutait, la plupart debout, un verre à la main.

– Je reconnais ceux qui sont connus, dit Juliette en avisant une présentatrice d'émissions de variétés qui passait à côté d'elle, sa nouvelle silhouette remodelée par le docteur vedette. Sinon que dalle. Et toi ?

– Non, pas pour l'instant.

– Bon, on peut aller au bar ?

– D'accord. Il faut avoir tout le monde à l'œil, style un type louche qui nous regarderait… plus que les autres…

Loren et Juliette s'avancèrent vers le bar. Loren demanda deux coupes de champagne et en tendit une à Juliette.

– Je vais aller étudier les gens dans les fauteuils, là-bas, toi tu restes là, tu étudies ceux du bar, proposa Juliette. On se retrouve tout à l'heure pour faire un point, OK ?

– Si tu veux, répondit Loren, un peu déçue que Juliette la laisse en plan.

Elle n'avait personne à qui parler et allait avoir l'air un peu cruche, toute seule avec sa coupe, comme une pauvre âme…

« Il y a sûrement des gens que je connais, tout de même », pensa-t-elle.

Elle tourna la tête et reconnut le nutritionniste. Michel Friedel était mieux que dans ses souvenirs. Il devait avoir cinquante-quatre ou cinquante-cinq ans, ses succès d'édition semblaient lui avoir donné un charisme nouveau et il avait dû piquer du gel à son fils pour s'en glisser dans ses beaux cheveux noirs. Il était entouré de quatre jolies filles qui lui demandaient s'il y avait plus de calories dans le vin rouge que dans le vin blanc, il leur répondait en souriant, dévoilant ses dents blanchies : « Une centaine de calories pour le rouge comme pour le blanc et même pour le rosé de Provence, mais ça dépend du verre, il est grand comment le verre ? Si c'est un ballon bien rempli, ça peut faire cent dix calories… »

Loren leva les yeux au ciel. Il s'était épanoui avec les années, le bougre. Profitant du désespoir des drogués de la bouffe, lui était devenu de plus en plus beau en aidant des gras, des grosses, des flasques et des dépressifs accros aux chips à se ressaisir pour un nouveau départ. Sa clinique marchait fort bien, six mois d'attente pour un rendez-vous, entendit-elle dire au passage. Les filles gloussaient d'admiration. L'une d'entre elles, parée d'un gros chignon et de pendentifs en diamants, lui caressa l'épaule gentiment. Loren ressentit une pulsion sexuelle pour le médecin. Un désir assez nouveau car lorsqu'elle l'avait croisé à l'époque de l'émission de radio, elle ne l'avait pas calculé et avait oublié de lui dire au revoir en partant, un peu furieuse, la vraie romancière, d'être interviewée après cet écrivaillon de recettes allégées. Deux ans plus tard, tout semblait avoir changé. Pour lui, surtout. Michel Friedel était devenu une vedette, personne ne l'avait vu venir, mais il était là et faisait le coq au milieu de ces poules endiamantées et passionnées par la diététique. Le pire, c'est qu'il avait l'air heureux. Loren se demanda comment virer la ronde des poules en pâmoison. Elle se remémora un film, *Les Barbouzes*, où Lino Ventura entrait dans une pièce et lançait fermement de sa mâchoire carrée un : « Caltez volaille ! » à l'entourage d'un type avec qui il voulait rester en tête à tête. Cette réplique, écrite par Audiard, avait enchanté Loren, à l'époque. Elle rêvait du jour où elle arriverait à la replacer, mais il fallait dire ce qui est : « Caltez volaille » était dur à replacer en société. Elle but une gorgée de champagne et, par-dessus l'épaule d'une des emperlousées, son regard croisa celui du médecin. Il l'observa et lui adressa un petit sourire poli. Loren lui rendit son sourire. Les yeux de Friedel étaient sans expression particulière, son sourire presque indifférent. Loren comprit très vite qu'il ne l'avait pas reconnue. Elle en conclut, comme elle le savait déjà, que ce n'était pas lui qui l'avait invitée. Son désir redoubla. L'éditeur peut-être ?

Mais elle ne le connaissait pas non plus celui-là. Qui était son attachée de presse ? Avait-il un agent ? Qui étaient toutes ces femmes ? Des patientes ? Qui était le corbeau ? Où était-il, l'enfoiré, prêt à raconter à tout le monde de quoi elle était capable ? Et puis, il y avait plein de journalistes, Loren les avait vus passer pour aller se servir au buffet. Quelle horreur ! Comment allait-elle pouvoir neutraliser cette ordure de témoin et ses épouvantables lettres anonymes ?

Juliette n'allait pas commettre un second accident… Même si elle en était capable.

Plus loin, Juliette sympathisait avec un groupe de jeunes gens dont un, Alexandre, était avocat au pénal. Ça tombait bien. Il avait belle allure, avec son grand sourire, ses cheveux coiffés en arrière, son foulard autour de la gorge pour ne pas prendre froid à ses petites cordes vocales, sa voix de grand plaideur devant porter jusqu'au fond du tribunal. Juliette se promit de ne pas quitter l'endroit sans sa carte. Si les choses tournaient mal, comme disait Loren, ce type ferait très bien l'affaire pour la défendre, même si ses honoraires ne devaient pas être ceux d'un commis d'office. Quand l'avocat se pencha à son oreille pour lui demander avec qui elle était venue, elle lui répondit sur le même ton :

– Avec Loren Abysse, ma compagne lesbienne. Si tu veux, on peut te laisser regarder… ou te faire une place…

Le jeune avocat recracha sa gorgée de champagne par le nez et partit dans une quinte de toux de dix minutes.

Je n'irai pas chez le psy pour ce con !

Loren quitta le grand salon de la réception, pour prendre un peu d'air frais et réfléchir. Elle adressa un petit sourire au groom devant la porte tournante et, une fois dehors, elle fouilla dans son sac à la recherche d'une cigarette. C'est alors qu'elle aperçut quelque chose qui n'y était pas une heure plutôt. Un papier plié en deux. Un bristol blanc encore. Loren le prit et l'ouvrit très doucement. Une nouvelle phrase, en gras noir et italique, était inscrite :

Vous vous amusez ?
Vous pensez à ce qui pourrit dans la terre ?

Loren sentit ses jambes flageoler. Non, elle ne tomberait pas dans les pommes. Une fois, ça va. Mais elle s'effondra tout de même et tomba assise sur le trottoir. Le personnel de l'hôtel accourut. Le groom la releva en la prenant sous les aisselles. Loren se dégagea, ça irait... merci, merci. Elle se releva et épousseta sa robe sous les fesses. Le personnel finit par la laisser, mettant cette attitude titubante sur le compte de l'alcool. Loren rentra dans l'hôtel et se heurta à Juliette. Elles avaient le même mot à la main :

– Je t'ai cherchée partout. Je suis allée aux toilettes et j'avais ça dans mon sac !

Elle tendit le papier à Loren qui, blanche comme un linge, lui donna le sien. Les filles examinèrent les cartons avec ses deux effrayantes questions. Identiques sur toute la ligne.

– Il est là, j'en étais sûre, souffla Loren. Tu vois ? J'en ai marre d'avoir raison.

– Il n'y a toujours pas de chantage, observa Juliette. Pas de demande d'argent. Il dit qu'il sait. Mais on savait qu'il savait. Il veut juste nous faire flipper, ou quoi ? Je comprends rien…

– S'il me connaissait, il se rendrait compte qu'il est inutile de m'infliger ça en plus. Question culpabilité et remords, je suis au maximum.

– Il veut nous punir ? Mais pour qui il se prend ?

– Peut-être qu'il est juste choqué par ce qu'on a fait, murmura Loren, essoufflée. On dirait qu'il a plus l'intention de nous culpabiliser que de nous faire chanter à proprement parler. C'est ce qui m'angoisse le plus…

– C'est peut-être un catholique intégriste ? suggéra Juliette.

– Inutile d'être intégriste pour être choqué par ce qu'on a fait…

– Un catho normal ? Ça va être dur à repérer. Il n'y a que ça ici !

– Il y a aussi des médecins juifs, dit Loren.

– Bref, il y a un monde fou, comment savoir qui c'est ? Putain, mais qu'est-ce qu'il nous veut au juste ?

– Je n'ai pas lâché mon sac de la soirée. Je ne sais pas comment il a fait, chuchota Loren.

– Moi non plus, répondit Juliette en regardant partout autour d'elle.

– Il faut que j'aille boire, lâcha Loren.

Juliette s'affola :

– Eh, pas trop ! Fais attention, ne raconte rien, surtout. Tu promets ?

– Promis. Je gère.

– Je retourne où j'étais. Je suis en train de sympathiser avec un avocat du pénal, je pense qu'il est protestant... Enfin, vu les circonstances...

Loren s'avança vers le bar, pétrifiée. Des idées existentielles et angoissantes se bousculaient sans qu'elle puisse y faire face. Boire. Si la culpabilité était un point fort du catholicisme qui adore se flageller pour des conneries, elle n'était pas l'exclusivité de cette religion. La culpabilité était dans toutes les religions monothéistes. Il fallait toujours s'excuser de vivre. Loren récupéra sa place au bar et demanda un scotch sans glace au barman. Il lui servit un Chivas Régal, douze ans d'âge, que Loren attrapa et but d'une traite. *Vous pensez à ce qui pourrit dans la terre...* Pauvre tache, je ne pense qu'à ça ! Mais enfin, quand quelqu'un meurt, il faut bien l'enterrer, non ? Elle demanda un autre whisky et se tourna vers le médecin, toujours entouré de sa petite cour. Loren sentit une énergie nouvelle l'envahir. Elle balança un violent coup de pied dans le bar et s'écria :

– Allez, caltez volaille !

Les quatre jeunes femmes s'arrêtèrent de parler, ahuries. Le nutritionniste observa Loren sans comprendre. Les deux filles qui tournaient le dos à Loren se dévissèrent la tête et la toisèrent avec stupéfaction dans un premier temps et mépris dans un second. Les quatre snobinardes, tout droit sorties de la figuration d'un épisode de *Sex and the City*, se dévisagèrent sans comprendre. L'une d'elles n'avait pas entendu l'interjection, l'autre n'avait pas compris ce que signifiait « caltez ».

– Il faut que je parle à Michel, expliqua Loren.

La volaille resta stupéfaite. La fille au chignon, qui travaillait le médecin depuis deux heures et quart, tenta un :

– Ce n'est pas la peine de nous parler comme ça !

– Dégage, articula Loren en s'avançant vers elle.

Outrées, les filles reculèrent d'un pas.

– On se retrouve tout à l'heure, lança Michel Friedel rassurant.

Les jeunes femmes finirent par s'éloigner, passablement choquée par l'aplomb de la malpolie. Le poulailler déserté, Loren empoigna son tabouret de bar et l'installa auprès du coq :

– Vous me reconnaissez ? Non ? Loren Abysse. On a fait une émission ensemble, il y a quelque temps. France Inter, dit Loren en lui serrant la main.

– Ah, oui peut-être, répondit Michel en lui rendant sa poignée de main.

Il se demandait vraiment ce qu'elle lui voulait.

– Désolée pour vos copines, dit Loren, mais j'en avais ras le bol. C'est vous qui m'avez invitée ?

– Heu, je ne sais pas…

– Qui s'est occupé de vos invitations ?

– Ma collaboratrice à la clinique, mon éditeur, son assistante, mais heu… pourquoi ?

– Pour tout vous dire, je crois que la personne qui m'a invitée ici ne me veut pas que du bien et j'aimerais savoir qui c'est…

– Heu, ah bon ? Qu'est-ce qu'elle vous a fait ?

– C'est un peu long à expliquer.

Je n'irai pas chez le psy pour ce con !

Loren se rendit compte que le médecin l'observait, abasourdi. Heureusement qu'il était nutritionniste et pas psychiatre. Loren se reprit. Hors de question qu'il la prenne pour une déséquilibrée, agressive, paranoïaque, cernée d'ennemis dans ses délires hallucinatoires.

– Enfin peu importe. Vous avez changé, Michel, déclara-t-elle. Vous êtes, je ne sais pas, plus sexy qu'avant...

– Ah bon ?

Il commençait à l'énerver avec ses : « Ah bon ? » Le pauvre semblait marcher sur des œufs avec elle. Il fallait le mettre en confiance. Vraisemblablement, il n'avait rien à voir avec son affaire. Lui non, mais quelqu'un proche de lui. Pour Loren, il était la seule piste qui pouvait les mener à son corbeau. Elle ne devait pas le lâcher, d'autant qu'elle avait l'intention de le mettre dans son lit dans un avenir très proche.

– Je vous trouve très séduisant, Michel. Vous avez lu mes livres ? demanda-t-elle, avec le sous-entendu : « Rassurez-vous, je ne suis pas dingue. Si je suis publiée, c'est que mes écrits sont cohérents. »

– Non, je ne crois pas, avoua Friedel.

– Je vais vous les envoyer !

– D'accord.

Loren descendit sensuellement de son tabouret. Elle cambra les reins et avança son talon aiguille sur le repose-pied du bar et, dévoilant ainsi un bout de cuisse, elle fit tournoyer son verre de scotch. Femme fatale, la voilà qui se prenait pour Bacall dans un film noir des années quarante. Et alors ? Elle avait déjà le prénom. Au tour de Friedel d'être Humphrey Bogart.

L'œil arrondi, la bouche légèrement entrouverte, Michel Friedel bloquait sur le haut de son bas noir en dentelle. Son attention remonta jusqu'à sa taille, ses seins, sa nuque, ses cheveux cendrés et son profil. Certes, il s'était déjà laissé entreprendre par des filles, il ne détestait pas ça, à vrai dire, mais celle-là le laissait sans voix… Il tenta de se rappeler l'émission avec elle. Il ne s'en souvenait pas. Il en avait fait tellement. Elle aussi avait dû changer…

– Vous buvez quelque chose ? demanda Loren.

– Du bordeaux, répondit Friedel sans hésiter.

Loren commanda pour lui. Le médecin étant trop occupé à la contempler sous tous les angles.

– Michel ? dit-elle d'une voix suave.

– Oui ?

– Si au lieu de vous envoyer mes livres, je les déposais à votre clinique ? Comme ça, je vous inviterais à déjeuner par la même occasion…

– C'est moi qui vous inviterai…

– Super. On comptera les calories !

Immédiatement, il se mit à fouiller dans toutes ses poches à la recherche de sa carte. Il la tendit à Loren qui la glissa dans son petit sac. Elle s'aperçut qu'il était ouvert et vérifia par la même occasion s'il n'y avait pas de nouveau message anonyme. Pas pour l'instant.

– Mon portable est sur la carte, dit Michel.

– Parfait.

Loren orienta la conversation sur leurs points communs : les livres, la publication et, même s'ils n'étaient pas dans le même domaine d'édition, ils pouvaient aisément partager des idées sur certains journalistes et la culture à la télévision. Ils parlèrent édition, politique, météo, énergies renouvelables et alimentation, bien sûr. Loren le questionna sur ses études, il avait fait médecine et plaisir à sa maman. Par la suite, il s'était orienté vers la nutrition. Il avait fait le bon choix, ça marchait bien. Il avoua à Loren, d'une manière à peine détournée, qu'il était pété de thunes. Loren en prit acte et l'écouta, admirative, car séduire pour une femme, c'est souvent écouter...

Et elle écoutait, Loren, sans savoir qu'elle était épiée depuis un bon moment.

À quelques mètres de là, Maître Corbeau, sur ses talons perché, observait la scène. Le responsable des lettres anonymes, derrière son verre, se déplaçait dans la foule pour guetter, tour à tour, Juliette dans le fond du salon et Loren au bar. Excité par la pression psychologique que ses petites phrases avaient installées chez les deux filles, l'auteur des mots angoissants avait la sensation d'être le chef d'orchestre invisible de deux musiciennes parties à sa recherche. Elles pouvaient chercher. Elles avaient beau scruter, dévisager, passer en revue chaque quidam, et même croiser son regard, elles ne pouvaient pas savoir. L'auteur des lettres anonymes mesura l'ampleur de son petit pouvoir et s'en délecta. La blonde s'était encore écroulée par terre en découvrant son nouveau billet. Elle faisait moins la belle, le cul sur le trottoir, celle-là. L'artisan non identifié de leurs terreurs tenait les rênes de cette hydre à deux têtes engagée dans la course du crime. Dans cette histoire, ce qui avait sidéré l'auteur des lettres anonymes, c'est qu'elles aient osé prévenir la police. Il fallait avoir un sacré culot, une dose infinie de confiance en soi pour jouer avec le feu comme ça. Le témoin gênant jubilait de mettre des coups de canif dans leur plan si parfait. Apparemment, cette confiance chancelait. Les phrases anonymes devaient cisailler leur orgueil, tailler dans leur amour-propre, les dépouiller de leur assurance. Les deux complices devenaient des proies traquées, l'œil insomniaque aux aguets, les traits creusés par le stress. C'était jouissif mais, sachant de quoi elles étaient capables, la plus jeune surtout, il était préférable de savourer cette domination de loin pour le moment. Il serait bientôt temps d'avertir Juliette de ce qu'on attendait d'elle…

– Ce que je ne comprends pas, reprit Michel Friedel, c'est ce que les femmes attendent des hommes.

Loren se demanda ce que cette question cachait : « Mais qu'est-ce que t'attends de moi au juste, grande bringue ? Un déjeuner ? Des dîners ? Que je te saute ? Un enfant ? Juste à temps avant que le coucou de ton horloge biologique ne sorte en criant : trop tard ! »

– Moi, je n'en attends rien, dit Loren. Seuls les gens vides de passion dépendent des autres pour trouver le bonheur. Ils m'effraient. Moi, je m'en fous. J'aime être seule. J'ai besoin d'être seule…

– Vous arrivez à en vivre de l'écriture ?

– Oui.

– C'est formidable…

– Oui. Vous êtes marié ? demanda Loren.

– Depuis vingt ans, avoua Michel.
– Ça se passe bien ?
– Oui.
– Bravo, dit Loren.
– Je ne m'ennuie jamais. Je suis un boulimique de la vie. La peur de mourir, je suppose. Cela dit, je me suis toujours senti libre, même en étant marié…

« J'en prends note…, pensa Loren. C'est bien les hommes, ça. »

– Et votre femme, elle aime que vous vous sentiez libre ?
– Pas vraiment. On n'a pas la même conception du… Pardon…

Son portable se manifesta dans la poche droite de sa veste. En bon médecin, Friedel décrocha en se bouchant une oreille pour étouffer le brouhaha. Il resta une minute à l'écoute, ponctuant sa conversation de « mmmh… », raccrocha, puis s'excusa auprès de Loren.

– C'était la clinique, dit-il.
– Un problème ? demanda Loren.
– Oh, il y en a toujours, avoua Friedel, fataliste. On partage la clinique avec des toxicos, c'est un peu pénible. Le soir, mes obèses n'osent pas sortir de leurs chambres, elles ont peur de croiser les héroïnomanes qui errent dans les couloirs comme des fantômes. Enfin, là, on me prévenait qu'une de mes patientes avait fait une crise. C'est une anorexique. Elle prétend qu'une infirmière l'a obligée à finir son Babybel et elle lui a sauté à la gorge. Enfin, comme elle ne fait que trente-sept kilos…
– Elle est là, votre femme ?

– Oui, elle est là-bas, avec des amis. Elle nous regarde depuis un moment…

– Michel ?

– Oui ?

– Vous êtes déjà tombé amoureux d'une anorexique ?

– Oui.

– Vous êtes déjà tombé amoureux d'une obèse ?

– Non.

– Michel ?

– Oui ?

– Tout à l'heure, je vais sortir de l'hôtel et, une fois dehors, je vous embrasserai. Arrangez-vous pour que votre femme ne vous suive pas. Je vous ferai signe. En attendant, je vais retrouver l'amie avec qui je suis venue.

– Euh, je… Ah bon ? Vers quelle heure à peu près ? demanda Michel, alors que Loren s'était déjà éloignée.

Loren rejoignit Juliette au fond du grand salon. Elle l'empoigna par le bras.

– On ne va pas tarder, lui dit-elle.

– Oui, attends un peu, répondit Juliette. Je suis avec mon avocat, dit-elle en se penchant à son oreille. Tu vois le type là-bas ? Je lui ai dit qu'on était ensemble mais qu'éventuellement on pouvait lui faire une petite place. Comment il nous regarde, il s'y croit déjà ! Ça te dit un truc à trois ?

– Tu es dingue ou quoi ? J'ai dit à mon médecin que j'allais l'embrasser et c'est largement suffisant pour ce soir… Je suis vraiment plus romantique que toi !

– Qu'est-ce que je dis à mon avocat ?

– Que je ne veux pas et, de toute façon, je ne veux pas !
– Il est vachement bien...
– Je m'en fous. Garde-le pour toi. Moi, j'ai Friedel... Il est mieux.
– Tu parles, il est hyper plus vieux !
– Pas de nouvelles du corbeau ?
– Non. Impossible de savoir qui c'est. Je te l'avais dit.
– J'ai l'intention de déjeuner avec Friedel et d'obtenir la liste des invités. On les passera en revue un par un.
– On va se faire chier...
– Il faut bien qu'on sache, non ?

Tandis que Juliette retournait vers l'avocat pour lui demander sa carte, espérant de lui, à l'avenir, des services plus physiques que professionnels, Loren se dirigea vers le buffet. Le whisky lui tournait la tête et il fallait qu'elle mange. Elle reprit son examen des invités tout en avalant des mini-sandwichs au pain de mie. Elle discuta avec quelques journalistes qu'elle connaissait et envoya paître un des rédacteurs du *Parisien* qui lui avait promis un article sur son dernier livre qu'elle n'avait jamais vu venir.

Après avoir dépouillé la table de ses petits-fours, elle revint vers Juliette. Elle se sentait toujours un peu ivre et la paranoïa avait tendance à refaire surface.

– Moi, j'y vais, annonça-t-elle. La soirée commence à se dépeupler et imaginer que notre type puisse être encore dans les parages, à nous observer, ça me fout des palpitations...
– OK, répondit Juliette. Je viens avec toi.

Elle prit congé de l'avocat, déçu d'avoir été allumé pour

être éteint brusquement. Après avoir vérifié qu'elles n'avaient pas de « nouveaux messages » dans leurs sacs, les filles se dirigèrent vers les portes tournantes. Loren lorgna vers le bar. Friedel avait récupéré sa petite cour. Son regard croisa celui du médecin et Loren l'informa d'un regard que sa promesse tenait toujours… s'il le désirait…

Une fois dehors, elles guettèrent l'arrivée d'un taxi. Loren observait à la fois la rue et les portes de l'hôtel. Friedel ne sortait pas. Ce n'était pas possible, aucun homme ne pouvait refuser un baiser de sa part. Plusieurs taxis déboulèrent d'un coup, Juliette leva le bras tandis que Michel Friedel surgissait sur le trottoir, sans veste, dans la nuit parisienne.

– Attends-moi deux secondes, lança Loren à Juliette, en faisant demi-tour.

D'un pas rassuré sur son pouvoir de séduction, elle se dirigea droit sur le médecin. Elle s'arrêta à sa hauteur, passa ses deux bras derrière sa nuque, avança son visage vers le sien et posa ses lèvres sur les siennes. Le concierge de l'hôtel détourna son regard. Le baiser se prolongea de longues secondes. Devant le taxi arrêté, Juliette observait. Des effluves de jalousie lui parcoururent la moelle épinière. Les lèvres de Loren et du médecin finirent par se disjoindre, leurs corps se désenlacèrent. Loren lui murmura quelque chose à l'oreille puis, abandonnant sa main, elle retourna vers Juliette qui ouvrait la portière du taxi :

– Pas trop tôt…

– Oh, ça va…

Les filles montèrent dans la voiture et, après que Loren eut donné son adresse, elles restèrent silencieuses. Juliette regardait par la fenêtre, n'ayant plus envie de communiquer avec Loren.

– Tu boudes ? lui demanda son auteure préférée.

– Ta gueule, répondit sa plus grande fan.

– Ne sois pas désobligeante, Juliette. Il y a dix minutes, tu m'as proposé une partie à trois avec un avocat que tu venais de rencontrer...

– Eh, ça n'a rien à voir ! s'exclama Juliette.

– Bien sûr. Excuse-moi, mais en ce qui concerne les hommes dont j'ai envie, c'est toujours moi qui les choisis...

– Tu l'aimes ?

– Arrête ! Je le connais à peine.

– On l'aurait cru à ta façon de l'embrasser !

– Il me plaît bien, c'est tout. Eh, je ne t'ai rien dit pour ton flic ! Alors que tu en rêves la nuit. Chez moi en plus ! On ne va pas se faire une crise ici, chuchota Loren alors que le chauffeur les dévisageait dans le rétroviseur.

– Non, on ne va pas se faire de crise, parce que je vais rentrer chez moi, annonça Juliette.

– Oh, tout de suite ?...

– Parfaitement.

– Tu ne comprends pas, murmura Loren, que l'important dans la vie c'est de désirer. Continuer à désirer sans souffrir.

– Moi, je souffre, mais ça tu t'en fous.

– Tu souffres de quoi ? Ce n'est pas parce qu'on couche ensemble qu'on est en couple. On n'est même pas de vraies lesbiennes. On joue à l'être par moments, on est gay pour une parenthèse, mais tu sais très bien que je suis juste une hétéro partie faire un tour de l'autre côté dans un moment de déprime et d'abandon… Toi aussi, alors arrête.

Le problème de Loren, c'était son envie de tout faire comme Sagan. Si elle avait pu sauter le pas avec une fille, c'était parce que Sagan…

Si elle avait été amoureuse de Marguerite Duras, elle aurait certainement cherché à batifoler avec un Asiatique à quinze ans !

Le taxi s'arrêta devant chez Loren :

– Tu viens, Juliette ?

– Non.

– Allez… cesse de faire la tête !

– Non, je rentre chez moi. Salut.

– Tu m'appelles ?

– Je sais pas…

– Faudra bien que tu me rendes ma robe…

– Fous le camp…

Loren tendit son billet de vingt euros au chauffeur et sortit, laissant Juliette dans la taxi. Il redémarra immédiatement et elle le regarda s'éloigner. Voilà, elle s'en voulait déjà. Pourquoi Juliette était-elle jalouse comme ça ? Ce n'était qu'un baiser. Loren songea qu'elles n'avaient jamais parlé de leur relation et n'en avaient défini ni les frontières, ni les codes, ni les limites. Enfin tout de même, elle ne manquait pas d'air celle-là, partante pour faire un « truc à trois » alors que Loren n'avait même pas le droit d'embrasser un vieil ami sur le trottoir, ne serait-ce que

Je n'irai pas chez le psy pour ce con !

pour le remercier de la soirée... Non mais, c'est vrai, faudrait savoir !

Une fois chez elle, Loren ressentit un sentiment obscur d'abandon en allumant les lampes. C'était étrange de sa part, elle qui aimait tant vivre seule, mais il fallait dire que, ces derniers temps, Juliette avait été si présente que le silence de sa tanière lui parut inamical. Il lui rappelait encore et encore qu'il n'y a pas de vraie liberté sans solitude... Elle prit la carte du docteur et enregistra son numéro dans son portable puis, rapidement, pianota un petit texto :

Bonne nuit, Michel. Pense à vous. Lo

Elle rangea la nouvelle lettre anonyme du corbeau avec la précédente dans un tiroir. Si ça continuait comme ça, il lui faudrait bientôt un classeur. Elle frissonna encore d'horreur en relisant la question épouvantable. Le corbeau n'était pas venu les voir. Il s'était juste amusé avec leurs nerfs. Qu'est-ce qu'il voulait exactement ? Son portable émit les deux petites notes annonçant l'arrivée d'un texto. Loren se précipita. Réponse de Friedel :

Ravi de vous avoir revue. Bien rentrée ? Que faites-vous ?

Il mordait vite à l'hameçon, docteur Glam. Alors pressé ? On n'avait plus envie d'attendre le déjeuner ?

Suis à la maison. Seule.

Je n'irai pas chez le psy pour ce con !

Loren sourit. Pas mal comme invitation. Elle aussi avait envie de sauter les étapes. Elle chercha un CD à mettre dans la chaîne pour contrecarrer l'épais silence. Doucement, la voix sublime de Shirley Bassey envahit l'espace sonore. Elle faillit presque couvrir les petites notes du portable. Heureusement Loren l'avait à l'œil :

Voulez-vous que je passe vous border ?

Loren éclata de rire. C'est cela chéri, viens me border et me déposer un bisou sur le front ! Suis prête à parier tout ce que j'ai que mon lit va joliment « déborder » dans pas longtemps. Il va me jouer : « Tempête sous la couette » alors, pourquoi les hommes sur le point d'ajouter un nom sur le listing de leurs conquêtes n'annoncent-ils jamais la couleur ?

Pourtant, il était évident que s'il avait envoyé : « Peux venir dans le but d'une relation sexuelle ? » Loren aurait répondu : « Vous êtes vulgaire, cher ami. Restez donc chez vous, à limer les cornes de votre épouse qui ne peut plus passer sous les portes… »

Mais que dire à quelqu'un qui veut vous border ? Jouant le jeu de l'hypocrisie sociale et sentimentale, Loren envoya un : « *OK* » sobre. Et pianota son adresse sans oublier le code.

« *J'arrive…* », répondit Michel Friedel.

« Bien, pensa Loren. Donc je ne me démaquille pas, mais je mets quoi ? »

Elle montait les escaliers, Juliette, ces marches qui la menaient chez elle, tout en se tenant à la rampe comme une vieille dame. Elle était fatiguée des journées et soirées si riches en émotions diverses : peur, amour, jalousie, angoisses, paranoïa, re-amour, nouvelles peurs, nouvelles angoisses et ainsi de suite. C'était donc ça sa nouvelle vie ? Une vie sous haute tension vingt-quatre heures sur vingt-quatre depuis le fameux dimanche de l'horreur ? Elle s'arrêta sur son palier et son cœur s'accéléra de façon atroce. La peur, encore : la porte de son studio était entrouverte. La lumière du vieil immeuble s'éteignit. Juliette resta paralysée sur le palier. En dehors de sa respiration devenue anormalement précipitée, elle entendit des bruits sourds en provenance de chez elle : l'on déménageait sans ménagement à l'intérieur. Juliette tenta de calmer la panique. Réfléchir. Police ? Portable sur moi. Pas bouger. Cambriolage. Ils sont combien ? Ils peuvent m'entendre ? Un rapport avec le business de Franck ou pas ? Repartir ? Appeler Claude. Urgence. Urgence. Urgence.

Elle fit un pas en arrière et le vieux parquet craqua sous son poids, elle s'agrippa à la rampe dans le noir mais brutalement la porte s'ouvrit ; un type, emmitouflé dans une capuche qui ne laissait entrevoir que ses yeux, surgit et se jeta sur elle en l'attrapant par les cheveux pour la faire rentrer :

« Elle est là ! » rugit l'agresseur sans parvenir à couvrir les hurlements de Juliette qu'il poussa violemment à l'intérieur.

Il avertissait un autre individu, occupé à tout saccager. Le deuxième malfaiteur, tout aussi encagoulé, empoigna une batte de base-ball. Plus que les capuches et foulards qui dissimulaient les visages des individus, ce furent les gants qu'ils portaient qui effrayèrent Juliette. Elle le vit arriver droit sur elle, au ralenti. La batte du cambrioleur s'abattit sur son côté droit. Pile sur son bras. La douleur dans le haut de l'humérus lui sembla inhumaine et Juliette s'écroula par terre.

« Il est où ton mec ? Réponds salope ! » fulmina celui qui l'avait frappée. Sans attendre la réponse, il lui envoya un coup de pied dans le ventre. Puis d'autres. Juliette se contorsionna sur le sol pour happer de l'oxygène. Quand elle avait commencé à se battre avec Franck, une force externe lui avait ordonné de se relever, lui prédisant qu'elle allait avoir le dessus. Mais là, la force s'abstint de tout commentaire. Ils étaient deux et autrement plus carrés que son ex-compagnon. La force, qui n'était pas avec elle, lui préconisa de se résigner. Il n'y avait pas de solution. Tu as tué. Tu seras tuée en retour. Tel est le cycle de la vie.

« Où est le fric ? » hurla l'agresseur à la cagoule. Juliette prit un nouveau coup de pied dans la tête.

Recroquevillée sur le sol, l'œil à demi fermé, elle vit que la petite bibliothèque avait été renversée. Les livres de poche traînaient par terre. Elle aperçut le livre qui contenait l'enveloppe dans laquelle elle avait caché l'argent liquide. C'était *Terre des hommes* de Saint-Exupéry.

L'enveloppe était encore à l'intérieur, elle dépassait de quelques millimètres. Ils ne l'avaient même pas vue, ces deux diplômés en délinquance, trop occupés à tout foutre en l'air.

« Arrête de taper comme ça, cria le premier, comment tu veux qu'elle parle ? » Il s'accroupit et lui empoigna les cheveux : « Où est Franck ? articula-t-il. Il me doit du fric. Ça fait quinze jours que j'essaye de le joindre. Quinze jours ! Il est où ? »

Juliette ferma les yeux. Elle allait sombrer dans l'inconscience. Peut-être n'allait-elle pas se réveiller. Elle ne savait pas encore, n'arrivant pas à estimer la gravité des dégâts sur son corps. Fractures, lésions ? Ce qu'elle parvenait à estimer, c'était la douleur. Jamais elle n'aurait cru avoir aussi mal. Juliette pensa aux résistants soumis à la torture et, doucement, elle se laissa envahir par le noir, s'enfonça doucement dans les ténèbres pour entamer son voyage dans les nébulosités. Était-ce un évanouissement, un coma ou la mort ? Elle n'aurait su le dire, mais c'était bien doux, songea-t-elle, tandis que le barbare reposait sa tête sur le sol.

« Voilà, t'es content, toi ? » dit-il à l'autre.

Ce furent les derniers mots qu'elle entendit.

– Tu es belle, dit Michel Friedel.

Loren reposa son verre de vin. Elle avait débouché un margaux pour la venue improvisée du médecin et s'enfonça d'aise dans son canapé. Elle l'aurait entendue cette phrase dans la soirée ! Ce qui était bien, c'est qu'elle ne s'en lassait jamais.

– Merci, répondit-elle.

Michel avança ses lèvres vers les siennes. Il avait apprécié ce baiser fortuit sur le trottoir. Il désirait renouveler l'expérience, elle était si sensuelle. L'embrasser chez elle fut encore mieux que devant l'hôtel, même si la présence de sa femme à l'intérieur avait ajouté pas mal de piment à la scène. Friedel nota que sa bouche sentait le dentifrice, ses lèvres aussi étaient particulièrement fraîches, revêtues d'un brillant mentholé. Subitement Friedel trouva sa vie épatante. Sa soirée avait été réussie, encore bien en train quand il l'avait quittée. Il avait prétexté à son épouse un problème urgent à régler à la clinique et avait sauté dans sa voiture, la testostérone émoustillée par les SMS de cette fille. Cette jeune femme tombée du ciel et dans ses bras. Il n'y avait pas débat : c'était plus facile maintenant que lorsqu'il était étudiant. Elle le trouvait « très séduisant », et il était là, chez elle, à flirter sur une douce mélodie de Shirley Bassey. Oui, il avait connu pire comme ambiance.

Loren se redressa et referma les pans de son déshabillé en soie rouge. Elle se leva : « Viens », dit-elle. Elle prit le docteur Friedel par la main et l'emmena dans sa chambre. Elle se jeta sur son lit et Michel continua son baiser et son rêve éveillé en venant tout habillé sur elle. Il ouvrit son peignoir, découvrant son corps nu. Ça faisait un bout de temps qu'il n'en avait vu, constamment cerné par des beaucoup trop gros ou des mortellement trop maigres. Tout en l'embrassant, Loren dessanglait sa cravate. Michel se redressa, l'enleva, déboutonna sa chemise et tira sur la ceinture de son pantalon, fort excité…

M. Albert boucla la ceinture de son pantalon, fort paniqué. Il devait aller voir, elle avait sûrement besoin d'aide. Les bruits avaient cessé. Il écouta de nouveau le silence, un silence post-drame, c'était certain. M. Albert habitait l'immeuble depuis un demi-siècle. Il était le voisin du dessous de mademoiselle Juliette, comme il l'appelait, depuis qu'elle avait emménagé avec son compagnon, voilà deux ans à peu près. M. Albert avait entendu dire que le fiancé l'avait plaquée du jour au lendemain. Du genre, je vais chercher des allumettes pour disparaître à tout jamais. Ce n'était pas plus mal car ils ne s'entendaient plus ou, plutôt, on les entendait trop. Il savait que ce n'était pas avec lui que Juliette s'était battue, là-haut. Après les hurlements, les cris et les bruits de meubles qu'on déménageait, M. Albert s'était dirigé vers le judas de sa porte. Il avait vu deux individus, aux visages dissimulés, descendre les escaliers à toute vitesse. L'un d'eux tenait une batte de baseball. M. Albert avait beau avoir soixante-seize ans, il savait reconnaître une agression ; un cambriolage qui tournait mal. Bouleversé, il ouvrit sa porte et monta lentement chez sa voisine ; ses rhumatismes, réveillés comme lui au beau milieu de la nuit, le freinaient un peu dans sa grimpée. Comme il s'y attendait, la porte était ouverte. M. Albert la poussa doucement et avisa un beau désordre. Des feuilles, des classeurs, des livres étaient répandus à terre, les armoires avaient été vidées et, au milieu de ce capharnaüm, Juliette gisait, un cercle de sang s'était formé sous son visage et imprégnait la moquette. Du sang s'écoulait de son nez. M. Albert se précipita.

– Juliette, ma petite Juliette !

Il la retourna avec beaucoup de précautions et plaça deux doigts sur sa gorge. Il sentit quelque chose, un petit battement. Elle avait un pouls ou peut-être l'avait-il espéré de toutes ses forces. M. Albert regarda partout, à la recherche d'un vrai téléphone. Les gens aujourd'hui avaient des portables et il ne savait pas se servir de ces petits engins.

– Juliette, tiens bons. Je redescends chez moi appeler la police, les pompiers… Tiens bon, ma petite Juliette. Je reviens. Les secours vont arriver. Bats-toi Juliette, reste avec moi…

Elle voulait rester dans la douceur, dans cette ouate nébuleuse qui anesthésiait si bien la souffrance, mais il lui semblait que quelque chose l'empêchait d'avancer. Une voix lui ordonna un retour à la surface, sur la terre des hommes. *Terre des hommes*, le livre de Saint-Exupéry, l'argent… Elle avait reconnu l'intonation, à la fois affolée et rassurante, du petit vieux, son voisin. Il avait prononcé les mots : police, pompiers, secours. Bientôt, son studio serait envahi d'agents de police. Ils allaient relever des empreintes, ici et là, et la faire transporter à l'hôpital. Ils allaient trouver l'argent, le mettre sous scellés pour l'enquête. En conclure que c'était probablement ce que cherchaient les malfaiteurs : l'argent de la drogue. Sors des limbes, Juliette, et va chercher ton enveloppe. Elle est à toi. Petit dédommagement de ta vie conjugale. Tu n'as qu'à ramper, elle n'est même pas à trois mètres. Regarde, réveille-toi avant que la cavalerie arrive, sinon tu ne la reverras jamais.

Un souffle. Un filet de vie, ayant du mal à trouver son chemin. Elle tourna la tête. Elle revenait peu à peu, tel un plongeur sous-marin. Elle ouvrit un œil, reconnut son intérieur malgré le désordre ambiant, réalisa qu'elle ne pouvait pas ouvrir l'autre œil, trop gonflé. Elle se retourna, à plat ventre sur les coudes, et eut l'impression de prendre un nouveau coup de pied dans la tête, tant son crâne la torturait et se mit à ramper, douloureusement, sur les coudes.

« Encore ! lui enjoignit la force. Avance. Avance. »

Terre des hommes, le livre était devant elle, éparpillé au milieu des autres. Juliette allongea le bras. L'enveloppe était toujours à l'intérieur. Ça y est, elle la touchait. Après plusieurs tentatives, elle finit par l'attraper. Où la mettre ? Elle pensa à son soutien-gorge. Non, ils allaient la déshabiller à l'hôpital. Ce serait étrange, cette enveloppe dans le soutif, ils la signaleraient aux enquêteurs. Juliette constata de son unique œil qu'elle avait toujours sa pochette de soirée, finement enlacée autour de son poignet. Elle enfourna l'enveloppe dedans. À l'hôpital, les infirmières laisseraient ses affaires de côté. Oui, c'était mieux.

Péniblement, elle exécuta un demi-tour, allongée. L'air passait difficilement à travers les croûtes de sang séché de son nez. Tant bien que mal, s'aidant de ses jambes pour le retour, la moquette frottant sous son dos, Juliette retourna à sa place initiale, reprenant la pose dans laquelle M. Albert l'avait laissée.

« J'aimerais que Claude vienne », pensa-t-elle.

« Il arrive. Tu l'entends ? Le voilà… »

Juliette entendit la sirène des voitures de police survenant à grande vitesse, tous gyrophares dehors, les pneus crissant dans la rue, elles étaient suivies par d'autres sirènes, les pompiers probablement, le Samu…

Juliette ferma son œil valide et poussa un gémissement de douleur.

À l'autre bout de la ville, Loren ferma les yeux et poussa un gémissement de plaisir.

Lorsque Michel bascula sur le côté, Loren posa sa joue sur son torse. C'était son rituel à elle : écouter les battements d'un cœur après l'amour. Friedel l'enlaça et déposa un baiser dans ses cheveux. Loren étendit le bras pour attraper ses cigarettes sur la table de nuit. À sa grande surprise, Michel lui prit la cigarette des doigts pour en tirer quelques bouffées. Loren aimait que les médecins fument, même un peu, c'était rassurant.

– Le déjeuner tient toujours ? demanda-t-elle, ayant dans l'idée de s'emparer de la liste de ses invités pour une étude appropriée.

– Déjeuners, dîners, tout ce que tu veux...

Cet homme était parfait... si on enlevait le fait qu'il venait de jeter un œil discret à sa montre.

– Tu dois y aller ? dit Loren.

– Je ne vais pas tarder...

– La clinique demain matin ?

– Non, la matinale de RTL.

Loren se tourna sur le dos et expira une bouffée de cigarette en regardant les moulures du plafond.

– J'ai eu un orgasme en dix-sept minutes, avoua-t-elle.

– Je suis médecin.

Loren éclata de rire.

– Tu écris vers quelle heure ? demanda-t-il.

– Je n'écris pas en ce moment. Je suis bloquée. Trop de tensions.

– T'as des soucis ?

– En quelque sorte, avoua Loren, en songeant que le mot était faible.

– De quel ordre ?

– Pff, soupira Loren.

– C'est ce que tu m'as dit ce soir. « C'est vous qui m'avez invitée ? » grogna Friedel en imitant l'agressivité de Loren. J'avoue que, sur le moment, je n'ai rien compris…

– Pour te la faire simple, Michel : je suis victime d'une sorte de maître chanteur, qui, je crois, en fait j'en suis même sûre maintenant, était à ta soirée…

– Il veut te faire chanter pour quoi ? demanda Friedel, inquiet.

– Pff, oh rien…, soupira Loren, en écrasant son mégot.

Si on admettait que rien pouvait inclure une petite dissimulation de cadavre…

– Si tu veux m'aider, reprit Loren, j'aimerais bien avoir ton listing d'invités, pour voir…

– Sans problème. Je vais demander à Coco de te le sortir de l'ordinateur. Il y avait cent personnes à peu près et je ne sais pas qui est venu, qui n'a pas pu ou qui était là en plus… Tu crois vraiment que ça t'avancera ?

– On verra. Qui est Coco ?

– Corinne, ma collaboratrice… C'est elle qui s'est occupée de tout.

– Elle est nutritionniste aussi ?

– Diététicienne.

– Quel est la différence ?

– Nutritionniste, faut avoir fait médecine. Diététique, c'est bac plus deux. D'ailleurs, dit Friedel en bâillant, il faut que je pense à en trouver une autre car elle va se barrer. Elle veut se mettre à son compte et acheter un cabinet pour faire du coaching personnalisé. Ça m'ennuie qu'elle me lâche, tu ne peux pas savoir... Elle m'aide vraiment, surtout au conseil d'administration de la clinique. On se fait sans arrêt harceler par le médecin en charge des toxicos. On a beau lui dire que nos clientes ont peur de ses drogués, il a osé nous répondre que c'était réciproque, tu te rends compte ? Il dit que ses drogués ont les cheveux qui se dressent sur la tête quand ils croisent mes obèses dans les couloirs...

Loren éclata de rire en imaginant la scène.

– En plus, reprit Friedel, il nous attaque en disant que nos clients déforment les lits ou alors qu'ils en prennent deux...

Loren redoubla de rire.

– Il y a un distributeur pour le personnel de la clinique, enchaîna Friedel, tu sais ces distributeurs avec de la bouffe diététiquement très incorrecte, des années que je me bats pour qu'on le vire, mais la semaine dernière, il a été vandalisé. Quelqu'un a pété la vitre et passé son poing à l'intérieur pour piquer les chips et toutes les barres chocolatées. On n'a pas su qui c'était. J'ai dit à l'autre médecin que ça devait être un de ses drogués, il a maintenu que c'était forcément un ou une de mes gros qui, selon lui, sont bien plus en manque que ses héroïnomanes...

– Elle me fait marrer ta clinique ! dit Loren.

Friedel se pencha pour ramasser sur la moquette sa belle chemise qu'il tenta de défroisser.

– Oui. Moi, elle ne me fait pas marrer tous les jours...

– L'homme a besoin de béquilles pour vivre, soupira Loren en reprenant une cigarette.

– À qui le dis-tu !

– Vous traitez toutes les dépendances, en fait ?

– Oui. On a beaucoup de « polytoxicos » : dérèglements alimentaires, alcool, cocaïne, la totale. Il y a pas mal de stars au mètre carré ! dit Friedel en se levant.

– Si je travaillais auprès de toi, dans cette clinique, je n'aurais aucune envie de partir, même pour m'installer à mon compte, déclara Loren en roulant sur son lit.

– Tu es gentille, répondit Friedel en enfilant lentement son pantalon qu'il avait été si prompt à virer.

– Cela dit, ajouta Loren, peut-être qu'au bout d'un moment, on en a marre. C'est comme tout, on se lasse...

– Ce n'est pas qu'elle en a marre, Corinne, expliqua Friedel en bouclant sa ceinture, mais comme son père est mourant, elle a déjà commencé à calculer sa part d'héritage, tu vois le genre de fille ? On se tue pour élever des enfants et voilà le résultat ? Tu n'es pas encore dans la tombe qu'ils sortent déjà la calculette ! Bref, elle a repéré un petit cabinet dans le dix-septième arrondissement. C'est risqué mais, si ça marche, c'est plus avantageux pour elle. Tu n'as pas vu mon autre chaussette ?

– Non.

Il souleva un pan de la couette et la récupéra.

– Pauvre Corinne, poursuivit-il en s'asseyant sur le bord du lit pour enfiler ses chaussettes, sa mère est morte l'année dernière et son père vient de faire un accident vasculaire cérébral. Trois semaines de coma, il en sort paralysé de tout le côté droit…

– Tu as encore tes parents, toi ? demanda Loren.

– J'ai encore ma mère, heureusement, dit Friedel en touchant la petite table de nuit en bois.

– Les gens peuvent s'en sortir d'un AVC, dit Loren en repensant à la collaboratrice. Elle a tort de déjà songer à l'héritage, il n'est pas encore mort, son père…

– Oui, enfin les médecins sont très pessimistes, paraît-il. Il n'est plus tout jeune… Mais ce n'est même pas pour ça qu'elle flippe pour ses droits de succession.

Michel émit un petit rire avant de poursuivre :

– Le mec, il sort du coma et tu sais ce qu'il raconte à ses enfants, à Corinne et ses deux frères ? Qu'en fait, ils sont quatre. Il a eu un autre enfant qu'il a caché toute sa vie…

– Aïe ! s'exclama Loren. Et cet enfant illégitime, il est où ?

– C'est une fille, je crois. Ils ne savent pas ce qu'elle est devenue. Le vieux a engrossé sa secrétaire dans les années quatre-vingt. La pauvre femme, elle est restée en retrait toute sa vie avec sa petite bâtarde, qu'elle a élevée toute seule. Folle amoureuse de son patron, elle ne s'est jamais mariée et ne l'a jamais emmerdé pour quoi que ce soit… Sauf que maintenant, s'il meurt et que la gamine le sait, elle va peut-être se dire qu'il est temps de faire reconnaître ses droits. Pour Corinne, ses rêves d'indépendance s'arrêtent là si la gamine débarque avec ses avocats. Ça peut durer des années, une affaire comme ça ! Plus il y a d'argent et plus ça dure en général.

Je n'irai pas chez le psy pour ce con !

Loren resta paralysée. Cette histoire lui disait fortement quelque chose. L'alarme intérieure venait de se déclencher. Elle avait entendu quelque chose de similaire, il y a peu. Mais oui ! C'était le jour de l'horreur ! Le cadavre était déjà empaqueté dans la valise.

En trente-cinq millimètres, Loren se revoit dans le studio de Juliette. Elles sont debout devant l'ordinateur. Loren se projette la scène au ralenti. Elles discutent de l'utilité du PC sur le bureau :

« J'envoie de temps en temps des mails à ma mère, elle est en Normandie, dit Juliette.

– Et ton père ? demande Loren.

– Je n'ai pas de père. Ma mère a été toute sa vie la secrétaire d'un architecte. Il l'a engrossée, il y a presque trente ans. Il n'a jamais voulu me reconnaître, l'enfoiré. Il a une vraie femme et trois vrais enfants. Ils ne savent pas que j'existe... »

« C'est à cause du mot *engrossée* que j'ai fait le rapprochement. Juliette l'a utilisé et maintenant Michel. Je déteste ce mot, il n'est pas joli... À part ça, quel rapport ? Des histoires comme ça, il y en a des millions. » Loren allait se dire « presque dans chaque famille », mais il ne fallait pas exagérer non plus. Ça existait, c'était sûr. Mais les coïncidences aussi, ça existait. Trois enfants, comme l'autre. Secrétaire, comme sa mère. Oui, c'est vrai que ça faisait beaucoup.

– Ça va, puce ? Tu as l'air toute chose...

Friedel cherchait son deuxième soulier.

– Oui, oui. Je pensais aux enfants illégitimes, c'est... ça doit être dur, balbutia Loren.

– Oui. J'espère que je n'en ai pas, moi.

– En voilà une phrase bien masculine !

– Ben, c'est vrai. On ne peut jamais savoir, dit-il en laçant ses chaussures.

– Il y a beaucoup d'argent en jeu dans la famille de ta collaboratrice ?

– J'ai l'impression. Le père est actionnaire d'une chaîne d'hôtels qu'il a construite.

– Il est promoteur immobilier ?

– Architecte.

– Hein ?

– Pourquoi tu fais cette tête ?

– Pour rien…

« Réfléchissons : si je tape sur Google : combien d'architectes ont fait accidentellement un bébé à leur secrétaire en France dans les années quatre-vingt ? Internet pourra-t-il me répondre ? » se demanda Loren.

– Est-ce que Corinne a tenté de rencontrer la fille illégitime ? demanda-t-elle très concentrée.

Même si la conversation devait paraître anodine, ambiance : confidences décontractées sur rhabillage post-amour, la réponse était importante. Loren touchait quelque chose, elle le savait.

– Je ne sais pas trop. Elle m'a dit, il y a trois semaines, qu'elle avait obtenu son adresse pour lui rendre une petite visite. Contrairement à ses deux frères qui sont furieux après leur père, elle était très curieuse de cette demi-sœur. Elle a appris qu'elle vivait à Paris. Corinne voulait prendre la température. Voir comment elle réagissait en apprenant que le père allait mourir. En fait, ce que veut Corinne, c'est la convaincre de continuer à la mettre en veilleuse, comme elle l'a si bien fait pendant tant d'années, pour tout ce qui concerne les histoires d'héritage à venir... Parce que ça risque d'être un foutoir procédurier sans nom...

– Elle l'a vue ou pas ? insista Loren.

– Je ne sais pas. On n'a pas eu le temps de se parler ces derniers temps. Elle m'a raconté cette histoire quand on a dîné ensemble, il y a trois semaines, et depuis je ne sais pas si elle a avancé dans ses recherches... Pourquoi ?

– Non comme ça. Je pense qu'elle est très optimiste si elle croit que la bâtarde va renoncer à ses droits parce qu'on le lui demande gentiment. Surtout si elle a été en retrait toute sa vie. C'est le moment de faire payer l'addition.

– Oui, c'est bien ce qu'elle redoute, dit Friedel en consultant son portable.

Personne n'avait appelé. Ouf, tranquille.

– En fait, poursuivit-il, rassuré, Corinne voulait proposer à la petite d'entrer dans sa famille pour de bon. Maintenant que sa mère, l'épouse légitime, les a quittés, elle se disait que la fille aurait enfin une vraie famille, des attaches, que le père la reconnaîtrait avant de claquer, qu'elle porterait son nom, qu'elle partirait en vacances avec elle, ses frères et ses neveux qu'elle ne connaît pas, qu'elle passerait les fêtes avec sa pseudo-nouvelle famille, genre mieux vaut tard que jamais ! En revanche, elle renonçait à tout ce qui était héritage, argent, biens immobiliers et, surtout, pas de procès !

– Tu parles ! Qu'est-ce qu'elle en a à foutre de passer

Noël avec ces cons ! S'il y a du fric à prendre, elle préférera l'argent ! Tant pis pour la dinde ! Elle rêve ta collaboratrice !

– Je ne sais pas. Il y a des gens, tu sais, tout ce qu'ils veulent, c'est une famille. J'imagine que, chez les enfants illégitimes, c'est encore plus vrai. Il leur faut une identité, des racines, une appartenance à un clan.

– Oui ben, il y a des gens, légitimes ou pas, ils préfèrent l'argent, Michel ! Tant pis pour les pâtés sur la plage avec mes neveux, je crois que quand je serai dans ma suite aux Bahamas, j'en aurai rien à foutre !

– Tu as peut-être raison. Ça ne va pas être simple pour elle, avoua Friedel en enfilant sa veste. Tu m'appelles ma beauté ? On se voit la semaine prochaine ?

– D'accord, dit Loren en se parant d'un drap pour le raccompagner à la porte.

Il déposa un baiser sur ses lèvres et Loren ferma doucement les yeux puis sa porte…

La seconde suivante, elle virait le drap dans une volte-face pour courir jusqu'à son téléphone. Appeler Juliette. Vite. Il n'y avait pas de coïncidences. Portable. « Allô Juliette, je crois que j'ai eu des nouvelles de ton vrai père. Je pense que ta demi-sœur est à ta recherche. Et si c'était elle ? Elle, présente dans les parages au moment de notre équipée secrète ? Décroche, Juliette. Ne me fais plus la tête, je t'en supplie. J'ai appris des choses… »

– Allô Juliette ?

– Non, c'est le lieutenant Claude Montfort. Juliette a eu un accident. Qui est à l'appareil ?

– C'est Loren Abysse, je suis une amie…

– Je sais. Juliette a été victime d'une agression chez elle. Deux types étaient là quand elle est rentrée. Ils l'ont passée à tabac…

Loren crut qu'elle allait vomir. Elle tenta de calmer les bonds dans sa poitrine.

– Elle va bien ? Je veux dire, heu, elle est vivante ?

– Oui, elle est vivante. Elle a réussi à nous parler un petit peu, tout à l'heure. Amochée mais en vie. Elle a été transportée à l'Hôtel-Dieu.

– Je peux venir ?

– Inutile pour l'instant. Elle va passer des examens, radios et scanner. Vous viendrez demain, d'accord ?

– Vous êtes sûr ?

– Oui. Venez demain à partir de dix heures. Moi, je reste avec elle, cette nuit.

– Mais c'était qui, ces types ? demanda Loren.

– On ne sait pas. Vous êtes au courant que son fiancé a disparu ?

– Oui, dit Loren, luttant contre les bonds qui redoublaient.

– Il était lié à un trafic de stupéfiants.

– Ah bon ? lança Loren, tentant de jouer l'étonnée.

Elle se rendit compte, en le disant, qu'elle était à l'abri de l'oscar. Il avait sonné faux, elle en était sûre. C'était le « ah bon » le plus nul de l'histoire du « ah bon »…

– On suppose que les gens qui étaient chez elle sont liés à ce même trafic, expliqua le flic. Ils cherchaient probablement quelque chose.

Je n'irai pas chez le psy pour ce con !

Loren repensa à la boîte à chaussures pleine d'argent liquide.

– Ah ? dit-elle.

Le « ah » n'était pas terrible non plus.

– Oui. On va les retrouver de toute façon, assura Claude. Ils n'iront pas loin. Venez demain matin. Je vous accueillerai…

– D'accord. À demain, merci monsieur…

Elle raccrocha, tremblante. Ça voulait dire quoi « Je vous accueillerai » ? Il va m'interroger ? Ah non, pitié, pas ça ! Pas moi ! Je n'ai pas les nerfs pour affronter la moindre question suspicieuse de la part d'un flic. Peux pas. Pas en ce moment. Et comment je vais dormir, moi, maintenant ?

9

La demi-sœur

Loren ouvrit un œil et pensa à Juliette. Juliette ! Dans quel état était-elle ? Allait-elle s'en remettre ? Une boule d'angoisse lui brûla la gorge, une envie de pleurer. Qui étaient ces types ? Tout ça allait mal finir. Elle tourna la tête vers le radio-réveil. L'objet noir l'informa de sa luminosité rouge qu'il était sept heures trente-six.

Après l'anxiété, son cerveau continua à lui faire parvenir quelques messages pour un bilan de la situation.

Premier message : une confirmation. La collaboratrice du médecin avait un lien sévère avec leur affaire. Ce matin, Loren était persuadée que la famille de Corinne était la famille virtuelle de Juliette. Et Corinne avait tenté de rencontrer sa demi-sœur… Était-ce le jour où…

En vingt-huit années d'existence, il y avait juste un seul jour où il ne fallait absolument pas qu'elle se pointe. Un seul. Évidemment, elle avait choisi ce jour-là. Si elle l'avait fait, Corinne était le témoin gênant et par conséquent…

Dès le départ, Loren avait imaginé un homme parce que

quelqu'un qui ne signait pas ses lettres était par définition une merde. Enfin, un lâche, on va dire…

Ensuite, en tentant de monter le film de ce qui avait pu se passer, Loren imagina la tête de la fille découvrant que sa sœur tombée du ciel était une criminelle, trimballant un cadavre dans une valise. Dans ces cas-là, on n'insistait pas. On repartait comme on était venue. Sur la pointe des pieds, non ? Elle n'avait pas peur d'y passer à son tour ? Elle devait être folle, celle-là, aussi, pour jouer avec leurs nerfs comme ça, c'était dangereux…

« Très dangereux, le coup des lettres. Je peux y retourner à Fontainebleau faire un autre trou… si je veux. » Son cerveau ricana un peu. Certes, il y avait des gens qu'il était périlleux de tourmenter, mais Loren n'appartenait pas réellement à cette catégorie. Le cerveau savait qu'elle avait un bon fond.

La case moralité-religion n'était pas si optimiste. Loren l'avait beaucoup déçue. Elle avait prit un sacré coup au moral et à la morale quand Loren avait commencé à creuser dans la forêt. Persuadée qu'elle n'irait pas jusqu'au bout, la case moralité-religion avait été anéantie pendant quelques jours. Elle se permit, par la même occasion, de dire à Loren que sa coucherie dès le premier soir, la veille, n'était pas non plus en accord avec ses principes éducatifs.

La case désir-amour-hormones réfuta cet argument, déclarant que le sexe avait été très agréable et relaxant et que ce médecin était supersympa. Elle ajouta à la case moralité qu'elle pouvait s'estimer heureuse que ce fût avec un homme…

La case jugement-raison-bon sens fut d'accord, pour une fois, avec la case amour, arguant que, si le médecin séducteur n'était pas venu chez elle, Loren n'aurait pas si bien avancé dans son enquête.

À la suite de ce débat, le foie sollicita une heure de sommeil en plus, pour renouveler ses cellules sinon il irait déposer une plainte contre Chivas Regal et Moët et Chandon.

Loren se rendormit.

Pour une heure. Elle avait un peu de temps avant de se rendre à l'hôpital.

Une heure de cauchemar où elle vit une main sortir de la terre. L'horreur. « Je suis en train de pourrir, disait la main, tu y penses ? »

Elle dormait, Juliette, et il allait lui falloir plus d'une heure pour renouveler ses cellules détériorées. On l'avait placée en réanimation pour la nuit et transportée dans une chambre tôt le matin car son cas ne nécessitait plus l'aide d'une assistance respiratoire. Le lieutenant Claude avait vu les médecins lors du compte rendu des radios. Le pronostic était sévère mais il aurait pu être pire. Fracture de l'humérus, de deux côtes, hématome sous-dural léger au crâne ne nécessitant pas d'intervention chirurgicale pour l'instant. Le lieutenant Claude avait fait des allers-retours chez Juliette pour lui chercher ses papiers d'admission. La grande blessée avait refusé que l'on prévienne sa mère pour l'instant, alors Claude se chargeait de tout en attendant.

– On n'est plus en sécurité nulle part, déclara l'infirmière venue vérifier les bandages et la perfusion de Juliette avec un ton de reproche au policier.

Des propos déguisés pour dire : si vous enfermiez un peu plus les malfaisants, on verrait moins de gens arriver dans cet état-là…

Claude encaissa, il était habitué. Que ce soit les propos déguisés, les reproches directs, les incompréhensions écœurées, les pleurs et même les hurlements, c'était son pain quotidien.

Il prit la main de Juliette et posa sa tête à côté sur le drap blanc. Il était épuisé. Selon le peu de mots prononcés par Juliette, l'agression avait été très rapide. Elle avait encaissé des coups un peu partout. Son thorax était bleu sur les côtés. À présent, il était revêtu de grandes bandes blanches. Claude s'endormit quelques minutes, sa main dans celle de sa protégée.

Après s'être perdue dans les couloirs, Loren fit son entrée dans le service où Juliette était soignée, vers dix heures et quart. La porte de la chambre était entrouverte et Loren la poussa doucement. Son premier aperçu fut une vision d'horreur en découvrant Juliette, la tête bandée, des points de suture au-dessus d'un œil tuméfié, le nez bleu et le haut du bras droit dans le plâtre. Sa deuxième vision fut un homme qui sortait du petit cabinet de toilette, une serviette éponge dans les mains, visiblement il venait de se passer de l'eau sur le visage. Il accueillit Loren gentiment en lui serrant la main et en se présentant. Le fameux lieutenant Claude lui proposa sa chaise. Loren repensa aux qualités physiques et morales que Juliette lui avait rapportées en ce qui concernait le lieutenant Claude. Elle l'avait bien décrit.

– Mon Dieu, dit-elle en s'approchant du lit.

– Ne la touchez pas, l'avertit le flic, ce n'est pas la peine.

– Non, non, dit Loren en s'asseyant, son imperméable sur les genoux. Ils ne l'ont pas loupée. Vous savez qui c'est ?

– Non, pas pour l'instant.

– Comment vous avez été averti ?

– Son voisin du dessous.

– Mon Dieu, mon Dieu, chuchota Loren.

Ils laissèrent passer un silence, plongés dans leurs réflexions, observant la respiration régulière de la victime.

– Ils voulaient quoi ? demanda Loren.

– On ne sait pas.

– Elle a parlé ?

– Très peu. En fait, elle a juste fait oui et non de la tête…

– C'est lié au trafic de son compagnon ?

– On le pense.

Loren se demanda s'ils avaient trouvé l'argent de la boîte.

– Et son mec, vous savez où il a pu aller ? murmura Loren, en songeant : attention, terrain miné.

– On l'a inscrit au fichier des personnes recherchées. On ne sait pas grand-chose. On a fait un peu l'entourage professionnel, enfin la partie légale de sa profession : à la brasserie, les gens ne comprennent pas. On est passés chez Juliette pour relever des indices. Il ne s'entendait plus avec elle. D'ailleurs, il faut que je pense à lui rendre son ordinateur, ça n'a rien donné non plus… Bref, il a pu partir, la quitter, soi-disant il a fait une valise mais il n'utilise plus son téléphone, ni sa Carte bleue, ni sa voiture qu'il a laissée, c'est assez étrange comme disparition… Il n'a plus d'existence, son gars.

« Ça, c'est sûr », songea Loren.

– À vrai dire, reprit Claude, on va ouvrir une information judiciaire. Notre magistrat trouve l'histoire bizarre aussi. C'est la procédure maintenant. Quand on s'aperçoit que le type n'a plus de vie sociale, plus de vie financière ni administrative, bref plus de son ni plus d'image, on ouvre une enquête…

Le lieutenant Claude observa Loren. Il aurait juré percevoir un vrai mouvement de panique chez elle. Une fois encore, son instinct de flic se manifesta, l'avertissant d'un imbroglio là-dessous, bien plus complexe qu'il n'y paraissait. Il ne sut quoi ajouter devant le silence de la jeune femme. Elle évitait son regard.

– Je vais me chercher un café, vous en voulez un ?

– Je veux bien, merci.

Claude s'éclipsa, Loren se leva pour s'approcher du lit. Elle caressa la tête emmaillotée de Juliette. « Je suis là, murmura-t-elle dans le creux de son oreille. Ma chérie, si tu as envie de mourir, ne te gêne pas. On est dans une panade noire… Sache que ne t'oublierai jamais. Je t'aime. »

« Je la hais, pensa-t-elle. Je les hais toutes les deux. »

Au dernier étage d'un immeuble moderne à Boulogne, attablée seule devant sa grande baie vitrée, Corinne Brenner ravalait sa haine avec une tasse de thé vert, de celui qu'elle conseillait tant à ses patientes. Lentement, elle laissa son esprit dérouler le fil de son histoire, elle arrivait au bout du rouleau.

Comment toute cette horreur avait-elle commencé ? C'était le jour du retour à la vie de son père. Personne n'y croyait, mais le vieux était revenu de l'au-delà pour annoncer à ses enfants son secret de minable, ce genre de chose qu'on avoue sur son lit de mort, pour ne plus être embêté dans l'éternité. Démerdez-vous avec ça et tâchez de ne pas vous entretuer pour vos droits de succession pendant que je jouerai de la harpe sur mon nuage.

Corinne laissa son esprit retracer son existence pour un bilan pas très brillant :

« J'ai toujours eu une vie de con. Et on peut le dire, ça va de mal en pis. André, mon père, a trompé maman, toute sa vie. Il a eu une fille avec sa secrétaire, Jacqueline. On la croyait si gentille, cette brave Jacqueline ! Serviable, bonne poire, revenant bosser le dimanche, partant tard le soir, mais quelle sainte cette Jacqueline ! Indispensable au cabinet d'architectes, primordiale pour papa. En fait, elle était en transe, la vieille. Raide dingue de son boss, le centre de sa vie. Et il n'y avait de place pour personne d'autre. Sa vie, c'est son boulot, disait-on. Sa vie, c'était André, son patron. Nuance. Papa, c'était aussi mon idole quand j'étais petite. Il dessinait des immeubles, des hôtels et des grands supermarchés. J'étais si fière. Maman prenait en photo les maquettes qu'il créait. Moi, j'emmenais des petits personnages pour jouer dedans. Je n'avais pas le droit, on me disait de ne pas toucher… J'ai l'impression que c'était hier.

La fidèle secrétaire avait eu son enfant à trente-sept ans, en mai 1981. Le fruit de son amour. L'enfant de la dernière chance, mais André n'était pas fou de joie, du tout. Il avait déjà trois enfants, un mariage qui fonctionnait bien, en apparence.

Très important, les apparences, dans notre bourgade de Normandie.

"Je ne peux pas la reconnaître, avait-il dit, mais je sais que c'est notre petite fille." Jacqueline avait pleuré, mais tant pis, elle aurait le nom de sa mère, elle serait élevée par sa mère. "Tu viendras la voir de temps en temps quand même ? – Je viendrai, ma Jackie, mais personne ne doit le savoir, tu comprends. Personne. Si jamais cela revenait aux oreilles de Clarisse, je… je perdrais tout…"

Il avait peur de maman. Il ne voulait surtout pas la perdre. J'avais dix ans en mai 81. Papa faisait une tête d'enterrement. On croyait que c'était à cause de l'élection de Mitterrand. En fait, il était juste hyperstressé à cause de sa double vie et de ce bébé inattendu. Je me rappelle Jacqueline quand j'allais au bureau et que je dessinais avec les crayons de papa sur les grands pupitres d'architecte. Avec moi, elle était si douce. Mon frère Henry dit qu'elle puait de la gueule. Il faut dire qu'elle fumait des Gauloises, à l'époque. Nicolas a dit la même chose. Ils ont tous les deux les mêmes souvenirs et refusent de comprendre que notre père ait pu avoir une autre histoire d'amour, alors qu'il rentrait tous les soirs. Devant le lit de papa, nous étions stupéfaits et atterrés. Notre famille n'est pas à l'abri des drames et des surprises. Notre mère a fait une rupture d'anévrisme l'année dernière. Elle s'est levée un beau matin, elle a dit : "J'ai mal à la tête" et elle est tombée le nez dans son bol de Ricoré. Voilà comment se termine une vie. Et maintenant, c'est au tour de mon père. Il y a comme un problème avec les vaisseaux sanguins dans le cerveau des gens de ma famille. Ils pètent comme des câbles téléphériques. Papa a dit qu'elle s'appelait Juliette, la petite. J'ai essayé de l'imaginer. Pauvre papa, avec son côté droit paralysé qui déforme ses traits et rend si difficile toute expression, il a murmuré : "Juliette, ma petite Juliette." Oui, il n'a pas dû beaucoup s'en occuper de sa petite Juliette. Enfin, on ne sait pas. On ne sait plus avec lui. Si ça se trouve, il a trouvé le temps pour jongler d'un foyer à l'autre. C'est ignoble. Dans la chambre d'hôpital, le jour de l'annonce, je me rappelle mon frère Henry. Par décence, nous avions refusé de fêter ses quarante-quatre ans à cause de l'accident de papa. Il était debout, adossé au mur, sa belle gueule déconcertée par la nouvelle, les manches de sa chemise blanche relevées sur ses bras croisés, sa femme et ses deux fils dans le couloir qui attendaient. Il avait juste dit : "Quand on a une maîtresse, on ne lui lâche pas la purée dans la chatte !" J'ai cru que mon père allait refaire un accident vasculaire, histoire de s'achever l'autre côté. J'adore mon frère, même quand il est vulgaire. Puis j'ai songé qu'il parlait en connaissance de cause. J'ai pensé à Anne-Sophie, ma belle-sœur qui attendait dans le couloir, je me suis dit : "La pauvre." Nicolas, mon plus jeune frère, était blême. Il a dit : "Il faut que je sorte fumer." Ils sont sortis tous les deux, bouleversés. Papa s'est rendormi. J'ai fait les cent pas dans la chambre en réfléchissant. J'ai commencé à trifouiller ses affaires, ouvrir des tiroirs, j'ai trouvé ce que je voulais. Son agenda. Il me fallait le numéro de la vieille Jacqueline ainsi que le numéro de notre notaire. Cette nouvelle ne me disait rien qui vaille. J'ai trouvé le numéro de la Jacqueline. Je n'ai même pas eu à l'appeler, juste au-dessous du numéro, il y avait l'adresse de la bâtarde, écrite de la main pleine d'arthrite de papa. Elle habitait près de Beaubourg. Bizarre. Après coup, j'ai réalisé que j'imaginais une petite fille avec des nattes mais elle avait presque trente ans. Quelle avait été sa vie ? Que faisait-elle comme travail ? Était-elle mariée ? Avait-elle créé sa propre famille ? Elle qui n'avait pas connu les joies de deux parents unis, le bonheur d'avoir des frères et sœurs, la carte famille nombreuse permettant des réductions, gentiment offertes par la RATP, la SNCF et les cinémas. Oui, car Jacqueline avait continué sa vie de seconde épouse fantôme dans l'ombre de papa. Et à côté de chez nous. Elle ne s'était jamais mariée, toujours amoureuse d'André. Elle avait attendu, peut-être, que les choses évoluent en sa faveur. Peut-être avait-elle fini par renoncer, avec le temps… Toujours est-il qu'elle n'avait jamais rien revendiqué, la discrète, trop respectueuse, trop généreuse, trop bien élevée, trop gentille. Timide et en retrait : voilà une vie gâchée pour un amour octroyé au compte-gouttes.

Le lendemain, je suis rentrée à Paris. De la clinique où je travaille, j'ai appelé notre notaire en Normandie pour lui annoncer la bonne nouvelle. J'aurais juré que cet enfoiré était au courant de la double vie d'André. Il n'a pas paru surpris lorsque je lui ai révélé l'existence d'un enfant illégitime dans notre famille. Il m'a coupé la parole d'un ton péremptoire :

"Chère amie, je préfère vous arrêter tout de suite. Enfant illégitime ne veut rien dire. Les droits de l'enfant adultérin sont les mêmes que ceux de l'enfant légitime, naturel, ou adopté..." Cette phrase résonne encore dans ma tête. Bâtard est une insulte en banlieue, en droit français, ce terme n'existe plus. Les dernières lois votées ont annihilé l'humiliation du bébé de l'ombre, de la mère célibataire, du père qui dit : "Mais non, je ne la connais pas, je le jure !" OUI : "Les mêmes droits !!" Et moi qui avais gentiment commencé à calculer ma part d'héritage pour enfin m'installer à mon compte, je n'ai plus qu'à aller demander mon fric chez Cetelem. Il faut que je m'éloigne de Michel. Je suis mortellement amoureuse de ce type. Je sue et succombe chaque jour un peu plus, mais, justement, je ne veux pas être une Jacqueline bis ! Ça me fait horreur. Je lutte contre mes sentiments, les range, les refoule, les renfonce. Si je m'éloigne un peu, je serai sa collègue, son égale au lieu d'être sous ses ordres. Si l'on ne travaille plus ensemble peut-être que... En tout cas, il ne s'est aperçu de rien. Je suis toujours la dévouée coéquipière. La confidente, la meilleure amie, s'il était gay. Il est loin de l'être, le salopard. Rien n'est plus stupide que d'être amoureuse en secret de quelqu'un avec qui l'on travaille et que l'on voit tous les jours. On se croirait dans un Barbara Cartland.

La curiosité de rencontrer ma demi-sœur m'a tiraillée toute la semaine. J'ai tout raconté à Michel qui, comme d'habitude, fut à l'écoute et de bon conseil. Un médecin, quoi !

Le dimanche suivant, je me suis rendue de bonne heure dans le quartier Beaubourg. J'ai garé mon Austin dans la rue de Juliette mais je suis partie me balader. J'ai traîné un peu dans les Halles, j'ai respiré l'air qui lui était familier, j'ai observé les dessinateurs de rue racoler les gens pour faire leur portrait, j'ai essayé de deviner où elle faisait ses courses. Quel était son café préféré ? J'ai fini par revenir dans sa rue. J'ai observé son immeuble avant d'y entrer, puis les boîtes aux lettres à l'intérieur. J'ai trouvé son nom, elle vivait avec quelqu'un. J'étais sûre qu'elle avait fondé une famille, mais elle n'était pas mariée, comme sa mère. Très lentement, je suis montée à pied. J'ai failli renoncer à mi-chemin. Qu'est-ce que je venais faire au juste ? J'étais incapable de le dire. La curiosité. Le besoin de la voir en vrai. Mais qu'allais-je lui dire ? Salut, je suis ta demi-sœur, tu as deux autres demi-frères. Ma mère, l'épouse légitime, est morte. Tu n'as plus à te cacher maintenant. Comment va-t-elle réagir ? Elle va me jeter, c'est certain. Pour en avoir le cœur net, j'ai continué à grimper les marches du vieil immeuble. J'ai sonné. J'ai attendu. Un type, torse nu, est venu m'ouvrir. Un gringalet qui, en fait, ne ressemblait à rien. Il a eu l'air particulièrement idiot devant moi. Je me suis présentée et j'ai dit que je voulais parler à Juliette. Il m'a répondu qu'elle n'était pas là mais qu'il l'attendait. J'ai demandé si je pouvais attendre avec lui. Le freluquet a eu l'air contrarié mais n'a pas osé refuser. Je suis entrée dans leur petit nid en me présentant. Le type m'a dit qu'il s'apprêtait à prendre une douche. J'ai répondu: "Faites donc, je vous en prie. Ne vous gênez pas pour moi." De toute façon, ce n'était pas lui que je venais voir.

– Alors comme ça, vous êtes la sœur de Juliette? a-t-il demandé pour dire quelque chose.

– On a le même père mais on ne se connaît pas.

– Ah?

– Oui. Voilà, voilà.

Il y a eu un silence tandis qu'il enlevait ses chaussettes avant que je ne poursuive:

– Mon père va très mal. Je voulais lui annoncer.

– Bah, elle ne connaît pas non plus son père, c'est ce qu'elle m'a dit...

– Oui, mais il faut bien le lui annoncer, tout de même!

– Je crois qu'elle l'a vu un peu quand elle était petite et puis après, plus rien. Le gars, il n'assumait pas...

– Heu, oui. Il devait être gêné par rapport à ma mère. C'était un petit village. Enfin, c'est le passé tout ça. Je voudrais la rencontrer maintenant.

– Elle a découché, la garce. Elle est partie faire la belle avec sa copine, là, l'autre qui se la pète parce qu'elle écrit des bouquins, et elle n'est pas rentrée de la nuit... Je vais la recevoir, c'est moi qui te le dis. Attends un peu qu'elle rentre, tu vas voir! (Il se parlait à lui-même!) Je réglerai mon problème en premier et après je vous laisserai avec elle, d'accord?

– Heu, si vous voulez...

J'étais tétanisée qu'il l'insulte devant moi. Il a pris sa douche. J'ai patienté. Il est sorti avec une serviette éponge autour de la taille et un truc important à me dire. Il avait pensé à quelque chose sous la douche. L'eau avait ravivé quelques neurones à l'agonie. Il m'a expliqué qu'il ne fallait pas que Juliette me voie car elle allait forcément détourner la conversation au sujet de sa nuit mystérieuse. Il désirait que je n'apparaisse qu'après qu'elle eut tout avoué sur sa probable soirée de patachon. Ma sœur était Pomponnette. J'ai répondu que je lui céderais volontiers la première place mais je ne voyais guère où je pouvais me cacher. Je lui ai dit : "Je vais prendre un café et je reviendrai plus tard." Il a répondu :

"Pas la peine. Pouvez rester planquée ici, dans la salle de bains."

J'ai récupéré mon blouson et j'ai obéi, même si je trouvais ça insolite.

Heureusement, elle était plus grande que ce que je croyais. J'ai rabaissé le siège des toilettes pour m'asseoir et je l'ai regardé finir de se raser. C'était surréaliste. Je m'attendais à ce qu'il me sorte des photos, me propose un café, me parle d'elle, mais l'infini égoïste ne pensait qu'à l'explosion de sa prochaine dispute. Il ne cessait de l'insulter en passant son rasoir sous l'eau. J'étais de plus en plus mal à l'aise. La proximité et l'intimité d'une salle de bains lorsque l'on ne se connaît pas, c'est juste effrayant. Il n'était pas grand, mais très sec. On sentait une certaine violence chez lui. J'ai failli partir. En réalité, j'allais même me lever mais il m'a fait un chut de la main. J'ai entendu la porte claquer. Je pensais qu'il allait bondir à sa rencontre mais non. Il a fini tranquillement de se raser, de s'essuyer, de se coiffer. L'ogre poids plume prenait son temps pour sa scène de ménage. Mais moi, je ne voyais toujours pas ma demi-sœur, la porte était rabattue. J'ai eu envie de courir à elle, enfin courir, façon de parler, je voulais interrompre cette dispute avant qu'elle n'éclate pour la défendre. On avait des choses bien plus importantes à se dire, tout de même ! Entre "t'as fait quoi hier soir ?" et "t'as fait quoi ces vingt-huit dernières années ?" c'était moi qui gagnais, non ? Je n'entendais rien et j'avais peur qu'elle reparte. Le type m'a encore imposé le silence du doigt et il a fait son entrée pour sa grande scène du II. Derrière la porte, restée entrouverte, j'ai immédiatement entendu des questions très sèches, des silences déterminés et perçu une très grande tension. Je ne voulais pas m'en mêler mais je me demandais dans quel état de nerfs il allait me la rendre. Subitement, des éclats de voix ont retenti. Et puis des cris. Ils se battaient. J'étais pétrifiée sur mes toilettes et là... Oui, c'est là que j'ai entendu le choc ! Un grand boum. Tout d'abord, j'ai cru que c'était lui qui avait assommé ma demi-sœur. Je me suis approchée de la porte entrebâillée, non ce n'était pas elle. C'était son gars qui gisait par terre. Par terre et dans du sang. Je n'en croyais pas mes yeux. Ce n'était pas possible. Oh non, pas aujourd'hui ! Pas maintenant ! J'ai entendu Juliette vomir. J'avais la main devant la bouche pour ne pas en faire autant. Horrifiée, je suis montée dans la douche et j'ai tiré le rideau en tremblant. Heureusement, car elle est entrée prendre une serviette accrochée derrière la porte. J'entendais qu'elle lui parlait. C'était atroce, cette fille était tarée. Une vraie déséquilibrée. Si je me montrais maintenant, il y avait neuf chances sur dix pour que je prenne le même coup sur la tête. Finalement, j'avais plus peur d'elle que de la police. Police qu'elle n'a jamais appelée, la folle ! Je ne sais pas combien de temps ça a duré, ni ce qu'elle a fabriqué, mais c'est une copine qu'elle a appelée à la rescousse. Je me suis accroupie dans la douche. La copine est arrivée, c'est là que j'ai compris que le type était mort. Ma panique a redoublé mais elle s'est un peu calmée quand j'ai entendu la nouvelle venue tenter de la raisonner. Elle semblait plus tempérée, elle était même comique par moments. Je l'ai entendue dire : "Je vais me réveiller", j'ai failli répondre tout haut : "Et moi donc !" Elles ont eu une conversation philosophique surréaliste sur la vie, la morale, Dieu et la mort en buvant une tasse de café. Même si je n'entendais pas tout, ratatinée dans la douche, j'en ai appris beaucoup sur ma demi-sœur en chopant des bouts de conversation. L'amour avait laissé place à la haine. Elle n'avait pas fondé de famille. C'était juste une superpaumée digne de son époque. Son amie a tout dirigé, pour faire disparaître toute trace de l'"accident". Je n'ai pas compris pourquoi ; puis j'ai entendu ma sœur lui faire une déclaration d'amour, j'ai pensé que leur relation allait au-delà de l'amitié. En une heure, j'avais appris que ma sœur pouvait être criminelle, bisexuelle et au chômage. J'avais bien fait de venir ! Moi, qui tremblais, accroupie au fond de la douche, priant le ciel pour qu'elles ne me découvrent pas, surtout quand elles ont commencé à sortir les valises ! J'ai pensé que ma vie ne tenait qu'à un fil, à un rideau de douche. À un moment, j'ai entendu ma sœur parler de son père qui ne l'avait pas reconnue. « Ils ne savent pas que j'existe », disait-elle en parlant de nous. Ça m'a un peu émue mais j'aurais préféré que ce soit vrai, en l'occurrence. J'aurais donné un bras pour être ailleurs. Leur but était simple, faire croire que le Franck avait plaqué Juliette et qu'il était parti refaire sa vie au bout du monde, en Amérique latine où ma sœur s'emmêlait les pédales avec les pays et capitales. Pour ce faire et pour que ce soit crédible, Juliette irait signaler sa disparition à la police dans quelques jours. Alors là ! Heureusement que j'étais déjà sur le cul ! Elles étudiaient et manigançaient ça superfroidement. Le pire, c'est qu'elles pouvaient très bien y arriver. Criminelle, machiavélique et nulle en géographie, elle ne ressemblait pas à sa mère, la petite, je peux le dire ! Finalement, j'étais soulagée qu'elles n'appellent pas les flics, mais j'avais très peur qu'elles entrent dans la salle de bains ! Elles n'y sont jamais venues. Elles ont évoqué des endroits pour l'enterrer. J'avais la nausée et vraiment hâte qu'elles se tirent. Je me disais : pourvu qu'elles ne m'enferment pas dans ce studio de la mort. Puis la délivrance est arrivée. Je les ai entendues prendre les valises puis ENFIN, j'ai entendu la porte claquer. Elles ne l'ont pas fermée à clé. Dans la douche, j'ai attendu que mes palpitations se calment : "Ravie de t'avoir rencontrée Juliette, ai-je murmuré, ça m'étonnerait que mon frère te file ses enfants à garder, maintenant." Je me suis relevée. Mes jambes étaient complètement engourdies et continuaient de trembler. Tout était calme dans la maison de Barbie psychopathe, bien rangé. Elle avait mis son petit Ken dans sa valise et était partie pour la forêt. Il était impossible d'imaginer qu'un accident ultraviolent venait d'avoir eu lieu. J'ai attendu, histoire de voir si elles n'avaient rien oublié, auquel cas, j'étais prête à re-bondir dans ma cachette. Tout était calme, silencieux, l'envie de fuir au plus vite ce lieu maudit m'asphyxiait, j'ai fini par ouvrir la porte, l'ai fermée le plus doucement possible, j'ai mis mes lunettes noires et j'ai descendu les escaliers sans bruit. Mon cœur a fait un nouveau bond quand, sous le porche de l'immeuble, je suis tombée nez à nez avec la complice blonde qui fumait, plantée là avec ses valises mortuaires. Elle devait attendre l'autre. J'ai même cru qu'elle m'avait souri, en plus ! J'ai tracé le plus vite possible, sans la calculer. J'ai cavalé jusqu'à mon Austin. Une fois à l'intérieur, j'ai tenté de reprendre mon souffle. J'ai vu la voiture de Juliette s'arrêter devant chez elle et je l'ai vue descendre. Elle avait une jolie silhouette, ma demi-sœur, elle était plus grande que moi. C'était injuste, Jacqueline n'était pas plus grande que ma mère. Elle a aidé sa complice à mettre les valises dans le coffre et la voiture a démarré en trombe. Je savais qu'elles allaient à Fontainebleau. Jusqu'au bout, je voulais voir si elles allaient vraiment le faire. Et elles l'ont vraiment fait ! Je ne pense pas qu'elles se soient aperçues que je les suivais. Jusqu'au bout, elles m'ont sidérée. Je ne suis pas restée jusqu'à la fin de l'enterrement du type, j'ai fait demi-tour quand elles ont commencé à creuser, ces deux pourries. Je suis rentrée chez moi, en état de choc. Le lendemain, un peu plus reposée, je n'arrivais pas à croire ce que j'avais vu, mais tout ça remettait en cause bien des choses. Même les enfants illégitimes criminels ont les mêmes droits que les autres ? Hein ? On fait comment maintenant, monsieur le notaire ? Hein, maître ? Ça se passe comment, là ? On partage toujours en quatre ? Je ne crois pas, moi !

J'ai été bluffée par sa détermination, sa volonté de se débarrasser de son type. Elle ne voulait pas faire trois minutes de prison pour lui. Non, il ne les méritait pas. Pas assez sympa, le freluquet. J'ai du mal à analyser ce que je ressens. Pourquoi je ne les ai pas dénoncées ? Si je mets les choses à plat, c'est de la répulsion qui me vient en premier, mais aussi de la fascination, pas de l'admiration mais... Comment dire, c'est ma sœur, je suis sciée par ce qu'elle a fait, par ce qu'elle est capable de faire. D'un côté, elle me fait peur et, de l'autre, je suis presque envieuse qu'elle soit amoureuse d'une femme. J'aurais aimé, si tout cela s'était passé autrement, être la première femme de son cœur. Je n'ai pas de sœur, j'en découvre une, à presque quarante ans, et elle en aime une autre. Avec le recul, je suis jalouse de leur complicité, de leur conversation sans fin quand je me tortillais dans la douche. Pourquoi ai-je continué à la suivre ? Pour savoir ce que j'allais faire d'elle et de son histoire. Quelques jours plus tard, elles se sont donné rendez-vous à Montmartre, elles ont discuté en fumant sur un banc. Quand elles se sont levées, elles se tenaient par la main. Même pas dans le quartier gay ! Je suis certaine qu'elles parlaient de leur plan si parfait. Il n'était pas mal, effectivement. Moi, j'avais envie de le détruire, leur plan génial. Elles pouvaient très bien s'en sortir si je ne disais rien. J'avais envie de leur foutre une trouille bleue, qu'elles me remboursent ma panique. Je voulais les démolir. Qu'elles perdent leur assurance, leur confiance. Il fallait voir comment elles se pavanaient dans les rues de Paris, la brune et la blonde. Je suis entrée dans une librairie, j'ai acheté le bouquin de la copine pour essayer de la profiler psychologiquement. Ce que j'ai appris, c'est qu'elle n'était pas plus lesbienne que moi. Impossible de me départir de la jalousie et de la frustration que je ressentais, que je ressens toujours. C'est à ce moment-là que j'ai eu l'idée des petits mots anonymes. J'avais une folle envie de rentrer dans l'équation, d'être l'inconnue numérique qui bouleverse le résultat, une folle envie de jouer avec elles et de bousiller leurs nerfs. J'ai fabriqué les petites lettres avec l'ordinateur de la clinique, juste une phrase pour les faire flipper. J'ai bien flippé, moi ! J'ai déposé le premier mot dans la boîte aux lettres de Juliette et l'autre chez l'éditeur de la complice. Je l'ai laissé à l'entrée, personne ne m'a vue. Ensuite, je suis allée prendre un café pour réfléchir. Qu'est-ce que j'allais faire ? Je voulais que l'une soit persuadée que c'était l'autre qui avait envoyé le mot pour qu'elles se bouffent le nez, qu'elles sombrent dans la paranoïa, et s'entre-déchirent. Elles ne tiendraient pas avec toute cette pression. Elles ne pouvaient pas deviner qu'il y avait quelqu'un dans ce studio. Comme elles ne me connaissaient pas, je ne risquais rien. À ma grande surprise, le jour même, j'ai vu Loren, à travers les vitres du café, entrer dans sa maison d'édition. Je me suis dépêchée de payer pour sortir, j'ai fait semblant de regarder les livres dans la vitrine mais je ne voyais qu'elle. Une employée s'est approchée pour lui donner mon enveloppe. Le meilleur moment. De loin, je l'ai vue pâlir. J'ai cru qu'elle allait avoir un malaise et elle l'a eu !! YES ! Elle s'est écroulée par terre comme une bouse ! Le temps que tout le monde accoure, j'étais déjà repartie en jubilant. Ce jeu me comblait. Dommage que je n'aie pas pu voir la réaction de Juliette. Il fallait que j'aille bosser. Quand Michel a organisé sa soirée, j'ai eu l'idée de leur envoyer une invitation à toutes les deux. Si elles venaient, je pourrais continuer le jeu de plus près. Ça ne serait que plus amusant encore. Je tiens Juliette dans ma main maintenant, elle ne pourra jamais faire valoir ses droits avec ce que je sais. Elle n'aura pas un rond de mon père. Si elle essaye, j'irai droit chez les flics leur indiquer un coin intéressant dans la forêt de Fontainebleau. Les veuves noires sont arrivées main dans la main à la soirée de Michel. Elles ne s'étaient pas entretuées, les mantes religieuses, mais elles se sont séparées assez vite. Loren est restée au bar. Il y avait un monde fou, tout le monde s'y agglutinait et je n'ai eu aucun mal à glisser le nouveau mot, que j'avais préparé, dans sa pochette de soirée. Personne ne m'a vue. Ce fut plus compliqué pour Juliette qui faisait la belle au milieu d'une cour de garçons. Elle avait le même genre de petit sac au poignet. J'avais presque peur pour les mecs. L'envie de leur dire : attention les gars ! Un pas de travers et elle vous défonce le crâne. À un moment, elle a pris place dans un des canapés et a ôté le petit sac qui la gênait pour le mettre sur la table devant elle. Puis, elle a parlé à l'oreille d'un garçon. J'ai déposé des coupes sur la table et j'ai pu glisser le mot mais ç'a été très chaud, il s'en est fallu d'une demi-seconde avant que son prétendant ne me voie, mais il avait l'air très accaparé par ce qu'elle lui racontait.

Je n'irai pas chez le psy pour ce con !

Quand Loren est sortie prendre l'air, je l'ai suivie. Elle a vu mon petit mot et s'est encore effondrée. Juliette, elle aussi, avait reçu le message, elles ont eu une conversation paniquée mais ne semblaient pas s'accuser mutuellement. Non. Elles regardaient partout autour d'elles. Plusieurs fois, mon regard a croisé celui de Loren. J'ai eu peur qu'elle me reconnaisse parce que je l'avais vue rapidement sous le porche de l'immeuble, quand elle attendait avec ses valises, mais j'avais des lunettes noires et, apparemment, elle n'a pas fait le lien. Juliette, quant à elle, a les mêmes yeux que moi. Je l'ai vue de près et ça m'a bouleversée. On a les mêmes yeux que notre père. Même forme et même couleur, mais à part ça, elle est bien plus jolie que moi, grands cheveux bruns bouclés, taches de rousseur… il faut que j'arrête d'y penser. D'accord, ce n'est pas glorieux cette histoire de missives anonymes, mais je me dis que ce n'est rien en comparaison de ce qu'elles ont fait. Plus tard dans la soirée, j'ai vu Loren accaparer Michel, et là, c'est moi qui ai eu une belle frayeur. Lui connaît l'histoire. Mon histoire. J'aurais donné cher pour savoir de quoi ils parlaient. Après j'ai pensé : mais elle le drague ou quoi ?! Elle draguait MON Michel ! J'ai immédiatement été voir Rachel, sa femme, pour lui dire d'un ton désinvolte : "Qui est cette fille avec qui Michel discute depuis des heures ?" Rachel s'est dévissé la tête pour observer. Elle avait l'air pas contente. De moi, elle ne se méfie pas, mais d'une grande blonde inconnue à la robe noire fendue, ça c'est une autre histoire. Elle m'a répondu un : "Je ne sais pas" très sec. Je me suis éloignée pour bien la laisser ruminer. Des gens venaient lui parler, la féliciter pour la soirée et elle ne cessait de jeter des petits coups d'œil vers le bar. Moi aussi. Loren a fini par laisser Michel tranquille. Il s'est tout de suite retrouvé encerclé par d'autres jeunes femmes. Je les connaissais : des patientes, elles sont toutes mariées. Loren est allée au buffet, puis elle est retournée voir Juliette. Elles allaient quitter la soirée. Je les ai suivies dehors. Alors que Juliette hélait un taxi, j'ai vu MON Michel surgir sur le trottoir, en bras de chemise. Loren est revenue vers lui et là, sans rien dire, elle s'est approchée de lui et l'a embrassé. J'ai eu l'impression qu'elle m'enfonçait un poignard dans le ventre. Je savais Michel séducteur, un peu fourbe, ayant un besoin maladif de plaire, mais je ne l'avais jamais vu vraiment à l'œuvre. Il ne m'a jamais embrassée en trois ans et elle, en trois heures même pas, elle arrive à… Je ressens encore la douleur et ce n'était que le début. Les salopes ont fini par monter dans leur taxi. Michel a réintégré la soirée, l'air de rien. Il est allé voir sa femme avec le sourire niais du gamin qui a fait sa connerie et qui vient prendre la température. Personne ne m'a vu ? Parfait. Parfait parce que ce n'était pas fini. Il a fait un bisou à sa femme sur la tempe devant leurs amis. Sa femme a répondu : "Fais gaffe à mon brushing !" Exactement ce qu'il faut pour qu'il ait envie d'une aventure. J'ai tenté ma chance, sans trop d'espoir. Je suis venue lui parler de choses et d'autres, gentiment, mais tout ce qu'il a trouvé à me dire c'est : "Au fait, tu l'as bien envoyé mon article pour *Santé Magazine* ?" Jamais je ne me suis sentie aussi nulle. Inutile. J'avais mis un tailleur-pantalon. Dans la boutique, j'avais trouvé ce vert très intéressant, mais dans les miroirs de la soirée, avec les éclairages du grand salon, j'ai réalisé qu'il était caca d'oie et, avec mes cheveux courts en brosse, j'étais aussi attirante pour Michel qu'un adjudant chez les paras. Je n'y peux rien. Les longs cheveux et les robes noires, ce n'est pas moi. Pourquoi ne m'aime-t-il pas comme je suis ? Michel était ailleurs, c'est peu de le dire. Par la suite, il n'a cessé de consulter son portable. Il souriait et pianotait dessus. Il envoyait des textos. J'étais quasiment certaine de savoir à qui. Elle ne perdait pas de temps ! Michel a tourné en rond dans sa soirée puis, subitement, il est allé glisser un mot à l'oreille de sa femme pour s'éclipser sur-le-champ sans dire au revoir à personne. Il a sauté dans sa décapotable, il avait l'air d'avoir le feu au froc. J'ai enquillé tout de suite. Ma voiture n'était pas très loin. Je passe ma vie à suivre tout le monde depuis trois semaines. Je suis devenue la meilleure détective privée de Paris, invisible dans sa Mini, sauf que les détectives privés ne pleurent pas dans leurs voitures en suivant l'homme infidèle. Michel est constamment l'objet de mes pensées et ça ne fait qu'empirer chaque jour. Je l'ai vu se garer puis se diriger vers un bel immeuble, appuyer sur un interphone et s'y engouffrer immédiatement. J'ai tourné pour trouver une place puis je me suis approchée de l'immeuble, bouillonnante, dans la nuit sereine. J'ai lu les noms à l'interphone et, en trois secondes, j'ai trouvé le sien. Je reconnais qu'elle sait y faire. Enfin, à vrai dire, je ne sais pas comment elle a fait pour accaparer Michel si rapidement. Ironie du sort, elle se vengeait de moi sans me connaître, sans rien savoir. Le deuxième étage est resté allumé longtemps. Si Michel a couché avec elle, et je sais qu'il l'a fait, c'est à la lueur d'indulgentes lumières. Je suis retournée à ma voiture, une boule dans la gorge. J'ai aussi prié pour que Michel ne parle pas de moi... On ne sait jamais, elle pouvait faire le lien mais ils devaient avoir des choses bien plus intéressantes à se raconter. Je n'apprécie cette fille que lorsqu'elle découvre mes mots et s'écroule le cul par terre avec le regard apeuré et paniqué. Le reste du temps, je la hais. Avec Juliette, je la hais, et avec Michel, n'en parlons pas !

Je n'ai jamais couché aussi vite, moi. Ce n'est pas l'envie qui m'a manqué. Ça ne s'est jamais présenté, c'est tout. J'aimerais pouvoir emballer en un claquement de doigts, moi. Ça doit être une force de séduire comme ça. Le pire, c'est que je suis sûre qu'elle ne doit pas en faire trop, elle doit être du style : "Je ne comprends pas, je n'ai rien demandé et puis voilà, ça me tombe tout cuit dans le bec !"

J'ai eu une vie sans intérêt. Je suis restée mariée sept ans avec Jean-Pierre qui était kiné, qui l'est toujours. On n'a pas eu d'enfants. On s'entendait bien sans trop se parler. Un jour Jean-Pierre m'a dit :

"Il faut que j'aille voir ma mère à Besançon. Elle ne va pas très bien. – Mais vas-y, chéri. Pas de souci. Appelle-moi."

Une semaine plus tard, impossible de mettre la main sur la télécommande de la porte du garage. Passablement énervée et très en retard, j'appelle chez mes beaux-parents. Je tombe sur ma belle-mère, à moitié sourdingue, qui ne reconnaît pas ma voix : "Qui demandez-vous ? Jean-Pierre ? Mais Jean-Pierre est au ski avec sa femme !"

J'ai raccroché.

J'ai appris par la suite, déjà mes talents de détective à

l'époque, qu'il était à Val-d'Isère avec une hôtesse de l'air, rencontrée dans un avion bien sûr. Avion qui devait l'emmener à Genève pour un séminaire. Séminaire qu'il a séché pour trois jours de coït ininterrompu à l'hôtel.

Voilà.

Je ne me suis même pas énervée. Je lui ai dit : "On va peut-être se séparer, Jean-Pierre." Il a répondu : "Pourquoi pas ?" Ensuite, je lui ai annoncé que j'avais un kyste aux ovaires. Il a dit : "Ah, ma pauvre…"

J'ai déménagé à Boulogne, prête pour tout recommencer. J'ai trouvé ce boulot à la clinique. En deux ans, je suis passée chef de l'équipe diète. Je suis tombée amoureuse de mon supérieur hiérarchique, Michel, le plus charismatique des médecins. J'ai eu le malheur, un jour devant lui, d'évoquer le fait que je n'avais pas beaucoup d'amis, il m'a répondu : "Pourquoi tu ne t'achètes pas un chien ?"

Vie de con. Mais quelques semaines plus tard, alors que je me baladais sur les quais, c'est en repensant à cette phrase que je suis entrée dans la boutique d'un type qui vendait des animaux très exotiques. Des NAC, on appelle ça. Nouveaux animaux de compagnie. Pour être nouveau, c'est nouveau. J'ai passé la journée entière à discuter avec le vendeur et on a bien sympathisé au rayon reptiles. J'ai observé ses lézards de toutes tailles dans leurs vivariums, j'ai joué avec un caméléon qu'il a posé sur mon bras, j'ai caressé un iguane, et j'ai arrêté le vendeur à temps quand il a voulu me mettre un python en guise d'écharpe. Par la suite, un furet a tenté de me mordre, j'ai essayé d'entamer un début de conversation avec un sublime cacatoès au plumage luxuriant mais il m'a toisée, la perruche blanche à ses côtés a fait de même. Les perroquets représentaient les animaux les plus chers de la boutique et il paraît qu'ils requièrent une attention permanente, selon l'étrange boutiquier, très professionnel en ce qui concerne ses bestioles. Je ne sais toujours pas pourquoi je suis sortie de cet endroit avec une mygale dans un bocal, après avoir persuadé le vendeur que j'en avais un besoin vital. Il m'a refilé une espèce américaine, très sympa, paraît-il, assez indépendante, un peu comme un chat, les câlins en moins parce qu'il ne vaut mieux pas l'approcher. En plus de son venin, elle fabrique des soies urticantes en grattant son abdomen avec les pattes qu'elle balance en direction des importuns. Je l'ai appelée Abigaïl, ma mygale. Elle est fascinante, noire avec des reflets ocre sur l'abdomen et roux sur ses longues pattes. Je suis rentrée chez moi, munie de ma liste de courses pour les petits repas de ma miss (larves de vers de farine, grillons, criquets migrateurs et blattes mexicaines). Ma femme de ménage a démissionné sur-le-champ. À Noël, ma belle-sœur a failli faire un infarctus devant le terrarium. Mon frère a hurlé : "Qu'est-ce que c'est que cette merde ? Tu es folle ou quoi ?" Leurs enfants, mes neveux, se sont caché les yeux avec leurs mains, pétrifiés. Le plus petit a pleuré et fait des cauchemars pendant quinze nuits d'affilée. Elle s'en tape, Abigaïl, moi aussi.

J'ai dit à Henry que sa femme était une cruche et ses deux fistons des fiotes. J'ai pensé, après coup, que ce n'était pas la meilleure idée que j'avais eue pour combler mon manque affectif. Abigaïl, mon araignée géante, ne donne pas beaucoup d'amour, juste un peu de terreur, chaque matin au réveil, quand on n'est pas habitué. Moi, je m'y habitue et m'y attache un peu plus chaque jour. J'adore l'observer, l'étudier, elle me fascine et je peux la contempler pendant des heures. Aujourd'hui, je ne pourrais plus m'en passer. J'aimerais ne pas bouger pendant des jours, ne bouffer qu'un criquet dans la semaine, muer pour changer de peau et ne pas avoir besoin d'amour. J'aimerais être elle.

Ne plus penser. Ne plus dérouler le fil. Cesser de se demander pourquoi, le jour où je tente de rencontrer Juliette, elle fracasse la tête de son boy-friend et part l'enterrer avec sa copine lesbienne. Leur monde a la violence d'un jeu vidéo. Il a transformé la vision que j'avais du mien. Cesser de me reprocher d'avoir eu la bonne idée de les inviter à cette soirée, et tenter d'expliquer pourquoi Michel a flashé sur la copine. Pourquoi est-il parti la rejoindre, plus rapide que dans un Tex Avery, alors que ça fait trois ans que je me damnerais pour qu'il m'effleure la main ?

Professionnelle, sentimentale, familiale, ma vie a tous les aspects du dépôt de bilan.

J'ai beau penser yoga, Bouddha, dalaï-lama, j'ai juste envie de tuer tout le monde. J'ai même envie d'achever mon père avant qu'il n'ait l'idée de refaire un testament. Je suis persuadée maintenant qu'il laisserait plus qu'il ne faut à son illégitime, bien plus qu'à ses légitimes ingrats, pour se dédouaner de son absence, dédommager Juliette et sa mère des manques en tout genre.

Je n'ai pas attendu que Michel sorte de chez Loren. J'avais ce que je voulais et trop mal au ventre. Je me suis mise au lit

Je n'irai pas chez le psy pour ce con !

en pensant qu'il fallait vraiment que je prenne un labrador. Je pensais à ça pour ne pas évoquer Michel et sa liaison éclair. Ce matin, je me sens mal comme jamais. Je n'ai presque plus de parents et j'ai vraiment envie d'en finir avec cette vie de con… »

10

La mygale

Impuissante face au lit, Loren empoigna ses cheveux et se fabriqua un chignon pour qu'ils ne tombent pas dans le visage de Juliette. Elle renouvela un léger baiser sur son front. Juliette ouvrit un œil.

– Rendors-toi, ma chérie. Je suis tellement désolée, si tu savais…

– Pas de ta faute, chuchota Juliette avec un rictus de douleur.

– Ne parle pas. Écoute-moi, j'ai plein de mauvaises nouvelles. Ta demi-sœur est au courant de ton existence. Elle s'appelle Corinne, elle est diététicienne et bosse chez Friedel. Ton père a eu un accident cérébral et il n'est pas très en forme, mais il a parlé de toi à sa famille. Il était temps, tu me diras. L'autre nouvelle est *très* mauvaise : je crois bien que ta sœur a débarqué pour te rencontrer, le fameux dimanche de l'horreur, bref elle nous a vues. Je ne sais pas comment elle a su, mais elle sait. Et donc *très très* mauvaise nouvelle, je vais aller vite : je pense que c'est ta sœur, notre corbeau.

– Hein, soupira Juliette. Mais pourquoi elle ferait ça ?

– Elle veut qu'on sache qu'elle est au courant. À mon avis, le deal va être clair et net : tu la boucles pour l'héritage et elle la boucle pour les flics. Tu fais une croix sur tes droits de succession. Si tu bouges une oreille, que tu prends un avocat et que tu commences à faire la maligne, elle peut te dénoncer direct... nous dénoncer.

– C'est un cauchemar...

– Oui. Rendors-toi ma choute, je veille au grain. Ne t'inquiète pas. J'ai un train d'avance sur elle : elle ne sait pas que je l'ai découverte. C'est grâce à Michel. Ah, au fait, j'oubliais, il y a une autre supermauvaise nouvelle : le juge a demandé l'ouverture d'une enquête pour la disparition de ton mec. Plus de son, plus d'image, c'est inquiétant comme dit ton sexy flic. Il faut vraiment que tu te le mettes dans la poche celui-là. C'est notre seule chance pour qu'il évite le zèle sur ce dossier. Il a veillé sur toi toute la nuit et s'est occupé de toi comme une vraie nounou. C'est sympa, non ?

Juliette s'était rendormie. Loren retourna s'asseoir. Il fallait que Juliette s'occupe de Claude et qu'elle-même s'occupe de la demi-sœur. Il ne fallait surtout pas que ces deux-là se rencontrent. Comment négocier avec cette Corinne ? L'affronter, d'accord, mais Loren n'avait pas de moyen de pression sur cette fille. Et comment avait-elle su, d'abord ? Elle les avait vues dehors ? Non, ça ne tenait pas. Mais si ce n'était pas dehors, c'était dedans. Mais où ? comment ? Cachée dans un placard ? Mais non, je les ai ouverts les placards, pour faire la valise de l'autre con. Sous le lit ? Non Juliette a vérifié, c'est là qu'elle a trouvé la boîte. Impossible. Le studio est si petit, on l'aurait vue...

– Je n'ai pas pris de lait, annonça le lieutenant Claude en entrant avec deux petits gobelets dans les mains.

Loren tressaillit et fit un bond sur sa chaise comme si l'immeuble d'en face sautait en raison d'une fuite de gaz.

– Je vous ai fait peur, pardon.

– Non, non, je… j'étais dans mes pensées. Merci, dit-elle en s'emparant d'un gobelet.

– J'ai eu mes collègues, ça ne donne pas grand-chose, les empreintes. Il y en a partout chez Juliette, mais personne n'est fiché, à part Franck.

– Ah bah, tant mieux, lâcha Loren en pensant aux siennes. Enfin je veux dire, ils avaient des gants… sûrement… les cambrioleurs…

– Sûrement, oui…

Loren but une gorgée de café, la main tremblante et évitant le regard du suspicieux lieutenant Claude.

– Il faut que je rende son portable à Juliette, annonça le flic. Je l'ai pris pour répondre au téléphone à ses amis. Je l'ai trouvé dans son petit sac de soirée. Vous savez ce que j'ai trouvé aussi ?

– Non ?

« Évite de claquer des dents, Loren, tu es ridicule », se sermonna-t-elle.

– Il y avait une enveloppe bourrée de billets.

– Ah…

– Je me dis que c'est ça qu'ils devaient chercher…

– Ah…

– Il y a un peu moins de huit mille euros…

– Ce n'est pas grand-chose… Enfin je veux dire, on ne tabasse pas les gens pour huit mille euros…

– Ma chère, si vous saviez le nombre de dossiers d'agressions que j'ai sur mon bureau où les gens se sont fait tuer pour beaucoup moins que ça…

– L'humanité me répugne, déclara Loren.

– Probablement l'argent du fiancé. Autant de liquide, c'est signé en général, c'est son petit business. Bizarre qu'il se soit enfui sans prendre son argent…

– Il n'a peut-être pas eu le temps…

– On ne peut pas disparaître sans argent.

– Je… ne sais pas, bafouilla Loren.

– C'est une pièce à conviction. Je vais être obligé de la prendre, cette enveloppe.

Loren tourna la tête et affronta enfin son regard.

– N'en faites rien, s'il vous plaît. Juliette ne travaille pas, elle cherche du boulot en ce moment. Elle n'a pas de revenus, ce fric lui revient.

– Si c'est l'argent provenant d'un trafic, je suis bien obligé de l'embarquer pour…

– Arrêtez ! Vous êtes obligé de rien du tout. Laissez-le-lui.

– Je n'ai pas de corps pour le disparu, donc je n'ai pas prévenu la Crim ; mais pour cet argent et pour l'agression, je vais être obligé de prévenir la brigade des stupéfiants. Il faut aussi que je prévienne mon supérieur pour…

– Et pourquoi pas le pape ! Cessez donc de vouloir prévenir tout le monde comme ça !

– Il faut bien retrouver les agresseurs. Les réseaux de ce

genre de petits trafiquants sont connus des stups. Les types doivent être des connaissances de ce Franck.

– Ça peut être n'importe qui…

– J'ai un disparu, une agression, dit Claude en se massant le front, comme si la liste n'allait pas tarder à s'allonger.

Loren le regarda en pensant : « J'ai un cadavre dans une valise, deux valises enterrées, une agression et un témoin corbeau, je te bats à l'aise, mon pote, et ce n'est pas mon boulot, moi ! »

– Vous savez, reprit-elle, je crois que son abruti de compagnon avait une autre femme et qu'il a organisé son départ à l'étranger. C'était un sale type de toute façon. Juliette était malheureuse.

– Peut-être, répondit Claude en regardant par la fenêtre.

Il émit un petit rire avant de poursuivre d'une voix douce :

– Pour la justice, les abrutis ne sont pas répertoriés comme tels. Un être humain, c'est un être humain. S'il ne fallait résoudre que les enquêtes qui concernent des gens formidables…

– Des gens qui manquent aux autres, au moins…

– Oui, eh bien ça ne marche pas comme ça. Les gens sont égaux en droits. Même si la victime était un…

– Un connard !

– Comme vous dites. Même si c'est le cas, justice doit lui être rendue.

– Je sais et heureusement. Pourquoi dites-vous que c'est une victime ? Il a juste foutu le camp et il a bien fait. Vous feriez mieux de chercher les enfants qui disparaissent, ça c'est atroce…

– Vous vous êtes rencontrées comment avec Juliette ?

– Oh, une histoire pas croyable ! Elle avait rendez-vous pour un entretien à la télé et moi je devais faire une émission littéraire. Ils ont inversé nos rôles ! C'était tordant. Qu'est-ce qu'on a ri !

– Je me suis rendu avec une collègue de la police judiciaire chez Juliette pour discuter, relever d'éventuels indices. En sortant de chez elle, ma collègue avait une théorie : elle pense que vous êtes tombées amoureuses l'une de l'autre et que vous vous êtes débarrassées du fiancé encombrant…

– N'importe quoi ! cria Loren.

Alors là, non ! Seule Juliette avait commis le forfait et c'était un accident. Maintenant si on lui collait le crime sur le dos, à elle aussi, et avec préméditation en plus, ça sentait le roussi et la perpétuité.

– C'est juste une impression, le sentiment de ma collègue. On n'a pas de preuves, pour l'instant…

– Non, non, vous n'y êtes pas du tout, reprit Loren. D'ailleurs, quand j'ai rencontré Juliette, son copain était déjà parti, je crois.

– Non. Vous vous êtes rencontrées sur cette chaîne de télé, un mardi. Vous vous êtes revues le samedi suivant. Vous aviez une signature dans une librairie et vous êtes parties faire la fête ensuite. Elle n'est pas rentrée de la nuit et plus personne n'a eu de nouvelles du fiancé, depuis le dimanche, le lendemain…

– Ah, peut-être... Pourquoi me posez-vous des questions si vous savez déjà ? C'est de la perversion !

– Je me suis renseigné à droite à gauche. Juliette n'a pas que vous comme amie.

– On n'est pas amoureuses, inspecteur...

– Lieutenant.

– Bref. On n'est pas ensemble. On a réuni nos solitudes. J'avoue qu'elle est venue deux ou trois fois dormir à la maison et... c'est drôle d'ailleurs, la dernière fois, elle a rêvé de vous...

Claude l'observa, incrédule.

– Je vous assure. C'est vrai. Vous n'avez pas senti qu'il se passait quelque chose entre vous ? Un feeling, des ondes érotiques ? Enfin, je ne devrais pas vous dire ça, mais comme nous nous laissions aller à quelques confidences...

Claude massa ses tempes de ses deux mains et prolongea le geste dans sa crinière. Il émit un petit rire en regardant ses chaussures. Il était affreusement gêné. Loren se félicita de l'avoir mis mal à l'aise. Chacun son tour...

Il sortit le portable de Juliette qu'il replaça dans le petit sac avec ses affaires.

– S'il sonne, vous décrochez ?

– Bien sûr, répondit Loren.

Le lieutenant Claude sortit ensuite l'enveloppe contenant les billets. Il regarda à l'intérieur une dernière fois et la remit dans le petit sac, elle aussi. Sans un regard aux filles, il quitta la chambre.

Loren se leva à nouveau en songeant que ce flic devait être un hyper-sensible, souvent démoralisé par la nature humaine. Elle s'approcha du lit pour caresser les cheveux de Juliette :

– Il faut que j'aie une conversation avec ta demi-sœur, Jules. C'est quoi le nom de famille de ton père ?

Le plan

Un : À quoi ressemble-t-elle ? C'est quoi le féminin de maître chanteur ?

Deux : Où habite-t-elle ?

Trois : Comment la coincer dans un coin sans témoins ?

« Elle a un parking ? Qui dit parking dit caméras partout... non, non... endroit isolé, surgir par surprise... heu... Pas évident, comme disent les cons. Réfléchis bon sang ! »

Loren rentra chez elle, ne sachant par où commencer.

Le lendemain, en appelant la clinique de Friedel, Loren eut la confirmation par la standardiste que la diététicienne en question s'appelait bien Brenner. Elle avait récupéré son nom de jeune fille. Divorcée, probablement. À l'aide des Pages Jaunes sur Internet, elle réussit à trouver son adresse, pas à Paris mais à Boulogne. En numéro masqué, Loren appela sur le téléphone fixe de chez elle. Sur le répondeur, une voix féminine l'informa qu'elle n'était pas là pour le moment mais que si on voulait, on pouvait aussi la joindre à la clinique et donnait le numéro que Loren connaissait déjà. Forte probabilité que ce soit la bonne personne. Elle ne mentionnait personne d'autre sur son répondeur. Elle devait vivre seule et une conversation chez elle pouvait être envisagée. Loren l'attendrait sur son palier. À quelle heure rentrait-elle du boulot ? Loren s'imagina assise par terre, en train de poireauter sans pouvoir fumer, des voisins qui, peut-être, allaient la voir et se demander ce qu'elle foutait là. L'image était déplaisante mais c'était la seule solution. Elle ne pouvait pas se rendre à la clinique. La découvrant devant sa porte, Corinne n'aurait d'autres choix que de la faire entrer. Elles auraient enfin la discussion, tant attendue : TU VEUX QUOI, AU JUSTE ?

Mardi

Casquette sur la tête, mini-sac à dos, petit pull bleu ciel, jean délavé et baskets bleu clair aussi (assorties au pull), Loren sortit du métro Marcel-Sembat en grimpant les marches quatre à quatre. Une fois dehors, elle tira de sa poche un papier et déplia le plan qu'elle avait imprimé sur Google Map. La rue n'était pas très loin, Loren s'y rendit au pas de course et, quelques minutes plus tard, s'arrêta devant un bel immeuble moderne. Elle n'avait pas le code. Il fallait attendre que quelqu'un sorte. Loren alluma une cigarette et passa quelques coups de fil à des amis tout en surveillant la porte d'entrée. Elle avait laissé des messages d'amitié à la moitié de son agenda téléphonique quand enfin la porte s'ouvrit. Une dame en sortit et, sans être vue, Loren glissa son pied avant que la lourde porte ne se referme. D'après sa boîte aux lettres, le corbeau habitait au sixième étage à droite. Loren prit les escaliers qu'elle monta aussi rapidement que discrètement. Arrivée devant la porte, essoufflée et suante, elle appuya sur la sonnette, entendit un petit carillon londonien puis le silence. Comme elle s'en doutait, la fameuse Corinne n'était pas chez elle. Loren glissa le long du mur, s'assit par terre et prit son mal en patience. Elle resta quelques minutes à imaginer son entrevue avec cette femme. Elle tenta de se la représenter physiquement. Qu'allait-elle lui dire ? « Ce n'est pas joli-joli vos petits mots, mais le but a été atteint, on a eu une trouille bleue. On arrête maintenant ? On repart sur de bonnes bases ? Juliette ne demandera rien. Vous ne direz rien ? Jamais ? Promis ? » Tu parles ! Comment vivre avec une telle épée de Damoclès toute sa vie ? Il y a de quoi crever d'hypertension avant quarante ans avec ce doute permanent. « À cause d'elle, on ne sera plus jamais libres », songea Loren. Son pied jouait nerveusement avec le paillasson sur lequel était écrit : BIENVENUE. Elle sentit une petite bosse sous sa basket. Elle appuya dessus de ses doigts de pieds. Il y avait un truc sous le paillasson. Elle se redressa et souleva un coin. Une clé. Loren fut stupéfaite. Un paillasson avec BIENVENUE dessus et la clé en dessous ! Elle n'était pas paranoïaque, celle-là ! Jamais Loren n'aurait laissé sa clé là. Elle avait déjà vu des copines le faire. En général, c'étaient des filles un peu masculines qui ne voulaient pas s'embarrasser d'un sac à main. Loren prit un Kleenex dans son petit sac à dos et saisit la clé avec. Elle se leva et enfonça doucement l'objet dans la serrure, la respiration gênée par une nouvelle envolée de palpitations cardiaques. Un délit de plus. Dire qu'elle n'en avait jamais commis avant ! Elle les enchaînait depuis qu'elle avait rencontré Juliette. Autant l'attendre chez elle, pensa-t-elle. Ce sera mieux que sur le palier, plus discret. La porte se déverrouilla d'un coup, en douceur, Loren replaça la clé sous le paillasson, remis le petit tapis bien droit et entra chez Corinne. C'était un appartement moderne et très lumineux grâce aux grandes baies vitrées qui accueillaient le soleil. Loren s'avança à pas de loup. Parquet refait à neuf, murs blancs, canapés blancs, grandes étagères et des tonnes de bibelots dessus. Loren poursuivit sa visite et regarda les photos. Un visage revenait souvent. Une petite brune, coupe en brosse, la mine renfrognée. Elle ne devait pas aimer les photos et c'était réciproque. On la voyait sur un bateau, en soirée, souvent entourée de deux jeunes hommes avec qui elle avait un air de famille.

« C'est donc toi, pensa Loren, quel boudin ! J'en étais sûre ! » Elle continua son étude des lieux et des photos. Un vieux couple très enlacé attira son attention. Probablement les parents. Sur la photo, on avait du mal à imaginer que le vieux monsieur souriant, le papa collé-serré contre son épouse, n'était qu'un fieffé Dom Juan à la double vie. Loren commençait à s'habituer doucement aux lieux. Elle allait et venait un peu plus vite, toujours à l'écoute du moindre bruit. Après avoir inspecté chaque pièce, et ce fut vite fait, elle revint vers la grande table du salon, devant les baies vitrées. Sur cette table, étaient éparpillées des feuilles qui attirèrent son attention. Des brouillons. Corinne avait, semblait-il, tenté d'écrire à quelqu'un. Vu le nombre de gribouillis et de ratures qui parsemaient les lettres, on sentait que cela avait été une épreuve. « Dès que ça dépasse une phrase, elle a beaucoup de mal... », songea Loren. Elle se pencha pour les décrypter et les bougea doucement, toujours à l'aide de son mouchoir.

Cher Michel,

Je t'aime. Je t'aime. Je t'aime. Je t'aime. Je t'aime. Je t'aime...........

Toute la feuille en était recouverte avec une rature en zigzag en plein milieu.

Loren la repoussa sur le côté. La deuxième :

Mon amour,

Après ces trois belles années passées ensemble, nos tendres moments de complicité (rappelle-toi notre fou rire quand on a cru que madame Chevalier avait pété ta balance), je me vois aujourd'hui dans l'obligation de m'éloigner de toi. Je ne peux plus vivre, Michel, en réalité j'ai du mal à respirer dès que tu es près de moi. Ma souffrance est intolérable et ne fait qu'empirer chaque jour un peu plus. Te voir, au début, était un enchantement, ma raison d'aller au boulot avec le sourire. Aujourd'hui, c'est une douleur. J'ai renoncé Michel. Tu ne m'aimeras jamais autant que je t'aime. En fait, tu ne m'aimeras jamais tout court...

Ratures. Rayures et gribouillis d'énervement.

La troisième :

Salut Trouduc,

J'ai emprunté ta décapotable bling-bling de sale frimeur de merde et je te la rends dans le même état que tu as laissé mon cœur.

Adieu,

Grosses ratures noires.

Quatrième :

Mon seul, mon unique et grand amour,

Je laisse tout, mon Mimi chéri. Je pars juste avec mes barbituriques et mon whisky. Ne t'inquiète pas mon aimé, ce sera doux…

Gros gribouillages et taches noires.

Cinquième :

Cher docteur Friedel,

Suite à notre entretien, je vous renouvelle ma demande de démission. Je suis bien obligée de l'écrire et de me répéter vu que vous n'en avez rien à foutre de ce que je raconte… On ne sait jamais, peut-être qu'un jupon est passé au moment où je vous parlais et là, connaissant l'immonde queutard que vous êtes, il faut mieux être prudente et bien claire…

Rayures appuyées de toutes parts.

Sixième :

Mon ange,

C'est vrai, tu ne t'es jamais rendu compte de rien pendant toutes ces années alors je dois te l'avouer aujourd'hui : un jour,

Je n'irai pas chez le psy pour ce con !

tu m'as dit que je transpirais beaucoup. Mais sais-tu pourquoi je sue comme ça, Michel, dès que tu es près de moi ?

Ratures et dessin d'un petit train.
Septième :

Michel,
Tu crois que je n'ai pas vu ton cirque lors de ta soirée ? Tu crois que personne ne t'a vu quand tu es sorti rouler des pelles à l'autre pute ? Tout le monde t'a vu sautiller comme un cabri pour aller la retrouver. Ton petit manège n'a échappé à personne, Michel ! Cette pouffiasse t'a emballé plus vite que mon boucher emballe un tournedos. Tu ne sais même pas qui c'est, espèce de con. Tu ne sais pas dans quoi tu es allé mettre ta bite ! Moi, je la connais figure-toi. C'est une copine de ma nouvelle demi-sœur et tu veux que je te dise, Michel, ce sont des criminelles toutes les deux, en plus d'être des demi-gouines, mais ça, porc comme tu es, ça doit t'exciter… Je les ai vues à l'œuvre, Michel, et je compte bien les balancer aux flics dès jeudi à ma pause-déjeuner. J'ai bien réfléchi et c'est la seule chose à faire. Je leur raconterai tout ce que je sais dans les moindres détails. Bon débarras. Elles pourront se brouter à loisir dans le quartier des femmes de Fleury ! Tu peux me remercier, Michel. J'ai bien l'intention de débarrasser la société de ces deux saloperies. À mon avis, ce n'est pas elle qui écrit ses bouquins, elle est bien trop con…

Ratures. Rayures. Gribouillages avec trous. Tête de mort dessinée.

Loren se redressa pour reprendre son souffle qui s'était arrêté et contenir son estomac qui s'était retourné. Ainsi, elle avait l'intention de tout raconter aux flics ? Dès jeudi ? On était quel jour ? Mardi. Oh, pitié ! Les palpitations redoublèrent tandis qu'elle relisait les insultes et les mots haineux de Corinne. Elle ne parvenait pas à y croire. Les prisons françaises ayant la réputation d'être aussi accueillantes que celles du Bangladesh, Loren ne pouvait pas supporter l'idée qu'on l'enferme dans un de ces taudis surpeuplés. C'était au-dessus de ses forces. Rien que d'entendre le mot « surpopulation », elle avait de l'eczéma, du psoriasis et de l'herpès en même temps. Non, ce n'était pas possible ! Il fallait l'en empêcher absolument. C'était le fait d'avoir séduit son Michel qui lui avait fait prendre cette décision ? « Si j'avais su ! Oh puis non. C'est bien fait pour sa gueule ! »

Mon Dieu, que faire ? Il fallait passer à l'étape au-dessus de la simple tractation. Faire pression. Tu me tiens, je te tiens. Oui, mais avec quoi ? Elle avait beaucoup plus de matière de son côté. Loren fit les cent pas devant la table, sa respiration saccadée et angoissée perçait le silence de l'appartement. Avec quoi ? Comment négocier maintenant ? Que faire ? Loren se dirigea vers la cuisine américaine. Elle observa les beaux couteaux bien aiguisés et bien rangés. « Je ne peux pas faire ça ! pensa-t-elle, ce n'est pas moi, ça ! »

Une autre voix lui parvint. Elle disait : « Désolée, mais elle ne te laisse plus le choix, maintenant. Pense au quartier des femmes de Fleury – Oui, eh bien, t'augmentes tes chances d'y aller si tu fais ça ! » répondait une autre voix, celle de la raison.

Réfléchis, Loren.

Sur la table de travail de la cuisine, Loren lut sans comprendre un papier qui traînait à côté de la machine à espressos. Elle lut une deuxième fois : CERTIFICAT DE CAPACITÉ POUR L'ENTRETIEN D'ANIMAUX D'ESPÈCES NON DOMESTIQUES.

Que signifiait ce charabia ?

Loren le relut en détachant chaque mot.

« C'est quoi une espèce non domestique ? Pourquoi avoir un certificat pour cela ? Il y a une espèce non domestique, ici ? »

Elle se retourna brutalement. Les palpitations redoublaient, décidément, elle était shootée à l'adrénaline, ces derniers temps. S'il y avait un animal d'une espèce non domestique ici, il était, de toute évidence, infiniment discret et moins efficace qu'un caniche nain en ce qui concernait les effractions. Loren avança doucement dans la salle de séjour en examinant le parquet, le tapis sous la table basse. Elle se pencha derrière une commode, derrière les fauteuils. Elle regarda aussi au dos du meuble de la télévision. Elle ne savait pas du tout à quoi s'attendre. Un cobra royal enroulé quelque part ? Elle ouvrit la porte de la salle de bains. Calme. Aucun alligator n'en sortit. « Après tout, ça peut très bien être une tortue, une grenouille peut-être ? Calme tes nerfs, Loren. Oui, un certificat pour une tortue, ce serait un peu… Ah non ! Oh putain !! elle est énorme !!! »

En se redressant, elle était tombée nez à nez avec le

vivarium sur une étagère. Face à elle, à la hauteur de son visage, les paires d'yeux noirs l'épiaient depuis un bon moment. Loren fit trois pas en arrière. « Faut que je m'habitue, faut que je m'habitue et ça va passer… ça va passer ! Elle ne me voit pas de toute façon. Non, ça ne passe pas ! Ah la vache… »

Loren sentit tous les poils de son corps se dresser un par un. La mygale ne bougeait pas. Impassible dans son vivarium, sur son monticule de terre, un cadavre de grillon à côté, elle restait immobile. Loren vit qu'on lui avait joliment décoré son petit intérieur. Quelques fleurs dans les coins, une motte d'herbe, une cachette en liège, une pierre lisse, genre galet, agrémentaient son espace vital. Une blatte noire marcha sur une de ses longues pattes velues. Son goûter, probablement. Mais l'araignée ne semblait pas vouloir dévorer la blatte. Elles semblaient cohabiter toutes les deux. Elles avaient sympathisé.

« Mais qu'est-ce que c'est que cette bonne femme ? Adepte des lettres anonymes et des mygales ? Qui était cette malade qui leur avait déclaré la guerre ? Amoureuse depuis des années de son Michel qui ne l'a jamais calculée. Il n'était pourtant pas dur à lever son type ! Il est inutile qu'on se parle. Surtout maintenant qu'elle a pris la décision de tout raconter. Aucune discussion ne résoudra quoi que ce soit. On ne s'entendra jamais, c'est certain. Il faut se défendre maintenant. Attaquer pour se protéger. À l'assaut Loren, l'heure de la riposte a sonné ! »

Et ce n'est pas un grand couteau que Loren alla chercher dans la cuisine mais une grande louche.

Corinne Brenner entra chez elle en consultant les nouvelles factures qu'elle venait de sortir de sa boîte aux lettres. Elle les balança avec sa clé sur le petit meuble de l'entrée et jeta son blouson sur un des fauteuils. Elle se dirigea vers sa cuisine, ouvrit le frigo et attrapa une bouteille de Coca Light qu'elle but au goulot. Sur le bar de sa cuisine, elle avisa son répondeur qui clignotait. Elle avait un nouveau message. Corinne appuya sur LECTURE. La voix de son frère résonna dans l'appartement :

« Coco, c'est Henry. J'ai essayé de t'appeler sur ton portable, il était éteint. Tu dois être en consulte. Je voulais te demander : t'en es où de tes recherches avec Mazarine ? Tu m'as dit que tu voulais la voir, alors c'en est où, cette affaire ? J'ai eu le notaire au téléphone, il vient déjeuner samedi chez nous en Normandie. J'y suis déjà, on a passé la journée avec papa. Son état est stable, selon les médecins, mais il commence à perdre la boule. Il m'a demandé cet après-midi comment ça allait, mon service militaire. Tu vois le genre ? S'il passe l'arme à gauche, il faut absolument qu'on trouve un arrangement avec cette fille parce que je n'ai aucune envie qu'elle nous en mette pour des siècles de procédure. Elle doit nous haïr, non ? Je t'embrasse, rappelle-moi. »

– T'inquiète pas chéri, elle aura que dalle ! répondit tout haut Corinne en s'étirant. Que dalle de chez peau de balle. Une petite cellule à partager à Fleury, c'est tout ce qu'elle va gagner dans cette histoire. *Idem* pour l'autre pute.

Elle ôta son pull qu'elle porta à son nez avant de le poser sur le dossier d'une des chaises entourant la grande table. À aucun moment, elle ne s'aperçut que les brouillons de ses lettres avaient disparu. Elle s'empara de la télécommande sous sa table basse et alluma la télé. En sortant de sa salle de séjour et sans y prêter attention, elle tapota d'un doigt le vivarium. Elle ne s'aperçut pas non plus que sa mygale n'était plus dans son petit endroit de vie.

– Il faut que maman change ton eau, Abigaïl, chérie.

Et elle se dirigea vers la salle de bains.

Elle ouvrit les robinets de la baignoire, versa du bain moussant et finit de se déshabiller. Elle trouva son corps dénué de tout charme devant le grand miroir.

Elle enjamba le rebord de la baignoire, bizarrement persuadée qu'elle n'aurait jamais d'enfants. Étendue dans la mousse, elle songea qu'une fois sa déposition chez les flics terminée, elle dénoncerait aussi l'acte infidèle du docteur à sa femme. Une petite lettre anonyme serait pas mal. Elle y avait pris goût.

« Ça va être la semaine de la balance, songea-t-elle. À mon tour de m'amuser un peu, de voir la vie des autres partir en rondelles de saucisse. Il n'y a pas de raison que ce soit toujours la mienne qui soit naze… »

Elle s'allongea entièrement et plongea sa tête dans l'eau.

Elle sortit de la salle de bains quinze minutes plus tard, entra dans la chambre en finissant de se sécher à l'aide d'une serviette qu'elle jeta sur son lit. Elle ouvrit le tiroir de la table de nuit et s'empara d'une crème spéciale jambes lourdes qu'elle commença à étaler sur ses mollets pour remonter aux cuisses, devant le miroir de la penderie. Elle attrapa tee-shirt et bas de pyjama sous son oreiller qu'elle enfila. Elle jeta un œil au thermomètre intérieur pour voir si elle avait besoin de chaussettes et décida que non. Sagement posées au pied du lit, ses petites charentaises bleues attendaient. Corinne enfila son chausson gauche puis entra le pied dans le droit. La douleur fut immédiate et fulgurante. Elle ôta brutalement son pied en hurlant et trébucha en arrière. Son dos heurta le mur. Le venin neurotoxique entamait son ascension dans l'organisme et engourdissait son pied. Elle ne comprenait pas ce qu'il se passait. Dans son esprit, il était plus concevable qu'un nid de frelons se soit installé provisoirement dans son chausson plutôt qu'une main, plus venimeuse encore que sa mygale, n'ait déménagé cette dernière dans le but d'attendre l'accident. Elle essaya de ne pas paniquer, mais elle avait de plus en plus de mal à respirer. Il fallait appeler le 15 ou le 18, très vite. Son portable était dans son blouson dans le salon mais il y avait un téléphone fixe dans la chambre, sur l'étagère. Elle s'y dirigea à cloche-pied, suffoquant. Sa main chercha le téléphone, mais seul le socle était encore là. Le sans-fil avait disparu. Elle nettoya sa bibliothèque d'une main affolée. Elle vira cadres, boîte à musique, chandeliers et tous les livres. Alors qu'elle s'appuyait sur l'étagère pour maintenir son équilibre, celle-ci se dressa d'un coup et heurta la planche du dessus. Le vase Lalique au milieu vacilla et la deuxième étagère s'effondra à son tour avec tout son contenu. Le vase en cristal s'abattit sur la tempe de Corinne qui s'écroula au sol, inconsciente.

Loren attendit que tout ce boucan de panique s'apaise. Les bruits affolés se turent. Elle sortit doucement du placard dans lequel elle s'était cachée et avisa le corps inanimé de son ennemie au milieu du fatras de sa bibliothèque. Ce foutoir ne faisait pas partie de son plan. La mygale devait mordre Corinne et Loren devait débarquer avec le téléphone. Le deal était clair : je te le donne pour appeler les secours et tu renonces à aller chez les flics jeudi. Tu ne nous connais pas. Ni moi ni Juliette. Tu ne nous a jamais vues, sinon pas de secours. Rien ne disait que Corinne tiendrait parole, une fois rétablie, mais c'était le seul moyen de pression que Loren avait trouvé. Elle n'avait pas imaginé que dans sa panique Corinne s'effondrerait. Le vase s'était cassé et un bout aiguisé d'Art nouveau perçait la tempe de son ennemie. Du sang s'écoulait de ses cheveux. Loren avança, pétrifiée, dans la main, entouré d'un mouchoir, l'objet que Corinne avait cherché avec tant d'insistance. Elle contourna l'inconsciente, marcha sur la pointe des pieds jusqu'à la salle de bains et déposa le téléphone à côté du lavabo, évitant de se regarder dans le grand miroir. Elle revint sur ses pas. Heureusement que Corinne avait les yeux fermés car Loren n'aurait pu soutenir son regard. La mygale était sortie de son chausson et crapahutait sur le parquet. Loren resta tétanisée d'horreur, quand la mygale grimpa sur le bras de Corinne et s'arrêta. Loren les laissa là, toutes les deux, et sortit de la chambre plus shootée à l'adrénaline que jamais. Elle tenta de reprendre ses esprits. Elle avait les brouillons des lettres, surtout la dernière qui parlait d'elle. Corinne n'avait pas d'ordinateur chez elle, néanmoins Loren voulait vérifier son téléphone portable pour voir si cette folle ne les avait pas prises en photo. Si elle avait fabriqué les lettres anonymes avec un ordinateur de la clinique, Loren supposa et pria pour qu'elle n'en ait pas laissé de traces. Elle finit par trouver le blouson et l'iPhone qu'elle extirpa de la poche interne, toujours munie de son Kleenex. Elle parcourut les images mais il n'y avait pas de photos d'elle, ni de Juliette. Il y en avait beaucoup de Michel et de la mygale. Néanmoins, elle trouva l'adresse de Juliette et l'effaça. Elle trouva aussi l'adresse et le téléphone de son éditeur. Loren frissonna et les supprima à leur tour. Après avoir tout vérifié et retrouvé un rythme cardiaque normal, elle replaça le portable dans le blouson et sortit de l'appartement comme elle y était entrée, à pas de loup.

Une fois chez elle, Loren dut lutter à son tour contre une belle crise de panique. « J'ai laissé cette fille par terre, à l'agonie, avec son doigt de pied tout bleu et sa tête ensanglantée. Si elle n'était pas morte sur le coup, elle devait agoniser… Et moi je l'ai laissée… Oh le magnifique “non-assistance à personne en danger” que je viens d'ajouter à ma liste de délits ! Il est énorme celui-là ! Après “atteinte à l'intégrité d'un cadavre”, “dissimulation de pièces à conviction”, “soustraction de preuves” et “effraction”, j'espère que les peines ne vont pas s'additionner et que le juge me fera un forfait ! Mais non, Loren. Non, non ne t'inquiète pas ! Elle a dû être tuée sur le coup et uniquement à cause de son vase de deux tonnes qu'elle s'est pris sur le coin de la gueule. Tu n'y peux rien. Elle a bazardé ses étagères, toute seule ! Elles ne devaient pas être installées correctement. C'est ça de vivre seule sans un mari bricoleur à la maison ! Ce n'est absolument pas ta faute, non. Pas ta faute. C'est un accident domestique. Il y en a des milliers par an. Accident domestique à cause d'un animal d'une espèce non domestique… »

Après avoir fait les cents pas, Loren sortit les brouillons de lettres pathétiques de son sac à dos et les brûla une par une au-dessus de son évier. Elle espéra qu'elle n'en avait mis aucune au propre pour l'envoyer à Michel. Et, surtout, pourvu qu'elle n'ait pas choisi d'envoyer la dernière !

Elle se dirigea vers sa salle de bains, ça continuait de la gratter sauvagement et ses yeux pleuraient. Quand elle avait ouvert le terrarium pour prendre l'araignée, la mygale lui avait envoyé un nuage de poils urticants dans le visage et le cou. Son décolleté était recouvert de petits boutons comme si elle était tombée dans les orties. Avec un coton, elle se passa de la lotion apaisante, mais s'inquiétait de ses yeux et de son nez qui coulaient comme si elle avait attrapé une espèce de conjonctivite.

La morsure de mygale n'est pas mortelle, en général, néanmoins elle nécessite une hospitalisation d'urgence. Un passage indispensable dans un centre antipoison. Oui, mais si on n'est pas hospitalisé parce qu'on est assommé, dans les vapes et que le temps passe et passe et passe… Qu'est-ce qui arrive ?

« Personne ne m'a vue. Personne ne sait que je me suis rendue chez elle. Pas même Juliette, elle aussi dans le coaltar. J'irai la voir demain… Faut que je dorme un peu. Je n'en peux plus… »

Je n'irai pas chez le psy pour ce con !

LA BANDE-ANNONCE DE SA VIE : « Vous avez aimé *Basic Instinct* ? L'histoire de cette écrivaine, un peu perverse, autour de laquelle tout le monde décède brutalement ? Vous allez adorer les aventures de Loren et de sa nouvelle copine. Elles ont beau affirmer que ce sont des accidents et qu'elles n'y sont pour rien, il faut dire ce qui est : si elles ne s'étaient pas trouvées dans les parages, les gens seraient encore vivants !

P-S : Si vous avez aimé *Arachnophobia*, vous pouvez rester. Sensations fortes garanties. »

Loren avait réussi à fermer les yeux, tandis que l'aube se levait, pour se réveiller quatre heures plus tard, à peine. Rongée de remords, elle se leva et se dirigea comme un zombie vers sa cuisine pour un café italien bien serré. Pour la millième fois depuis la veille, elle se demanda si Corinne était morte. Elle alluma son ordinateur et tenta une nouvelle percée dans l'écriture, mais l'écran blanc ne lui envoyait que l'image d'une jeune femme en pyjama allongée par terre avec du sang plein les cheveux et une araignée géante qui lui cavalait sur le bras.

À onze heures, elle appela Michel Friedel, son rayon de soleil masculin.

– J'allais t'appeler, dit-il en décrochant.

– Tu vas bien ? demanda Loren de sa voix enrhumée.

– Pas mal, pas mal, répondit-il enjoué. Et toi ?

Au son de sa voix, Loren conclut qu'il n'avait pas reçu de lettre d'amour stupide d'une collaboratrice désespérée, ni de lettre l'informant de ses actes, à elle et Juliette…

– Oh, ça peut aller…
– Tu as l'air enrhumé…
– Oui, je dois faire une allergie à un truc…
– Le pollen probablement. C'est la saison…

Côté ouest de Paris, le pollen étant plus fréquent que le jet de poils de mygale, Loren acquiesça :

– Oui, ça doit être ça…
– Tu veux déjeuner ?
– Je préfère demain, si ça ne t'ennuie pas. Je ne veux pas que tu me voies avec le nez et les yeux qui coulent, dit-elle en grattant ses plaques rouges dans l'encolure de son tee-shirt.
– Comme tu veux. Ah, au fait, je n'ai pas eu le temps de m'occuper de la liste des invités de ma soirée. En plus, Corinne n'est pas là aujourd'hui et elle n'a même pas prévenu…
– Laisse tomber la liste, ça n'a plus d'importance, dit Loren d'une voix blanche.
– T'as trouvé la personne qui t'embêtait…
– Oui, ce n'était rien. Juste une mauvaise blague, mais c'est réglé maintenant. Aucune importance…
– Quelle que soit la personne qui t'a invitée, moi je la remercie. On ne se serait pas revus sinon. Et on a passé une soirée formidable…
– C'était génial, exagéra un peu Loren.
– Bon si je ne te vois pas, je vais peut-être aller faire un golf, moi…

« Il est bien dans ses baskets, lui, avec son boulot, sa clinique, sa femme et la horde de connes amoureuses de lui », songea Loren.

– Va faire un golf, approuva-t-elle.

– Je vais peut-être faire ça. Remarque, on a pas mal de boulot, ce matin et avec l'autre qui n'est pas là, ce n'est pas très sérieux.

– Elle est… peut-être… malade, bafouilla Loren, très mal à l'aise.

– Oui mais elle n'a pas prévenu et on n'arrive pas à la joindre. Elle ne décroche pas et je peux te dire que ça ne lui ressemble pas. C'est moi qui me suis occupé d'une de ses patientes, ce matin et… Oh, faut que je te raconte. Je rentre dans la chambre de la bonne femme tout à l'heure et il y avait un type, genre maître nageur, trente-cinq ans, qui sortait à ce moment-là. Je lui dis : « C'est votre fils, madame Chevalier ? Il est beau garçon… » et elle me répond : « Non, c'est mon FA. » Tu sais ce que c'est ?

– Non, avoua Loren.

– FA, ce sont les *Fat Admirors*. Les types qui n'aiment que les grosses, mais les vraiment très grosses. C'est un mouvement sur Internet, si tu veux, va voir. Ils ne fantasment que sur les obèses et s'échangent les photos et tout…

– L'humanité me répugne, dit Loren.

Une de ses phrases favorites.

– C'est dingue, hein ? Enfin, je peux te dire que quand tu es médecin, tu penses avoir tout vu…

Il s'arrêta, Loren entendit qu'on lui parlait, elle distinguait des voix étouffées.

– Loren, il faut que je te laisse, il y a mon anorexique qui cherche encore des noises à l'infirmière. La pauvre lui donne sa soupe aux poireaux à la cuillère et l'autre s'amuse à tout recracher. On se voit demain ?

– D'accord, dit Loren.

Elle raccrocha et se prépara pour aller à l'hôpital rendre une petite visite à Juliette.

À la brasserie où travaillait Franck, le patron fut outré de voir débarquer deux agents de la brigade des stupéfiants. L'Auvergnat devint tout rougeaud de colère et mugit aux agents que ses serveurs n'étaient pas des dealers et qu'il ne pouvait pas y avoir de drogues dans un établissement dont la spécialité était le petit salé aux lentilles ! Les agents laissèrent le patron en paix mais en interrogeant Georges, le collègue de Franck, sans amabilité aucune, ils finirent par apprendre que deux loustics passaient très régulièrement au restaurant et qu'ils approvisionnaient Franck en « steaks ». Le steak représente cinquante ou cent grammes de résine de cannabis et Franck devait reverser une partie des bénéfices aux fournisseurs. Dernièrement, les deux lascars étaient revenus car Franck ne donnait plus signe de vie et il n'avait pas reversé sa contribution au boss du réseau. Les deux lascars avaient harcelé Georges pour qu'il leur donne l'adresse de Franck. Malmené et menacé par les deux voyous, il avait été contraint de leur obéir. Le collègue devint blême en apprenant que les deux gars s'en étaient pris à sa compagne. Il accepta de suivre les flics pour faire une déposition et une reconnaissance sur photos si les agents se montraient discrets et ne parlaient pas du petit trafic à l'Auvergnat.

Elle allait mieux, Juliette, se remettait doucement. Son œil s'était rouvert, les bleus devenaient verdâtres.

– Ils peuvent ouvrir toutes les enquêtes qu'ils veulent, chuchota Juliette à Loren, de toute façon, ils n'ont rien et ne trouveront rien. C'est vrai, tant qu'il n'y a pas de corps, que veux-tu faire ?

Loren songea que tout ça allait mal finir. Elle ne mentionna pas pour l'instant l'accident de la demi-sœur. Elle attendait des nouvelles… définitives pour en parler. Annoncer enfin une bonne nouvelle.

Michel Friedel, plus jovial que jamais, vint chercher Loren en voiture et l'emmena déjeuner dans un restaurant gastronomique. Avant même l'arrivée des plats, ils eurent droit à un nombre incalculable de mises en bouche assez raffinées. Loren, à présent, avait envie de rire, de profiter de chaque instant avec le maximum de passion. Sait-on jamais ? Peut-être qu'une horde de flics allait rentrer, se jeter sur elle et lui passer les menottes devant tout le monde en disant : « Loren Abysse, je vous arrête pour le meurtre de Corinne Brenner. Parfaitement. Le coup de la mygale dans la charentaise, il n'y a que vous pour faire ça ! »

Lorsque la sole grillée arriva enfin, Loren libéra son imagination de toute image morbide et engagea la conversation sur l'amour, les coups de foudre en envoyant un maximum de messages à Friedel. Il eut l'air de les recevoir cinq sur cinq, tandis qu'on lui décortiquait son homard. À la fin du repas, ils expédièrent les cafés rapidement pour pouvoir aller fumer et s'embrasser sur le trottoir. Au dernier moment, ils décidèrent de prendre un autre café chez Loren, lequel fut assez vite oublié, car Loren atterrit directement sur son lit, à peine la porte de l'appartement fermée, et ne passa même pas par la case cuisine.

Loren caressait son dos depuis un petit moment en silence quand le portable du médecin se manifesta dans sa veste au milieu des autres vêtements éparpillés à terre. À contrecœur, il se redressa : « Quelle heure il est ? » marmonna-t-il en cherchant son téléphone.

Il décrocha et Loren se tourna sur le côté. Elle entendit Michel rugir un : « Quoi ? » dans son portable et se lever. Il cria des pronoms indéfinis, des quoi, des comment et des où. Et puis des : « Ce n'est pas possible ! » et des : « Mais c'est épouvantable ! » Loren ferma les yeux.

Michel revint dans la chambre, pâle et horrifié :

– Tu devineras jamais, dit-il en récupérant ses fringues. Tu sais ma collaboratrice à la clinique, celle dont je t'ai parlé, Corinne : elle est morte !

Loren rouvrit les yeux et se tourna brutalement :

– Ce n'est pas vrai !

– Un cauchemar, une horreur. Elle s'est tuée chez elle. À midi, n'ayant pas de nouvelles, j'ai envoyé Amanda, une fille de l'équipe diète qui bosse avec elle. On était inquiets parce qu'elle semblait déprimée ces derniers temps. L'histoire avec son père, tout ça. Bref, Amanda s'est pointée chez elle. Comme Corinne n'ouvrait pas, qu'elle ne décrochait pas le téléphone, Amanda a appelé les pompiers. Les types ont ouvert la porte et l'ont retrouvée inanimée dans sa chambre. Tu sais quoi ?

– Non…

– Elle avait une mygale, cette folle ! Apparemment sa bestiole l'aurait piquée, c'est dingue, non ?

– Hallucinant, déclara Loren.

– Faut que j'y aille, le chef des pompiers m'attend. Ils sont encore sur place… Mais quelle horreur ! s'exclama encore Michel en enfilant son pantalon.

Loren passa un tee-shirt et raccompagna son amant affolé à la porte. Il promit de l'appeler très vite. Loren ferma la porte et se laissa glisser le long du mur. Elle resta assise par terre les genoux dans les bras de longues heures sans pouvoir bouger. Elle avait la sensation que l'âme de Corinne était chez elle et la regardait.

11

Sur le fil du rasoir

Elle avait de nouveaux bandages, Juliette, elle était moins momifiée. Attablée dans son lit d'hôpital, devant son déjeuner, elle ôta le couvercle d'une petite compote de pommes en plaisantant avec l'infirmière. Juliette se plaignait de dormir trop, plus de quinze heures par nuit. L'infirmière rétorquait qu'elle l'enviait beaucoup. Si les gens voyaient ses horaires ! Devant le lit, droite sur sa chaise, Loren assistait à leur échange sans mot dire. L'infirmière les laissa, après avoir bien chouchouté sa petite Juliette.

– Tu fais une de ces têtes, dit la grande blessée en avalant une cuillerée de compote.

– Mon âme d'être humain civilisé s'autoflagelle, répondit Loren, lugubre.

– T'as rien de plus marrant à raconter ?

– Non. Ton flic n'est pas avec toi ?

– Si. Il doit être dans les parages.

Loren attendait un peu pour lui révéler que sa demi-sœur ne les menacerait plus jamais. Elle attendait la conclusion du dramatique incident, mais Michel n'avait pas encore rappelé. Elle avait un besoin vital de savoir quel avait été le verdict des pompiers et de la police. N'y tenant plus, Loren s'excusa auprès de Juliette et fouilla dans son sac à la recherche de son téléphone. Nerveuse et angoissée, elle appela Michel. D'un ton qu'elle s'efforça de rendre désinvolte, elle lui demanda des nouvelles de sa journée. Michel ne se fit pas prier pour raconter son passage chez « cette pauvre Corinne qui décidément n'avait pas de bol ».

Il était arrivé dans un appartement envahi de pompiers et le corps de Corinne était sur une civière, prêt à être embarqué. Une autopsie allait avoir lieu car les causes du décès n'étaient pas très claires.

« À première vue, le chef des pompiers pense que la mygale lui a envoyé une sacrée bonne dose de venin neurotoxique dans l'orteil du pied droit, la bête s'était réfugiée dans son chausson, imagine-toi ! Mais en plus, à la suite de ça, elle s'est cassé la figure dans sa bibliothèque. La pauvre a dû paniquer et renverser les étagères et, figure-toi que sur celle du haut, il y avait un sublime vase Art nouveau qui lui est tombé dessus. Quand tu sais que c'était un cadeau de mariage qu'elle avait absolument voulu récupérer au moment de son divorce. Non mais vraiment, pas de bol ! Bref, avec du venin dans le pied et une fracture du crâne, elle est tombée dans le coma. Quand les pompiers sont arrivés, ils ont tout tenté pour la réanimer, mais son cœur n'est pas reparti. Ils pensent qu'il s'était arrêté depuis un bout de temps. La mygale était sous le lit. C'est un pompier qui l'a trouvée. Le gars s'est agenouillé, il s'est penché pour regarder sous le lit et il est tombé nez à nez avec le monstre. Elle était énorme Loren, si tu l'avais vue ! Je ne te raconte pas le bordel pour la rattraper et la remettre dans son espèce de bocal ! Je ne savais même pas que Corinne avait ça chez elle. Elle n'en avait jamais parlé, il faut dire qu'elle débloquait ces derniers temps. Les pompiers vont donner la mygale à un vétérinaire, s'il la met dans sa salle d'attente, il risque d'avoir un franc succès. Quand ton chien te mord, il est piqué automatiquement, mais ce genre de bestiole a droit à un sursis, apparemment. Ce qui étonne le chef des pompiers, c'est que Corinne s'occupait très bien du monstre. La mygale était en parfaite santé. Alors les pompiers ne comprennent pas pourquoi elle l'a laissée vadrouiller dans son appartement. Les éleveurs de NAC ne font jamais ça. Elle a dû s'échapper. Le pompier m'expliquait qu'il y avait assez peu d'accidents avec les NAC, finalement. De temps en temps, ils sont appelés pour récupérer un python qui a filé dans le parking, mais c'est le premier décès auquel ils sont confrontés.

– Il va y avoir une enquête ? demanda Loren.

En face d'elle, Juliette, dans son lit, ôtait le plastique d'un petit gâteau.

– Oh, ce n'est pas vrai, ça recommence ! s'exclama-t-elle.

Loren lui fit un signe de la main, lui signifiant : « Tu es folle de dire ça tout haut, pense à ton flic qui traîne dans les parages ! »

– Une enquête ? s'étonna Michel, non je ne crois pas. C'est un accident. Une autopsie oui, pour savoir, mais une enquête... On ne va pas inculper la mygale, de toute façon, alors heu... En tout cas, je te remercie de te préoccuper de cette pauvre Corinne, toi qui ne la connaissais pas, c'est vraiment gentil. Je dois t'embêter avec toutes mes histoires à la clinique…

– Ah, pas du tout !

– Tu es vraiment adorable.

Après moult baisers, Loren raccrocha soulagée. Elle s'approcha du lit de Juliette et, doucement, se pencha à son oreille :

– Tu te rappelles ce que je t'ai dit pour le corbeau qui était ta demi-sœur, tout ça ? Tu étais dans les vapes…

– Je me rappelle. J'en ai fait des cauchemars…

– Il n'y a plus de corbeau. Un accident stupide…

Loren lui chuchota les derniers événements, avec les détails arachnoïdes, au demeurant très rares dans le 92. Juliette prit la main de Loren dans la sienne et la regarda avec adoration. Ses petits pieds tressautaient sous les draps. Elle rit :

– Tu es un génie ! C'est fantastique…

– Parle moins fort…

– On a chacune son crime parfait, tu te rends compte ?

– Tais-toi !

– Tu n'as pas retrouvé les mecs qui m'ont tabassée, par hasard ?

– Hein ? demanda Loren, ahurie.

– Non, parce que tant que tu y étais…

– Non, je n'ai pas non plus arpenté la ville, colt au poing, tel Clint Eastwood réclamant vengeance. Pour les agresseurs, tu laisses ça aux flics. À ton Claude, ça l'occupera. Il faudrait qu'il craque un peu sur toi. Il aurait moins envie de retrouver ton connard…

Je n'irai pas chez le psy pour ce con !

– Il craque, Lo, il craque. Il est tout le temps fourré ici. C'est bien, il me raconte tout. Je suis au courant du déroulement de l'enquête sur mon agression. C'est la brigade des stups qui s'en occupe maintenant. Il faudrait que j'embrasse Claude sans lui demander son avis, comme tu l'as fait avec le toubib. Je n'ai jamais fait ça. Trop la trouille de me prendre une veste. Tu vois ? Un râteau à cause d'une pelle, ce serait bête…

Sur le fil du rasoir…

Les apparences sauvent de tout dans la vie. Certes, les juges et la police ont appris à s'en méfier, il n'empêche que ceux qui se retrouvent dans leur bureau ont souvent l'habit qui fait le moine, le look du délinquant et le langage fleuri du mensonge. C'était le cas de Karim et de Tony, les agresseurs de Juliette que les policiers de la brigade des stupéfiants avaient été chercher chez eux, à six heures du matin. Une enquête de plusieurs semaines avait mis au jour un trafic fort bien organisé, et assez difficile à dévoiler, dont le chef était un certain Samy. Il avait trente-huit ans et partait dans le nord du Maroc tous les mois. Samy avait organisé son commerce comme une PME sans la paperasserie, ni les imbroglios fiscaux imposés à ce genre de petites entreprises. Il allait lui-même sur le terrain acheter le shit au Maroc, et mettait lui-même en place la remontée de sa came vers Paris. Pas plus de quelques kilos chaque fois. Par la suite, il se servait de restaurants parisiens comme de bureaux, tout en arrondissant les fins de mois des serveurs. Peu à peu, il avait constitué un réseau de barmen dans quelques points clés de la capitale. Il était inutile aujourd'hui d'aller chercher le client. À Paris, la clientèle était suffisamment dense, éclectique et demandeuse. On approvisionnait les barmen que le trafic intéressait et, très vite, les clients étaient informés. Le mot de passe était simple mais il ne fallait pas se tromper de serveur. Il suffisait de dire : « T'as des nouvelles de Marie-Jeanne ? Il paraît qu'elle s'est installée à la campagne ? » On pouvait dîner ou juste boire un café au bar, en trois minutes, c'était réglé. Simple, discret, sans embrouilles, ni violence, le manège, qui durait et s'étoffait depuis des années, aurait pu tourner de nombreuses années encore si, un beau jour, un des dealers de Samy n'avait pas disparu brutalement, l'obligeant à envoyer deux de ses sbires chez lui, pour récupérer la taxe professionnelle qu'il avait oublié de régler avant de partir. Les sbires, ces deux imbéciles, s'étaient défoulés sur la copine, l'envoyant à l'hosto. Exactement ce que les stups attendaient pour passer à l'attaque, n'ayant jamais réussi à coincer Samy, faute de preuves. Le dessus du panier était d'une méfiance maladive et d'une grande prudence, mais c'était loin d'être le cas de ses hommes à tout faire. Ils se faisaient un peu trop remarquer. Ils étaient quatre, Samy n'en voulait pas plus et leur boulot était simple : passer approvisionner les barmen et récupérer l'argent. Ils prenaient une commission, au passage, sans compter les petits billets qu'ils se mettaient eux-mêmes dans la fouille et « qui avaient dû tomber ». Déjà, ces quatre-là, il avait du mal à les cadrer. Si un jour son business était découvert, ce serait certainement à cause d'eux.

Voilà à quoi pensait Samy quand six hommes de la brigade des stupéfiants lui sautèrent dessus dans le RER B. Ils le plaquèrent au sol sur le quai, sans ménagements, pour lui passer les menottes devant les usagers qui protestèrent un peu.

« On ne traite pas les gens comme ça ! » Mais Samy n'eut pas droit aux égards des agents des stups, qui le menèrent *manu militari* au bercail pour une garde à vue, suivie d'une mise en examen, sans courtoisie, ni chaleur humaine. Il faut dire qu'il était incapable de justifier de dix ans de salaire, de vie, de pouvoir d'achat non négligeable. Il n'avait aucune fiche de paye en sa possession, mais claquait parfois plus de vingt mille euros par mois, et ce genre de chose avait le don de mettre la brigade des stups en rogne.

Obligés de reconnaître les faits, suite au témoignage de Georges, le collègue de Franck au resto, les sbires agresseurs, Karim et Tony, furent mis en examen, à leur tour, pour cambriolage ainsi que coups et blessures sans intention de donner la mort, puisque : « la preuve, c'est qu'on ne l'a pas tuée ! » disaient-ils.

Logique

Juliette fut appelée à témoigner dans le bureau du juge. Elle s'était assise, grimaçante de douleur, devant lui, à cause des hématomes divers et variés, « qui mettaient tellement de temps à guérir ! ». Mais cela ne l'avait pas empêchée de commencer son discours d'une voix très snob : « Je rentrais d'une soirée très chic qu'un médecin avait donnée dans un très bel hôtel parisien où je m'étais rendue avec mon amie, tout en Armani, lorsque, arrivée chez moi, je tombe nez à nez avec ces deux sous-merdes en train de piller mon appartement… Oh, madame la juge, ce fut l'un des pires moments de ma vie, etc. »

Elle eut droit à un thé et des petits gâteaux pour raconter son calvaire devant les deux autres et leurs avocats qui, eux, n'eurent droit à rien.

Sexy-Flic vint la chercher après sa déposition. Après nounou, le lieutenant Claude faisait chauffeur, aussi, de temps en temps…

– Alors, ça s'est bien passé ? demanda-t-il.

– C'est passé, répondit Juliette, la larme à l'œil. Ramène-moi chez moi, s'il te plaît.

– Il faut que tu tiennes, il va y avoir un procès, tu sais. Tu vas devoir encore raconter cette agression. Je serai là, si tu veux. La pyramide est démantelée maintenant. Ce qui m'énerve, c'est que tous les acteurs de ce lucratif business, qu'ils soient placés en détention ou pas, tous jurent « sur la tête de leur mère qu'ils ne savent pas où est Franck ». Absolument personne n'a la moindre info sur la question et c'est vraiment étrange. On a étudié les numéros appelés et…

– Arrête-toi, je me sens mal…

Le lieutenant Claude se gara prudemment sur le côté.

– Qu'est-ce qu'il y a ?

Juliette se tenait le cœur. Avait-elle un malaise cardiaque, le mal des transports ? Une maladie romantique plutôt. Juliette reprit sa respiration, allongea son bras derrière la nuque de son chevalier servant et attira ses lèvres vers les siennes. Claude laissa faire et lui rendit son baiser, sachant pertinemment que cet échange d'ADN dans leurs bouches n'allait pas lui donner des ailes pour poursuivre son enquête.

L'autopsie de Corinne confirma, à peu de chose près, le pronostic du chef des pompiers. Un bout de cristal du vase avait percé son lobe temporal gauche et elle avait perdu beaucoup de sang. Suite au traumatisme crânien, elle était tombée dans le coma. Évidemment, le venin n'avait rien arrangé, il avait provoqué l'arrêt du cœur. Selon le légiste, les pompiers n'auraient rien pu faire, l'arrêt cardiaque s'était produit bien avant leur arrivée…

Sur l'avis de décès, la cause de l'accident fut privilégiée. Corinne fut la première personne à Boulogne à mourir des suites d'une morsure de mygale.

En France, on mourait plus fréquemment des suites de piqûres de guêpes ou de frelons, surtout ceux qui étaient allergiques.

Les deux frères de Corinne furent terrassés. Ils tentèrent d'annoncer l'effroyable nouvelle au père, mais ce dernier ne sembla pas réaliser. L'information devait rester bloquée quelque part au milieu des neurones, les synapses n'arrivant plus à se connecter entre eux. Il perdait la boule et, comble de l'horreur pour les deux frères, quand on lui parlait de sa fille, il répondait : « Juliette, ma petite Juliette… »

Henry et Nicolas prirent contact avec la fameuse Juliette, fille illégitime, seconde sœur. Ils furent très choqués d'apprendre qu'elle sortait de l'hôpital à la suite d'une violente agression. Nicolas, le jeune frère, était persuadé qu'une malédiction planait sur la famille. Il demanda à son frère de ne plus monter dans sa voiture et annula un stage de parapente qu'il devait faire le mois suivant.

Après la rupture d'anévrisme de la mère, l'accident cérébral du père, la mygale de la sœur, voilà que la benjamine avait été, elle aussi, hospitalisée.

« Qu'est-ce qu'on a fait au bon Dieu ? » répétait Nicolas.

L'enterrement de Corinne fut émouvant et sous la pluie. Le prêtre évoqua l'araignée en la comparant au serpent du jardin d'Éden. Jean-Pierre, son premier mari kinésithérapeute, était présent avec sa nouvelle femme, hôtesse de l'air, et leurs deux bébés. Henry et Nicolas furent stupéfaits de le voir avec des jeunes enfants.

Au cimetière, Henry se dirigea droit sur lui :

– Tu n'avais pas dit à Corinne que tu avais des enfants…

Jean-Pierre se retourna froidement vers son ex-beau-frère :

– Et elle, elle ne m'avait pas dit qu'elle avait une mygale. Chacun sa merde !

Henry ne chercha pas à comprendre cette phrase. Jean-Pierre repartit juste après l'enterrement à Saint-Jean-de-Luz, où il s'était installé avec sa petite famille.

– Qu'est-ce que c'est que ce petit air satisfait ? demanda Claude en se redressant et en rabaissant le drap. Juliette était debout sur le lit, le téléphone à la main.

Depuis qu'elle était rentrée, le flic surveillait de près sa convalescence en dormant chez elle.

– Je t'ai dit que j'avais passé un entretien pour la télé ? dit-elle en regardant son torse sur lequel elle avait tant fantasmé et qui était encore mieux en vrai.

– Oui.

– La prod vient de me rappeler. Je dois y retourner. La productrice va m'engager, je le sens. C'est cool, non ?

– Je suis fier de toi…

– La chance comme la guigne, ça va par cycles, annonça Juliette en se trémoussant.

– Si j'étais toi, j'éviterais de danser. Il n'est pas recommandé de virevolter dans les airs quand on souffre de céphalées suite à un choc cérébral. Arrête Juliette, tu vas vomir…

– Mais non, dit-elle en s'allongeant sur lui. Je t'aime, tu sais…

Elle l'embrassa.

– Moi et puis ta Loren, dit Claude en riant et en échappant à ses baisers. Vous êtes un peu plus que copines toutes les deux…

– Comment tu sais ?

– Je suis flic.

Tandis qu'elle embrassait son nouveau compagnon, Juliette reconnaissante, songea à Loren qui s'était si vite et si bien chargée du dossier Corinne. Affaire classée. Elle attendait qu'il en soit de même avec le dossier Franck.

Tandis qu'il embrassait sa nouvelle compagne, Claude songea qu'il devait prendre soin d'elle. Juliette était si forte, pleine d'énergie, de vitalité. Pour une fille dont le fiancé avait disparu, dont le père avait eu un accident grave au cerveau et dont la demi-sœur, qu'elle n'avait même pas eu le temps de connaître, avait eu, paraît-il, un accident stupide chez elle, elle s'en sortait drôlement bien. Si elle s'était réfugiée un moment dans les bras de sa nouvelle copine, c'était pour oublier cette avalanche de drames. Maintenant, il fallait lui offrir une nouvelle vie.

Éviter de parler de l'ex.

La dernière fois qu'ils avaient évoqué l'affaire ensemble, Juliette avait lancé l'idée que Franck voulait arrêter son trafic de drogue, devenu trop dangereux et repérable. Il était certain que Samy, le patron, ne l'avait pas entendu de cette oreille. Il avait dû le choper dans un coin. Et là, allez savoir ce qui avait pu se passer. Le tête-à-tête avait dû dégénérer, probablement, et le boss avait dû planquer le corps quelque part, le couler entre deux dalles de béton. À moins qu'il ne se soit enfui en Amérique du Sud… (Juliette persistait.)

Claude ne savait quelle version écrire dans le dossier. Il hésitait encore car tout ça ne coïncidait pas vraiment avec les dépositions des amis, des collègues et du frère du disparu qui appelait le juge tous les quinze jours en demandant où en était l'enquête.

Quoi qu'il en soit, il choisirait une version et allait laisser cette affaire de côté, la tenir à la disposition de la justice, si jamais de nouveaux éléments se présentaient, mais il l'abandonnerait doucement. De nouveaux dossiers s'amoncelaient déjà, une nouvelle compagne venait ensoleiller ses nuits et lui murmurait : « Ta présence réchauffe mon âme… »

Subitement, sa vie devenait correctement remplie.

Trois mois plus tard…

Tous les vendredis soir, quand elle quitte la chaîne *Tout Pour l'Info*, Juliette se rend en Normandie, dans la propriété de son père, un endroit très agréable d'où elle a soigneusement été écartée durant toute son enfance. André n'est pas mort, certes, il est paralysé de tout le côté droit depuis son accident vasculaire, mais il est en vie, se repose et, pour l'instant, on cesse de chuchoter derrière son dos à propos des droits de succession. Les kinés se succèdent à son chevet pour sa rééducation et, selon son médecin, la présence de sa fille, le week-end, lui est très bénéfique, même s'il l'appelle Corinne une fois sur deux. Ils font de longues promenades dans le jardin et personne ne sait ce qu'ils se racontent. Ils ont tellement de temps à rattraper. Jacqueline, la mère de Juliette s'est installée dans la maison, à la demande d'André. Selon son infirmière, la présence de cette femme, qui l'a toujours aimé, lui est très bénéfique, même s'il l'appelle Clarisse une fois sur deux. Henry et Nicolas, les deux frères, ont vu d'un œil surpris les deux exclues arriver et reprendre les places des décédées au sein de la famille. Aujourd'hui, ils semblent soulagés de leur présence, pas mécontents que quelqu'un soit là pour prendre soin de leur pauvre père.

Juliette s'entend bien avec ses deux frères. Elle s'amuse à dire qu'elle a récupéré deux demi-frères en plus d'un demi-père. Elle a bien sympathisé avec Anne-Sophie aussi, la femme d'Henry qui, un soir, a osé dire que, finalement, elle préférait cette belle-sœur-là à l'autre… Cette remarque avait blessé Henry qui s'était disputé avec sa femme. Jacqueline était venue à la rescousse pour les calmer et leur préparer un tilleul. Quoi qu'ils en pensent, Henry et Nicolas ont hérité d'une nouvelle mère et d'une nouvelle sœur et la situation, assez inédite, les laisse pantois… Tous les dimanches midi, une grande table est dressée dans le jardin et toute la famille, bizarrement recomposée, déjeune, discute et apprend à se connaître. Jacqueline, toujours amoureuse d'André, même d'une moitié d'André, en prend grand soin, et s'occupe aussi des deux fistons d'Henry comme si c'était ses petits-enfants. Les garçons ont demandé s'ils pouvaient appeler Jacqueline Mamie. Anne-Sophie a accepté tout de suite. Henry ne s'y est pas opposé, pantois…

Loren a récupéré sa vie. Depuis que les nuages noirs et menaçants sont partis, l'inspiration est revenue peu à peu. Savoir Claude dans les bras de Juliette la tranquillise. Elle écrit tous les jours une pièce de théâtre dans le style du *Limier*, si ce n'est que les protagonistes artisans du complot sont des femmes. Le soir où elle a proposé à Michel une escapade amoureuse à Cabourg, il a accepté, puis envoyé un SMS le lendemain pour dire qu'il préférait arrêter leur histoire. Il ne voulait plus mentir. Loren est restée stoïque devant son téléphone. Qu'importe, le personnage qui se fait assassiner dans sa pièce est médecin. De temps en temps, elle rejoint Juliette à la campagne, le week-end, heureuse de la voir dans sa nouvelle famille, la découvrant très affairée à jouer les maîtresses de maison dans sa résidence normande. La responsabilité lui va bien, finalement. Une vie ordonnée, la présence réconfortante de Claude lui donnent de l'élan, un nouvel éclat brille dans ses yeux. Loren a pu le constater avec satisfaction et si son amie est confiante en l'avenir, Loren, quant à elle, évite d'y penser. Elle a cessé de tirer des plans sur la comète. L'instant présent et rien d'autre. C'est dur mais elle travaille chaque jour pour cesser les projections et les bandes-annonces douloureuses. Profiter de chaque instant, comme si elle avait guéri d'un cancer. Bien qu'elle ait toujours ironisé sur les gens qui s'extasiaient devant une pâquerette, aujourd'hui son tour était venu de jouir de chaque rayon de soleil, de respirer les arbres, de voir Dieu devant une place qui se libérait devant elle pour se garer.

On ne sait jamais de quoi demain sera fait…

DU MÊME AUTEUR

Aux Éditions Albin Michel

DÈS LE PREMIER SOIR, 2006.

TOUS À MES PIEDS, 2008.

Chez d'autres éditeurs

TU VAS RIRE, MAIS JE TE QUITTE, Plon, 2002.

TU PEUX GARDER UN SECRET ? Plon, 2004.

Composition IGS-CP
Impression CPI Bussière en mai 2009
à Saint-Amand-Montrond (Cher)
Editions Albin Michel
22, rue Huyghens, 75014 Paris
www.albin-michel.fr

ISBN 978-2-226-19224-0
N° d'édition : 25834. – N° d'impression : 091396/4.
Dépôt légal : juin 2009.
Imprimé en France.